顽主/著

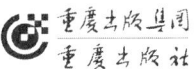

图书在版编目(CIP)数据

相亲/顽主著.－重庆:重庆出版社,2013.3
ISBN 978－7－229－06324－5

Ⅰ.①相… Ⅱ.①顽… Ⅲ.①长篇小说－中国－当代 Ⅳ.①I247.5

中国版本图书馆 CIP 数据核字(2013)第 034490 号

相 亲
XIANGQIN

顽主 著

出 版 人:罗小卫
丛书策划:李 子
责任编辑:郑 玲 李 雯
责任校对:何建云
装帧设计:嫁衣公社

出版

重庆长江二路 205 号 邮政编码:400016 http://www.cqph.com
重庆现代彩色书报印务有限公司印刷
重庆出版集团图书发行有限公司发行
E－MAIL:fxchu@cqph.com 邮购电话:023－68809452
重庆出版社天猫旗舰店
cqcbs.tmall.com
全国新华书店经销

开本:720mm×1020 mm 1/16 印张:14 字数:180 千
2013 年 3 月第 1 版 2013 年 3 月第 1 版第 1 次印刷
ISBN 978－7－229－06324－5
定价:28.00 元

如有印装质量问题,请向本集团图书发行有限公司调换:023－68706683

版权所有 侵权必究

目录 Contents

第一章　一块铁片惹的祸 …………………………… (001)
第二章　第八次相亲 ………………………………… (004)
第三章　失败的情调 ………………………………… (007)
第四章　迟到还早退 ………………………………… (011)
第五章　糊口不容易 ………………………………… (015)
第六章　今天光棍节 ………………………………… (018)
第七章　回首又见她 ………………………………… (022)
第八章　这招挺卑鄙 ………………………………… (026)
第九章　回首再见她 ………………………………… (029)
第十章　相思成了疾 ………………………………… (032)
第十一章　幸福从天降 ……………………………… (036)
第十二章　耍人的小姐 ……………………………… (040)
第十三章　给您赔礼了 ……………………………… (043)
第十四章　愉快的夜宴 ……………………………… (047)
第十五章　到底谁爱谁 ……………………………… (051)
第十六章　美女求救助 ……………………………… (055)
第十七章　初探茉莉闺 ……………………………… (059)
第十八章　领导给馅饼 ……………………………… (063)
第十九章　初约遇婉拒 ……………………………… (067)
第二十章　茉莉战一辰 ……………………………… (071)
第二十一章　姐也逗你玩 …………………………… (075)
第二十二章　女神的重托 …………………………… (079)

第二十三章　看手相事件 …………… (083)
第二十四章　第一次约会 …………… (087)
第二十五章　人散戏未终 …………… (091)
第二十六章　冰清冷冰冰 …………… (095)
第二十七章　同一天生日 …………… (098)
第二十八章　玫瑰可以有 …………… (102)
第二十九章　我是多余的 …………… (106)
第三十章　　大哥你抢花 …………… (110)
第三十一章　我意与君别 …………… (113)
第三十二章　她先约了他 …………… (117)
第三十三章　圣诞夜晚餐 …………… (121)
第三十四章　冬日的春宵 …………… (125)
第三十五章　爱情撞友情 …………… (129)
第三十六章　江边夜倾诉 …………… (133)
第三十七章　脚踩两只船 …………… (137)
第三十八章　挚友落魔窟 …………… (141)
第三十九章　第一次风月 …………… (145)
第四十章　　小姐的工作 …………… (149)
第四十一章　馅饼变陷阱 …………… (153)
第四十二章　路狭偏相逢 …………… (157)
第四十三章　酒泪葬过往 …………… (162)
第四十四章　领导很敬业 …………… (166)
第四十五章　郊游兴未尽 …………… (170)
第四十六章　酒醉很伤身 …………… (175)
第四十七章　男人的交锋 …………… (179)
第四十八章　专业的阴谋 …………… (183)
第四十九章　斗争初阶段 …………… (187)
第五十章　　密室议对策 …………… (191)
第五十一章　一碗报恩汤 …………… (196)
第五十二章　后院火将起 …………… (201)
第五十三章　战胜大恶人 …………… (205)
第五十四章　搂住她的腰 …………… (209)
第五十五章　悲情大结局 …………… (213)
第五十六章　终有一天收了你 …………… (217)

第一章　一块铁片惹的祸

杨一辰很悲催，他在这个冰冷的小屋里蹲了一个通宵，这个小屋是派出所临时看押疑似犯罪分子的地方。

一切要从昨夜说起。

月黑风高，杨一辰送女孩到了她家的楼下，依依惜别。

"下次见面什么时候？"杨一辰期待地问。

女孩迟疑着说："其实……你是一个好男孩。"

又来了，杨一辰心一凉。

女孩继续说："只是……我们两个不太适合。"

果然，杨一辰透心凉。

女孩还在说："我想……我们可以继续做朋友。"

杨一辰习惯了："嗯，我知道我是一个好男孩，每个女孩都这么说，其实我也觉得我们两个不太适合，我们还是做朋友比较好。"

女孩送上最后的祝福："你会找到适合你的好女孩的，拜。"

杨一辰礼尚往来："也祝你早日找到一个适合你的好男孩，拜。"

目送女孩走进大楼消失在视线里，杨一辰的愤懑开始积聚，这是相亲市场上第

相亲

几个跌停板了,自己的行情怎么这么差,得罪了哪路邪神啊。不太适合,不太适合你早说啊,今天都第三次见面了,吃完牛排,看了电影,又要吃冰激凌,送到家门口了,你和我说不太适合,这不是玩弄别人感情玩弄别人时间玩弄别人金钱吗,要是你干脆连肉体一起玩弄了那也就算了,偏就剩这一项了,却发现不太适合了。

杨一辰越想越郁闷,朝着路边停着的一辆小车的屁股就是一脚,拿车尾保险杠顺顺气。

"嚓"一声,车尾有样东西落了地,发生了什么情况?不会这么不经踹吧,弄坏别人东西可是要赔的。

杨一辰蹲下细看,地上躺着块铁皮,捡在手上再瞧,铁皮上蓝底白字印着些数字,原来是车牌。这车牌怎么会踹下来,杨一辰想不明白,不过既然已经给人踹下来了,那还得给人装上去。杨一辰蹲在地上,拿着车牌在车尾处比画,研究怎么把它安回去。

突然,一道雪白的光束罩住了杨一辰的脸,直刺他的眼,他下意识拿起车牌挡那光。

四周叫喊声大起,人影绰绰,"阿三,捉牢伊!""老王,快打110!"

不知道有几只大手伸了过来,反剪了杨一辰的双手,将他人牢牢按倒在地。

"你们干什么,是不是抢劫啊,钱包在裤子口袋里,有话好说,先把我人放开啊。"杨一辰不敢挣扎,这突如其来的变故吓破了他的胆。

"策那,侬只瘪三还想买通我们,我们守了你好几天了,今朝一定要送你进派出所里去。"

没多久警车来了,杨一辰被带上车,送到了不知哪家派出所,身上的钱包手机都被搜掉,然后人被关进了一间冰冷的小屋,小屋里空空荡荡,什么家具也没有,小屋与外界联系的唯一通道是门上的一扇小窗,他凑到窗前喊叫过几次,没人答理他,于是他就在这屋里孤苦地蹲了一个通宵。

也不知过了多久,小窗上终于出现了一张人脸,杨一辰远远看着,觉得这脸挺和善,他正想过去向这张脸喊冤,这脸从窗口消失了,外面传来了一些话语声,他便贴着门努力地听。

"抓错了,肯定抓错了,你们什么时候见过钱包里塞了好几张信用卡、两千多块现金出来撬车牌的?他的手机号码登记的是上海户籍,小青年身上这套西装这么考究,肯定是出来谈朋友才穿的。你们先去办手续放人,顺便给人家买些早点,我进去安抚下情绪,不要让市民投诉我们。"

杨一辰听到这里,连忙从门口退开,他不再蹲着,站着努力将腰板挺直。

门开了，那张和善的脸走了进来，是个年纪约莫四五十岁的中年警察，穿着警服。

"可能有点误会，我们现在正在办手续放人，你马上就可以走了。"

"误会？怎么就误会了，你们一个误会，我一个良民就成了犯罪嫌疑人，在这里蹲了一个通宵。"

"最近这个小区连续发生撬车牌敲诈车主的案件，群众的反映很激烈，物业保安和我们民警的压力都很大。"

撬车牌敲诈车主，杨一辰在新闻上也看到过这种犯罪形式，犯罪分子撬了车牌后，藏在附近的垃圾桶或者草丛里，留下手机号码给车主，车主打电话联系交了几百块的赎金后，对方就会告诉他车牌藏在哪里。

警察叔叔继续说："保安也很辛苦，熬夜守了好几天，正好看到你拿个车牌蹲在车后面，所以就把你当场按住了。对了，我也不明白，你深更半夜拿个车牌在人家车后面做什么？"

人说世上窦娥冤，我比窦娥冤三分，杨一辰心里这个委屈喷涌而出，他将踹人车屁股的事原原本本细说了遍，至于为什么要踹人车的原因就省去了，只说自己调皮恶作剧。

警察叔叔想了想说："可能事先确实有人在撬车牌，卸了螺丝后，正好你走过来，那人就先躲到一边，然后你就当了替罪羊，所以你也不要怪保安抓你，这种情况下谁都会认为是你干的，毕竟出发点是好的，是为了保护人民群众的财产安全。"

杨一辰细想想，自己当时的行为确实是让人无法不误会，对警察叔叔的说法也只能认同。

这时外面有人进来，送了一袋吃食给警察叔叔，警察叔叔将这袋豆浆包子又递给杨一辰："我看这事就算了吧，我们向你道歉，你也早点回去休息，如果耽误了你工作，需要我们给你单位做解释说明，我们可以配合打个电话给你单位。"

这种丑事怎么可以让单位知道，民不与官斗，现在人民警察都道歉了，自己这人民也不能再不依不饶，还是快点离开这个冰冷的地方吧，再没完没了也讨不了好，杨一辰拿定了主意："不用联系单位了，这事我也不想追究了，我现在可以走了吗？"

杨一辰出了小屋，去外面拿了自己的手机钱包等物品，清点了下，就回家休养生息。

他刚进家门，一个真心爱他的女人已经等了他很久了。

第二章 第八次相亲

"你昨晚去哪里了,学会夜不归宿了啊。"

"昨天心情不好,找同学去唱歌打牌了,玩了个通宵。"杨一辰没有说出真相,他怕听众接受不了,他要维持自己的良好形象。

"为什么会心情不好,是不是那个女孩子又回掉你了?"

见杨一辰没精打采蔫头耷脑地不说话,女人知道自己又猜对了,"没啥大不了的,自己条件一般还眼界那么高,她不要你是她的损失。"

"妈,你就别瘌痢头儿子自家好了,咱们家确实硬件软件没一样出众的,我累了,等下我还要去上班,让我休息会儿,您别唠叨了。"

"嗯,那你去躺会儿。"杨一辰的妈妈递给他一张纸,"对了,妈妈等你到现在就是为了和你说件事,街道秧歌队王大妈的亲戚给你介绍了个姑娘,我替你做主,答应今天就约人家见面,这纸上是我记的女方的基本情况和手机号码,等下你主动点,把这事安排好。"

"妈你倒是一点也不心疼我,一天都不让我闲着,第七个刚没戏,第八个你又给续上了。"杨一辰接过他妈准备的女方情报,看了一遍,了解了个大概。

杨一辰妈妈完成了交代的任务,又提了几点老生常谈的相亲注意事项,便离开了杨一辰的房间。杨一辰直接躺倒在床,用睡眠修复昨夜受伤的身心。

一觉醒来,已是下午四点,今天这班是不用去上了,杨一辰给单位的主管领导打了个电话,用了最蹩脚的借口请假,生病了,发烧躺了一天,明天只要略有好转就坚持带病上班,领导没有质疑他为什么不一早就请假,还安抚了几句,让他好好休息。领导的宽容让杨一辰很羞愧,自己欺骗了组织,突破了道德底线,太不应该了。

杨一辰挂了电话,看了看贴在床头上方墙上的亲笔手书七个大字"失败乃成功之母",叹了口气,心想倒霉就倒霉在这话上了,第七个了,在伟大的相亲事业上,他已经有了七个成功的"母亲",不知道还有多少个这样的"母亲"在等着他。不过他坚信世上无难事,只要肯登攀,他给自己做了一番短暂的思想动员,默念两遍毛主席语录"下定决心,不怕牺牲,排除万难,去争取胜利",便重又鼓起了生活的勇气,革命尚未成功,同志还须努力啊。

杨一辰打开手机通讯录,找出一个电话号码,开始了第八次相亲征途上的求索。

"穹庐人间吗,我想订个两人的座位,对,今天晚上6点,两个人的,我姓杨,杨一辰,手机是……"

打完电话,顺手把约会的时间和地点通过短信发给了约请的对象,杨一辰又开始琢磨晚上该穿啥衣服了,是相亲1号活力装?相亲2号激情装?还是相亲3号安全装?呃,怎么搞得像杜蕾丝系列一样,杨一辰鄙视了一下自己。按老妈提供的纸质情报,对方在500强的财务部门工作,性格挺文静的,那应该比较欣赏稳重的职场成功男士吧,自己不能显得太轻浮,就选3号安全装吧。想好以后,杨一辰就从衣橱里拿了一套西装出来,这套西装虽然不是名牌,但也是手工定做的,料子和做工都挺不错,是杨一辰出席各种婚嫁喜事、丧葬仪式、公私宴请、大型聚会、相亲会晤等重要社交活动的标准"礼服",但一般人都不知道这套西装其实是他的工作服,就像20世纪70年代大家都穿着的胸口有"安全生产"四个大字的夹克衫那样的工作服,因为他是个银行职员,单位里发的工作服就是清一色的西装,俗称行服。

杨一辰今年28岁了,大学毕业后通过亲戚的熟人的熟人介绍,进了一家股份制商业银行的区级支行工作,工作5年了,也没挪过窝,日子过得像农夫山泉里撒了一点盐,不咸不淡,收入每年保持微幅增长,增幅还不及我们国家官方公布的GDP的增长速度,和CPI相比更是龟兔赛跑了。他不是没起过跳槽的念头,谁让自己能

相亲

力一般得如沙漠里的沙子，背景清白得三代五房里找不到一个处级干部，在投了七八份简历，参加了三四次面试均石沉大海以后，那一点点微弱的上进心也基本磨灭了。

职场上，近、中期看是没有什么起色了，生活的重心就得放在个人问题上了，杨一辰的感情经历也很简单，一次毕业时劳燕分飞的大学初恋，七次被婉拒的相亲。

杨一辰没有先立业后成家的壮志，也不觉得以事业为重是男人本色。他倒是认为生命的延续才是人生的重要使命，男欢女爱是生活的主要章节，所以他一直都非常认真地在寻找自己的另一半，非常认真地对待每一次相亲。

一般朋友、同事介绍的相亲对象事先都会给个 QQ 或者 MSN，让双方先聊着看看有没有感觉，而这次的 500 强财务女走的是长辈介绍的传统模式，所以就直接约见面了，照片都没提供，据说对方比自己小 2 岁，才貌双全、气质文静，杨一辰想想就算把"据说"打个七折也值得一见啊，那就直接边吃边谈吧。电话预订的这家穹庐人间是杨一辰比较满意的创意餐厅，灯光幽暗，情调暧昧，杨一辰已经在这里安排过两次相亲会晤了，虽然都没能成就一段佳缘，但也都发展成了业务关系，这样的结果他觉得也对得起人均 200 的消费了。

克服了前七次相亲失败的阴影，忘却了昨夜冰冷的梦魇，杨一辰的人生又回归正常的轨迹，17 点 45 分，杨一辰坐在了穹庐人间二楼角落的一个二人位餐桌边上，眼神不时朝楼下门厅的角度望去，开始了他人生第八次相亲的流程第一步骤，等待女方的到来。

第三章 失败的情调

"小姐,请问有订位吗?"

"杨先生订的位。"

"哦,是杨一辰先生订的吗,你好,这边楼上请。"

听到楼下传来的对话,正等得无聊的杨一辰心里一动,来了?眼睛立即朝楼下的门厅看去,只来得及捕捉到一个白色的人影走上了拐角的楼梯,背上依稀还背了个黑色的类似金华火腿一样的东西。火腿?不可能吧,20 世纪 80 年代毛脚女婿上门必备武器,现在是 2008 年,一个女生背着个火腿赴相亲之约……这个愚蠢的想法让杨一辰觉得自己很找抽。对了,小提琴盒?要装成艺术气质女,也不必弄个这么突兀的道具吧。正琢磨着那"黑火腿"到底是个啥玩意的时候,一个身影已经在他面前 1.5 米处站定,"你是杨一辰吧,你好,我是李冰清。"

杨一辰一抬头,顿时脑子里只有一个字,雷,两个字,很雷。相亲 7 次,见过穿职业套装的白领丽人,见过穿牛仔裤配 T 恤的青春女孩,也有穿着旗袍的小家碧玉造型,就是没见过穿着一套运动服背着羽毛球拍来相亲的,但是今天他见到了。

相亲

虽然有点懵，不过杨一辰马上就回过神来，风度，男人的风度。他立即站起来，"你好，我是杨一辰。"一边说，一边走到女孩后面，把对面的椅子从餐桌下搬出来放到女孩能坐进去的位置，对女孩做了个请的手势，女孩朝他笑笑，从背上摘下那个疑似火腿的羽毛球拍扔在餐桌的一角，顺势坐了下来。

等女孩坐定后，杨一辰才坐回自己的座位，他很不经意地瞥了一眼手表，18点20分，然后脸上保持着微笑开始很有礼貌地打量起对方来。栗色的染发，扎着活泼的马尾辫，细细的眉毛，细长的眼睛，单眼皮，眼角微微上翘，哦，这应该就是传说中的丹凤眼吧，嘴巴和鼻子没啥特色，都长在该长的位置，肤色……怎么那么红，哦，人家或许是刚打了羽毛球，面颊部毛细血管充血，看着女孩潮红的脸蛋，杨一辰突然想起了自己小学时候作文里经常描写同学的一句话"他的小脸蛋红扑扑的，就像熟透的苹果，洋溢着丰收的喜悦"，妈的又走神了。迅速审阅过女孩的相貌以后，杨一辰又估计了下女孩的身高，自己身高1米75，刚才站着的时候眼睛能平视到女孩的额头，女孩穿的是运动鞋，不存在高跟鞋造成的视觉误差，估计女孩裸高有165公分，身材匀称，凹……凹凸有致。

体健貌端，杨一辰对女孩做了四字总结，看来某大妈对女孩相貌的描述绝对是实事求是的，一点都没虚假广告成分。但是相亲的时候穿着运动服来，好像还是刚打了场羽毛球后赶来的，对相亲这种很可能成为婚姻开端的人生大事也太不重视了吧，这"气质文静"的说法就有点不靠谱了。杨一辰突然觉得今天安排在穹庐人间有点亏，对不起这幽暗的灯光，对不起这暧昧的情调，对不起这人均200的消费，早知道来个运动女就该找个火锅店或者去吃烧烤。算了，已经坐在这里了，还是开始走流程吧，相亲第二步骤，初步寒暄。

"路上是不是堵车了啊？还是这家店不太好找啊？"杨一辰笑着说道，眼神也温和有礼貌地凝视着对方的眼睛，这是在银行做客户经理所养成的职业习惯。他觉得自己这句话问得很得体，两个陌生人第一次见面还带着相亲这种微妙的主题，最怕上来就冷场，沉闷的气氛一旦形成就很难挽回过来了，所以一定要随时保持着双方的交流和互动。女孩迟到了20分钟，不管是故意的为了显示矜持或者考验自己的耐心，还是确实有什么客观原因，自己这样一问也算是给了对方一个台阶，也让对方晓得自己是个有涵养有风度的男人。

"堵车个头啊！"女孩的第一句回答就让杨一辰一愣，彼女谈吐不俗。

"我5点55分就到了，我又不喜欢玩迟到的，这家饭店我第一次来，绕着这家店外面的竹林走了2圈才找到门在哪里,找到门又进不来,那个门推也推不动的,门口连个带路的小弟也没有,我总不能去敲门或者大喊一声芝麻开门吧,那多丢脸啊,我只能在边上偷偷等着,还要装成等人的样子,等了半天才有一对客人过来,我看那个男的把手往一个石头球里一抻门就开了,我等他们进去后照样学了一遍才进来的。"杨一辰那句得体的问话引爆了女孩飞速的带点愤懑的一阵回应。

我真是犯贱啊,搞什么情调嘛,花钱买埋怨啊,这运动服,这神秘的进门机关,把精心设计的浪漫氛围全给毁了,今天选在穹庐人间吃饭不是亏了,是彻底地错了,有个成语怎么说的来着,弄巧成拙,只希望等下这位运动健将别又在玻璃迷宫般的厕所那里找门就好了。为了掩饰自己的尴尬,杨一辰连忙躲开女孩那带点幽怨的眼神,抬手朝远处的服务员小弟招了招:"点菜!"

接过菜单,杨一辰翻都没翻,脱口而出:"笔筒色拉,凤梨虾球,烤银鳕鱼,情人面包汤,再来两份提拉米苏,两罐橙汁吧。"杨一辰还没从刚才女孩抱怨造成的窘迫中缓过来,忘记了自己应该先很有风度地征询下女孩喜欢吃点什么想喝什么饮料,今天是一错再错啊。

"很熟练嘛,看来你是这里的常客喽?"女孩笑着问了一句。

"我来……"杨一辰刚想随口说"我来过两次了",看到女孩潮红的脸上正泛着浅浅的坏坏的笑,顿时醒悟,"我来……得比较早,等你的时候顺便就研究了下这里的特色菜。"

"哦,是这样啊,我迟到了蛮长时间,想你可能耐不住寂寞已经走掉了,你倒是一个人很乖地坐在这里嘛。"女孩继续笑着,笑里藏着的那份坏意却已经褪去了,脸上也不再有抱怨的神色。

是个性格开朗不装逼的姑娘,杨一辰心里又做了个评价。"男等女,成眷侣。你的迟到使我们有了一个很好的开端。"

"呦,真会说话,是不是用了很多次了啊。"

"第一次,绝对是新鲜原创。"杨一辰连忙申辩,"对了,你在门口转圈,干吗不打我手机啊,我出来接你就是了。"

"你以为我傻啊,手机在家里,忘记带出来了。"

"你父母一定很宠爱你吧,看给你取的名字就知道了,冰清,冰清玉洁啊,深深饱含了父母对女儿的期望和美好祝愿。"

女孩没有回应杨一辰的话,而是直接反问道:"那你父母干吗给你起名一辰呢?"

第三章 失败的情调

相亲
XIANGQIN

"大概他们希望我能成为一个颗耀眼的星辰吧,可惜我让他们失望了。"其实杨一辰没有说实话,他小时候问过他爸爸很多次为什么给他取这个名字,老头子一直敷衍是随便起的,只有一次酒后吐了真言"老子和你妈新婚之夜,搞了整整一个时辰才有了你,遂起名一辰以志",等杨一辰大学里和初恋女友尝了禁果后才明白"搞了整整一个时辰"是多么了不起的一件事情,一个时辰就是两个小时啊!自己名字的来历居然如此牛逼,只是无法向外人道。

"你相亲过几次了啊?"女孩好奇地问道。

"在你之前见过了葫芦兄弟。"

"嗯?"

"一根藤上七个娃,今天算上你的话,下次别人再问我就得说是八仙过海了。"

"哈哈,那你是老游击队员了啊!"女孩止住笑又问,"你对相亲怎么那么积极呀,干吗这么着急娶老婆啊,现在剩女好像比剩男多啊,你也不算很老,没到30呢。"

杨一辰想了想,很认真地回答:"政府号召建设和谐社会,我认为和谐社会应该是由无数和谐家庭构成的,和谐家庭就是一对夫妻一个娃,所以我想尽快把自己和谐掉,不给社会添乱,减少掉一个潜在的不稳定因素。"

第四章 迟到还早退

在女孩的笑声中,菜陆续上来了,进入相亲流程第三步骤,边吃边谈。这个过程是相亲流程中耗时最长的一个步骤,注意事项也最多,分寸很难掌握,杨一辰他自己总结了四个要点,并严格遵守。

第一要点,话不能太少,要时不时地交流几句。话少了就会造成双方埋头吃菜的尴尬局面,话不多菜也不剩,人家会以为你是个不健谈的闷葫芦或者当你是猪悟能这吃货的近亲。相亲小贴士1:第一次见面的时候最好别甩派头点大闸蟹,螃蟹一上桌,大家肯定俯首认真吃蟹,起码冷场5到10分钟,就算你想打破沉闷没话找话,想象一下一个陌生女孩手持一只蟹螯和你对话的形象吧。所以螃蟹可以点,但要等以后大家相熟可以忽略吃相的时候再点。

第二要点,话不能太多,人家是来吃饭的,不是来听你演讲的。你要是滔滔不绝谈古论今从上下五千年一直讲到祖宗三代,人家还得很礼貌地听着,眼睁睁看着热菜变成了冷盆,一般女孩(非正常人类除外)对你的评价肯定不会是博学多才,只能是轻浮话痨。相亲小贴士2:吃饭时候嘴的功能划分是吃、说各半,话题别扯太远，可以适当了解下对方的工作情况和兴趣爱好，说话时语速要慢，太快容易出现口吐白沫症状，要是唾沫星子飞溅到菜里或者对方脸上……

第三要点，要能引得女孩笑，没有幽默感的男人在婚姻市场上是弱势群体，不风趣的男人只能在边上乘凉。相亲小贴士3：事先要想好一些有趣的话题，准备两个幽默小段子，在就餐的过程中找机会穿插进去，第一次见面忌恶俗的黄段子，有性骚扰的嫌疑，忌为幽默而幽默，包袱是一点点抖出来的，幽默需要铺垫，你要是突然兴奋地来一句"我给你讲个笑话吧！太好笑了，哈哈"，那你就是个二百五。

第四要点，不能引得女孩大笑，连续地笑。人家是来吃饭的，不是来听单口相声的，要是一直不停地花枝乱颤，恐怕一顿饭吃完就该去医院看阑尾炎了。相亲小贴士4：幽默感不要无限发挥，哪怕你是郭德纲，你也得有个度，你也不想姑娘笑着笑着就让块排骨给噎住了，或者正喝汤的时候突然被你一句笑话刺激得扑哧一口汤全喷你脸上吧。

杨一辰按照自己总结的"边吃边谈四要点"小心地控制着相亲进程的节奏，笔筒色拉上来了，杨一辰介绍了自己的工作，凤梨虾球上来了，杨一辰很自然地讲了两件工作中的趣事，烤银鳕鱼上来的时候，杨一辰开始把话题引向对方。

"听介绍人说你是在DE电脑公司财务部工作的啊？"

"嗯，是的。"

"具体你做什么岗位的啊？"

"就是一般的财务岗位啦。"

"哦，那你们公司主要的业务都有些啥啊？"

"就是关于电脑方面的一些业务啦。"

杨一辰觉得对方好像不愿意谈自己的事情，有点敷衍，他也不好再多说什么了，气氛开始有点沉闷，接下来的话题就转到对这个饭店和菜式的点评上去了，基本属于没话找话。等到甜点提拉米苏吃完的时候，杨一辰看了下时间，19点30分，他正琢磨是不是要邀请女孩再到楼下吧台喝点鸡尾酒的时候，女孩开口了："不好意思哦，我今天还有点工作没有完成，回去还要加班，今天先这样吧，认识你蛮开心的，下次再联系吧。"

杨一辰有点失落："这样啊，那我打车送你回家吧。"

"不用了，我还要先去公司拿点资料，不麻烦你了。"

"那好吧，你先走吧，我留下来埋单，别忘了你的羽毛球拍。"

"嗯，谢谢提醒，今天让你破费了，下次我请客！拜拜。"

看着女孩白色的身影背着那个"黑火腿"从门厅处消失,杨一辰苦笑了下,下次你请客?还会有下次吗,私人信息一点都不肯透露,送你回家被婉拒,加班?下午有时间打羽毛球,晚上倒回去加班?这个借口太粗糙了,一点都不细腻。人我倒是蛮中意的,可惜落花有意随流水,流水无心恋落花啊,此生无缘来世续喽。杨一辰抬手招了下:"埋单!"

20点15分,张杨路上的一个桌游吧里,七八个女孩正热闹地玩着最近流行的"三国杀"游戏。一个穿白色运动服背着黑色羽毛球拍的女孩进了桌游吧,向这一桌女孩走来。

"李冰清,你交代的任务完成了,累死我了,以后早点通知,别临急了来催我的命。"

"南蛮入侵!万箭齐发!"一个女孩一边出牌一边回头说道,"你赶过来了啊,挺快的嘛,今天的夜宴如何呀?"

"开始是曲折的,情调是浪漫的,食物是精致的,看来金融男准备是很充分的。"运动服女孩笑着说道。

"呵呵,又便宜你了,上次地产男请你吃的鱼翅,今天金融男请你吃了情调。"

运动服女孩笑骂道:"便宜我个大头啊,我吃这顿情调容易吗我,刚打完羽毛球就赶过去了,吹着风在店外面生生转了近半个小时都没能进去,摸不着浪漫的门啊,又不能直接打电话给他,本来想打电话给你,让你电话通知他出来接我,想想还是怕穿帮就算了,只能自己傻等到跟着别的客人混进去。他还不停问我工作什么的私人问题,我应付得汗都要流下来了,好不容易把饭吃完,嘴都来不及擦就快点开溜了。"

"白吃的晚餐哪能那么轻松。"打牌的女孩随口又问了句,"对金融男感觉怎么样啊?"

"比上次那个地产男感觉好,那个地产男虽然挺大方的,但是吃饭的时候一直就在给我分析上海的房地产形势,讲他的个人奋斗史,唠叨个不停,就像在无人孤岛待了三年获救后逮到第一个可以说话的人类一样,一顿饭的时间我只来得及把那碗鱼翅吃下肚。"运动服女孩想了想继续说:"金融男感觉很细心,人么也蛮有礼貌的,长相斯文,有点小温柔小幽默,也蛮大方的。对了,还很会过日子。"

"哦,蛮大方的啊……嗯?还很会过日子?"打牌女孩有点诧异,"一顿饭的时间你就能看出他很会过日子啊?"

"对啊，他点了一个什么情人面包汤，把汤喝完以后他还把碗给吃了。"

"把碗……给吃了？他有特异功能还是异食癖啊？"打牌女孩继续诧异中。

"不是啦，那个面包汤是用硬的面包做成碗的形状，然后把汤盛在里面的，我们把汤喝完后，他就把那个面包碗给掰开了吃了，还叫我一起吃呢，说是不用再点米饭了。"

"哈哈，这个男的蛮好玩的，看你这么欣赏他，今天又替我火线救场，本小姐就把他赏给你了，还不谢恩。"

"算了吧你，你赏给我，我也要有办法领赏呀，难道下次见面我和他说我突然心血来潮改了个名字玩玩啊。"运动服女孩继续说道，"我也搞不懂你了，李冰清，怎么每次相亲你都找人替你啊，这些男孩有的也挺不错的呀，你这不是浪费资源嘛，你有相亲恐惧症啊？"

打牌女孩没有回答她的话，过了会儿突然叫起来："谁趁我和张茉莉说话的时候偷偷把我给杀了啊！无耻啊！主公你怎么不救我啊，我是忠臣啊，大大的忠臣啊！"

女孩们嬉笑着继续她们的游戏了。

第五章　糊口不容易

　　相亲的日子过去两周了，这两周里杨一辰有了一个新的习惯，就是时不时地会检查下自己的手机，看看有没有未接来电和未读信息被自己错过。很遗憾，他一直没等到那个想看到的来电号码，也没收到过"下次我请客！"的邀约短信，他的希冀慢慢破灭，热情渐渐冷却，看来这次相亲基本无果而终了。他也不是没想过主动给对方打个电话，如果上次的会晤是个成功的会晤是个团结的会晤是个有阶段性成果的会晤，他一定会主动出击，扩大战果，打出一片新天地。但是女孩的迟到早退，还有那个加班的粗糙借口，让他的自我感觉很不良好，他怕一个电话打过去后听到的又是"其实你是个好男孩，不过……"，男人脆弱的自尊心使他打消了主动给女孩打电话的念头，他不是真的勇士，不敢直面惨淡的人生。

　　爱情没有来临，生活还得继续。杨一辰继续着勤勤恳恳上班，平平安安回家的寻常日子。他所在的这种小银行不同于工农中建那样大型的国有商业银行，大银行机构繁复人员冗杂容易混日子，小银行人员精减，个人收益直接和为单位创造的效益挂钩，所以收入高，工作压力也很大。杨一辰的岗位是客户经理，以前的称谓就

相亲
XIANGQIN

是信贷员，工作内容简单说就是吸收存款发放贷款，工作5年了，由于他的兢兢业业，目前月薪勉强也达到五位数了，可以划入白领阶层了。

8点10分，杨一辰和每天一样，第一个来到办公室，泡上一杯茶，整理下桌子，准备开始一天的工作。过了一会儿，"小杨，早啊，每天都是你第一个到，一个人早到一次并不难，难的是一辈子都早到，不迟到，呵呵。"一个中等身材肚子略有些发福的中年男人从杨一辰的办公桌前走过，一边和正在整理文件的杨一辰打招呼，一边朝里屋最大的办公室走去，他身后跟着的一个穿着非常合身得体的职业套裙的短发女子则拐入了杨一辰办公桌对面的一个小单间。

"老大！早，你怎么改编毛主席表扬雷锋同志的话来表扬我啊，小人担待不起啊。"杨一辰谦恭地回应中年男人，故意把"老大"两个字念得很响。

"呵呵，世界是你们的，也是我们的，但是归根结底是你们的，努力工作吧！"中年男人笑着朝杨一辰挥了挥手，走进了里屋的大办公室。

妈的，扮毛主席上瘾了啊，想抢唐国强的饭碗怎么着，为了迎合你，小爷我每天都要温习毛主席语录。杨一辰心里嘀咕了一句，目送"老大"走进了办公室后，收敛起谦恭的笑容，坐到电脑前，今天有两个项目评审报告要赶出来，搞不好晚上要加班了，小人物糊口不容易啊。

中年男人名叫付正，年龄四十，正是一枝花的时节，他是这家区级支行的行长，虽然手下也就十几号人马，好歹也是个领导。杨一辰一直觉得行长的父母很有远见，给他这个名字起得真有水平，付正＝扶正，他做部门副经理的时候，正职被别的银行当人才给引进了，他扶正成了部门经理，他升到副行长才半年，原来的行长又调到市分行任一个大部门的部门经理去了，他又扶正去掉了头衔前面那个"副"字，一个好名字能主导一个人一生的运势啊，想到这杨一辰就有点埋怨自己的老爸了，怎么能为了表彰自己的育种能力就给儿子起这么个名字，要真能把这超能力给遗传下来也好，可惜杨一辰现在连"半辰"都没能达标。

付正做副行长的时候，大家人前人后地称他副行长副行长，他答应得还是乐呵呵的，听起来"副行长"就是"付行长"，感觉升了半级占了便宜。他扶正后，第一次拜访客户，杨一辰刚向客户介绍"这是我们的付行长"，他立马用阴沉的眼神瞥向杨一辰，杨一辰顿时醒悟自己犯错误了，自己把"付行长"降级为"副行长"了，急中生智狗急跳墙地补充了一句"是我们银行的老大！"付正同志看着杨一辰的眼神又变成了和煦春风，仿佛在说"小鬼，很懂事啊"。从此，自杨一辰开始，全支行的人对付正行长的称呼都变为"老大"了，而他本人对这一带有江湖色彩的称谓也非常满意，觉得还拉近了和群众的距离，增加了单位集体凝聚力。

跟着付正进来的套裙女子是杨一辰所在的信贷部部门经理姚静，芳龄三十，未婚，貌似也没有交往的男友，是个一心扑在事业上的女"白骨精"，她算是付正的嫡系了，从大学毕业踏上工作岗位学徒开始就一直跟着付正，付正自己开发的客户和项目都交给她打理，付正做了行长自然也就提拔她当了信贷部经理。杨一辰一直看不透他的部门女领导，现在这个社会竞争是残酷的是血腥的是人吃人的，催生了很多事业心强的女人，但是一心为公、毫不顾私、只要工作、不要生活的女人就罕见了，姚静就是一个稀有的熊猫。

姚静虽然青春已逝，但是五官精致，身材婀娜，消耗了大量人民币保养的皮肤也不输于那些小萝莉，配上她永远的职业套装，也是别有一番成熟干练的风情和韵味，按理她也应该是广大御姐控膜拜的对象啊，怎么身边就一个成功或者不成功的男人身影都没有呢。作为信贷部门的小领导，除了转派付正行长下达的工作任务以外，她平时对下属的工作不管不问，仍旧把自己当成一个普通的信贷员，全身心继续打理着付正那些直接的客户和项目，杨一辰常常感叹姚静经理对付正行长的忠心真是日月可鉴天地可鉴啊。不过她这种"只唯上，不管下"的部门领导艺术倒是深受杨一辰的欢迎，作为一个上进心基本磨灭只想安静简单地挣一份不算菲薄的薪水的底层白领，杨一辰宁可被领导忽视也不愿被领导惦记。

这家小银行的信贷部人员一共就五个，除了姚静、杨一辰，还有两个今年新招的大学应届生，另外一个资深老员工就是和杨一辰同年入行的高军军了，他也是杨一辰的死党兼狐朋狗友。高军军和出身草根的杨一辰不同，他算是官宦子弟了，他老爸是市外经贸委的某处处长，老妈是市发改委的某处处长，两位老人家随便给方方面面打打招呼，他的业务就源源不断地来了，可以说这家区级支行一半以上的业务是靠高军军撑起来的。他也是个很讲义气的人，对死党杨一辰很是照顾，把自己名下的客户和业务划了一部分给杨一辰，使杨一辰在残酷的竞争压力下能苟延残喘屹立不倒，而杨一辰对他的感谢方式则是承接了他所有客户和项目的日常管理工作，使他能安心做个甩手大少爷，只要在拜访客户的时候露露脸叫声叔叔阿姨，转达下他父母致对方的问候就可以了。

9点30分，一个高高瘦瘦，衣帽光鲜，边走边玩着PSP游戏机的年轻人出现在信贷部办公室的门口，沉浸在游戏世界的他一头撞在了办公室的玻璃门上，沉闷的撞击声提醒大家：高军军驾到。

第五章 糊口不容易

第六章　今天光棍节

高军军来上班了,他走到杨一辰隔壁的办公桌前坐下,仍然聚精会神地玩着PSP,不肯释手。

"我说高衙内啊,大家都知道你是老付的镇行之宝,可你也要给人家老付一点薄面啊,你这样堂而皇之地公然迟到早退,让人家老付怎么抓劳动纪律啊。"杨一辰笑着对高军军说道,"一个好员工要懂得维护领导的威信,你还不如请个病假在家里待着呢,也好过每天来这里现眼。"

"你是说让我弄虚作假?欺骗组织?不!决不!"高军军义正词严地呵斥杨一辰,"我告诉你杨一辰,不管是你,还是任何人,都不能剥夺我劳动的权利!"

过完戏瘾,高军军又换了一副厚颜无耻的表情,涎着脸对杨一辰说:"杨兄,我那两个项目评审报告你抓紧点啊,早一天完成,早一天报批,早一天放款,早一天产生效益啊。"

杨一辰没好气地回答他:"知道了,少爷,我8点10分就赶过来写了,今天就算加班也给你交货。"

"小杨是个好同志啊,不过要注意劳逸结合,可别累坏了身体啊。我今天也有重要的工作,游戏里出了个新的副本任务,我要去砍 boss 了,就不影响你了。"高军军走过来欣慰地拍了拍杨一辰的肩。

"滚吧你!"杨一辰猛地站起来,飞起一脚朝高军军的屁股踹去,高军军一缩臀,以光速逃回自己座位去了。

时间在杨一辰的埋首苦干和高军军的孜孜不倦中飞快地流淌,离下班还有半个多小时的时候,杨一辰终于完成了今天计划的全部工作,他长吐一口气,大喊一声"收工",然后习惯性地从兜里掏出手机来检查有没有错过的未接来电和未读信息,依然是一如既往的失望。

一旁的高军军把头凑了过来,促狭地笑说:"杨兄,骚动的心还未平复啊,还在思念那美丽的姑娘吧,天涯何处无芳草,座座青山有柴烧,身无彩凤双飞翼,此情可待成追忆,节哀顺变吧。"没等杨一辰拿起桌上的笔扔过去,他连忙又说道:"今天过节你安排什么节目了?"

"过节?今天过什么节?"杨一辰疑惑地看着高军军。

"光棍节啊,今天是 11 月 11 号啊,非法定节假日光棍节,杨一辰你不会连这个都不知道吧,你也太 out 了,你相思成傻了啊。"高军军不放过任何一个可以侮辱杨一辰的机会。

杨一辰无力地反击道:"我当然知道光棍节,只是繁忙的工作沉重的生活压力和你高衙内讨债的报告,让我忘记了今夕是何夕。"

"得了吧你,你现在明明就是个不识人间多欢娱的苦情花痴。"高军军接着说,"你要是晚上没节目的话,就跟着兄弟我混吧,我约了一帮网友,先火锅,后网吧,砍怪练级打装备。"

杨一辰摇摇头:"不了,我对你这种虚度年华的游戏人生没有一丝一毫的兴趣,我自己找方向吧,找不到就家里蹲,将宅男生活进行到底。"

"好吧,那你好自为之自谋生路吧,兄弟我先撤了,你掩护。"高军军捧着他的 PSP 以迅雷不及掩耳之势早退了。

光棍苦,光棍被窝没人捂啊,杨一辰将电脑从单位内网切换到外网,开始找节目了。刚登录上 QQ,群聊窗口就闪个不停。杨一辰点开一看,是加入的"都市单身男女"群。杨一辰相信天道酬勤,广种薄收,所以他不放过任何一条可能走向婚姻生活的途径,网络也是其中的一条,常到河边多走走,总有一天会湿鞋,似真似幻觅佳人,总有一款适合您。

相亲

单身男女群里好生热闹。

大瓶可乐：20:00K歌，钱箱KTV（黄浦店），报名的速度！

顽主：全世界的无爱者，联合起来！

BEN爷：有闲置免费的女人吗，我捡一个，已婚未婚均可。

麻花－专业泡妞：老李涮锅干羊肉，来的吼，效率！

文学青年DONG：古来光棍皆寂寞，唯有饮者留其名。寻知己寂夜买醉，男女不限。

口水小仙：哥哥姐姐们，带我一起玩啊，加我加加加加加加。

杨一辰对这些集体活动广告基本无视，参加过数次了，等人、开吃、埋单、算账、交份子、回家，这种低效率的交友方式只能用来打发时间。突然，群聊窗口里跳出一句话，吸引了杨一辰的眼球。

悠子：只是邂逅，勿做他想，求男伴，2张电影票，1张属我，1张报名第一者得。

杨一辰电光火石般地出手了，泥人：我报名！

悠子：恭喜这位名叫泥人的选手，私聊吧。

泥人：会机的影电看费免个这我给你谢感常非，好你

悠子：我没有从右往左的阅读习惯。

泥人：重来。

泥人：你好，非常感谢你给我这个免费看电影的机会。

悠子：嗯，知道感恩，那吃饭你请。

泥人：行，人均标准不超过50元人民币。

悠子：妥。

泥人：何时？何地？何剧？

悠子：8点档《桃花运》，今晚7点世纪电影城门口见。

泥人：发张你的照片过来看看吧，我怕到时候认错人。

悠子：真俗，见到美女上来就想看照片，手法老套没新意，我都不嫌你是个啥歪瓜劣枣。

泥人：额，好吧，是我庸俗了，你原谅我。

悠子：看你态度不错，给你透露一点，我身高170，身材黄金分割，肤白，长发，瓜子脸，到时候你会惊喜的。

……（以下省去双方继续互相摸底、勾兑、约定、互留手机的对话数百字）

一直到和悠子姑娘说好不见不散以后，杨一辰关了QQ，思绪仍像脱缰的天马在云中漫步。是谁发明的光棍节啊，人才啊，它让单身美女放下了矜持，褪去了羞涩，敞开了胸怀……停，这步想早了。今天真是赚到了，和美女共看《桃花运》，今夜做梦也会笑啊。神奇的网络啊，我赞美你！苍天啊，大地啊，哪位天使姐姐这么照顾我啊。杨一辰强迫自己停止了无边无际的遐想，开始思考晚上见面的准备事项，这个时候李冰清在他心里已经躲到了一个很边缘很不起眼的角落里了。

思考了半天，杨一辰只想出了准备事项一：过会儿趁下班没人的时候溜去付正的行长室里配备的专用卫生间洗个澡，神清气爽地去赴约。至于鲜花、安全套这些作案工具就统统省略了，思想传统品质端正的杨一辰对于诸多狼友热衷的一夜情交友方式向来是只听说、不追求、不尝试。

熬到将近晚上6点的时候，下班时间已经过去了一小时，付正终于夹着包走出了行长室，他走过杨一辰办公桌边上的时候停了下来："小杨啊，这么晚了还不走，加班啊？"

杨一辰装模作样地在电脑键盘上胡乱敲击着，回答道："嗯，还有点活要收尾，今天事今天毕，做完就走。"

"年轻人有干劲是好的，我当年也是像你这样一步步拼过来的。对了。"付正像是想起了什么，他从公文包里掏出一个档案袋，递给杨一辰说道："这里有两家公司的资料，一家是高军军从外经贸委那条线找来的客户，一家是我开发的客户，你回去把资料消化下，先熟悉下客户的基本情况，明天我们先拜访一家，另一家近期也要去。我就先走了，你也不必拼得太晚。"

杨一辰接过那个档案袋，回了一句："谢谢老大关心，资料我带回家看，我做完手头上的事就走，为单位节能减排。"付正笑着做了他的招牌动作，挥了挥手，直接走出了办公室。目送付正离开后，杨一辰飞快地从自己抽屉里拿出毛巾、肥皂、洗发液，冲进了付正的办公室。

第六章　今天光棍节

第七章 回首又见她

  神清气爽的杨一辰坐着幸福号地铁驶向神秘的桃花运之约,每次地铁停站上客,他都会留意下上来的女性乘客,如果有身材修长、皮肤白净的女子,他的心就会快速搏动一番,这会不会就是那即将见面的可人儿呢,悠子,他脑海里幻化出一个冰肌玉骨,长发飘飘,不食人间烟火的仙女形象,缘,妙不可言。
  杨一辰到站下了地铁,随着人流向出口方向走去,这时候他的手机响了,他看了下来电显示,是高军军打来的。
  "小杨同志,一个人在冰冷的家里看动画片吧,要不要过来喝几口火锅汤暖暖身子暖暖心啊。"电话那头传来高军军无耻的声音。
  杨一辰用了非常无奈的语气说:"我也想来啊,分身乏术啊,答应了别人,我不能爽约啊,你也知道我是个重合同守信用的好男人。"
  "你找到方向了啊?什么节目啊?"高军军好奇地问。
  杨一辰漫不经心地回答:"也没啥,随便参加了个小活动,有个妹妹约我随便看场电影而已。"

高军军在电话那头叫嚷了起来:"靠,杨公子你好手段!好本领啊!怎么勾搭上的啊?"

"网上偶遇,随便聊了几句,被我的人格魅力所折服,热情相邀,我也只能欣然赴约了。"

高军军继续纠缠着:"长相如何啊,看到了照片没?清纯少女还是火热辣妹啊?"

"俗不俗你,我像是那种一见女的就问人家讨照片的色中饿鬼吗,不过根据我的摸底分析,我可以负责任地告诉你,美,真美。我只能简单地给你透露点小细节供你遐想,个子高了那么一点,头发长了那么一点,皮肤白了那么一点……"杨一辰一边向高军军显摆,一边踏上了地铁出口从地下通向地面的上行电梯。突然,他游移的眼神定住了,从电梯旁的步行阶梯上正有两个女孩往地铁口下面走来,杨一辰瞪圆了眼睛看着右边的那个女孩。

那魂牵的丹凤眼,那梦萦的马尾辫,还有那白色运动服,疑似黑火腿的羽毛球拍,脸色倒不是记忆中的潮红,而是健康的象牙白,李冰清?李冰清!瞬间,那个被杨一辰暂时忘却了近两个小时的身影,像一头小鹿,从杨一辰心里很边缘很不起眼的角落里,欢快地跑了出来,又像一头犀牛,猛猛地撞击着杨一辰的左心房右心房左心室右心室冠状动脉,在心脏的各个区域肆意撒野。

高军军还在电话那头喋喋不休:"杨一辰,你不讲义气,有如此美事不叫上我,我邀请你一起来吃火锅,你不邀请我一起看电影,带上我吧,我不会坏你好事的,我甘当绿叶,你们在哪个电影院啊……"

杨一辰毫不犹豫地按下了手机上的红色按钮,世界清静了。这时候两个女孩已经和杨一辰交错而过。

"张茉莉,我昨晚给你发短信让你多带一个球拍,你没忘记吧?"

"早上出门的时候差点忘记,走到小区门口突然想起来,再跑回去拿的,害我差点上班迟到。"

杨一辰依稀听到女孩间的两句对话,张魔力?张茉莉?还是张磨叽?另一个女孩怎么这样称呼她,杨一辰很想再听清楚些,看仔细些,可惜,他和两个女孩的运动轨迹是反向而行的,在过了那个交错点后,双方之间的距离越来越远,他回头也只能看着白色运动服背着那支"黑火腿"走到地铁口下方,然后消失在进站通道的拐角处,而他自己则被冉冉上升的电梯带到了地面。

是眼花?还是耳背?是眼睛欺骗了自己?还是耳朵误导了自己?幻觉,一定是幻觉,自己大概真的像高军军说的那样相思成傻了吧。算了,不想她了,不管是李

第七章　回首又见她

相亲
XIANGQIN

女士还是张小姐,先珍惜拥有的幸福吧,不对,是即将到手的幸福。杨一辰抛开杂念,重又揣上美好的憧憬,毅然迈步走向世纪影城,去迎接未来的惊喜。

杨一辰于11月11日18点50分到达了世纪影城门口,他在门口逡巡了一圈后就基本确定了谁是今晚的女主角,因为影城门口只有一位姑娘,且正做等待状,高高的个子也较为显眼,女主角先到了,看来很有诚意啊。杨一辰没有直接上前贸然相认,而是隐在一边先悄悄地打量对方。

身材修长,嗯。长发飘飘,嗯。黄金分割,嗯?怎么是倒分割,上下身比例好像反了啊。瓜子脸……忘记了原来南瓜子也算是瓜子的。皮肤确是雪白,白得衬托得脸上清晰的一点二点三点四点五点……无穷点,上帝在造人的时候一定是鼻子一痒,不小心打了个喷嚏在她脸上。

杨一辰的心仿佛绑上了一个秤砣,不停地往下沉啊沉啊,他感觉自己就像站在世界冠军的领奖台上,捧着一个大大的金杯(惊悲)。悠子姑娘,人不能自恋到这个地步啊。这时候,杨一辰突然起了一个很卑鄙的念头:逃!闪人!脑海里2个小人儿开始打架了。

头上长犄角,身披黑色小斗篷,手拿一支小钢叉的"杨一辰"说:"快跑,犹犹豫豫害死人,宁吃鲜桃一口,不要烂杏一筐!"

头顶金色光圈,身穿洁白长袍,背后有双小翅膀的"杨一辰"说:"爱别人首先要学会爱自己,所以自恋不是错,要懂得挖掘和欣赏别人的闪光点,没有艳丽的容貌也许有睿智的头脑,没有睿智的头脑也许有典雅的气质,没有典雅的气质也许有善良的品德,没有善良的品德也许有……"

恶魔"杨一辰"不容天使"杨一辰"继续啰唆下去,一边用小钢叉戳着他的屁股,一边说:"你懂个毛毛啊,这不是自恋,这是欺骗!彻头彻尾的欺骗!要严惩,不能姑息!"

天使"杨一辰"高喊:"要文斗不要武斗!男人不能只要性欲不讲信誉!"

恶魔"杨一辰"继续用小钢叉戳着天使"杨一辰"的屁股,"你懂个毛毛啊,你懂个毛毛啊,你懂个毛毛啊……"

天使"杨一辰"落荒而逃。

杨一辰咬一咬牙,下定了决心,今天就在自己的信用记录上留下个污点吧,立正!向后——转!齐步——走!正要溜之大吉,手机铃声骤然大作,心慌意乱的他连忙接听,电话里传来女性的笑语,"别再转圈子找了,我就在你后面,你回头就能看见我了。"

完了，被对方雷达锁定了，杨一辰逃跑的决心在空气中瞬间挥发，既来之则见之吧。他转过身来，脸上挂着比哭还难看的笑容朝悠子姑娘走去。

"我早就看到你了，你来了后绕着我走了一圈，然后又躲在一边偷偷看我，你偷看人家的眼神好贼哦，我还以为被小偷惦记了呢。"说到"好贼哦"三个字的时候，女孩特意狠狠地瞪了杨一辰一眼，顺势低头轻笑了下。

杨一辰顿觉口干舌燥，"你当我是……小偷？"还好没当我是色狼，丢不起这人啊，有口味这么重的色狼吗。

"别生气呀，跟你开玩笑的啦，我一眼就看出是泥人小朋友来了，你很害羞哦，躲在边上看了我那么久都不敢上来打招呼，我要是不打电话给你，你是不是又要围着我转圈了呀。"女孩又低头轻笑了下。

泥人小朋友？害羞？转圈？这说的是我吗？杨一辰脑海里浮现出一头乖顺的小毛驴拉磨转圈图，哥今天算是彻底栽了。

"我不是害羞，其实我是深度近视，我原先设计我们见面的第一程序应该是双方拥抱互致问候，我怕万一认错人被人误当流氓给扭送公安机关，所以我想先认真按你网上描述的体貌特征仔细比对一下。"杨一辰妄图靠装痞给自己挽回点面子。

"哦，那你告诉我比对的结果怎么样啊，惊喜吗？满意吗？"女孩热切地看着杨一辰问道。

"我很……"杨一辰实在是说不出违心的话，他憋了半天，憋出了一句："我很饿，我们先去吃饭吧。"

第七章　回首又见她

第八章 这招挺卑鄙

泥人小朋友和悠子姑娘坐在了离世纪影城不远处的一家麦当劳里，面前的桌子上堆着琳琅满目的快餐食品。杨一辰严格按人均50元人民币的消费水准在快餐店里大肆挥霍，虽然悠子姑娘在边上一个劲地说"够了够了太多了，肯定吃不完的"，他还是执意将鸡翅鸡块汉堡薯条甜点汽水一应配齐，一个都不能少。他不是为了吃一半扔一半来摆阔，没见过有人在麦当劳里摆阔的，他是有阴谋的。

杨一辰已经非常不情愿与悠子姑娘共赏《桃花运》了，对孤男寡女来说，电影院实在是个暧昧的地方，友谊的种子在这里常常能冒出爱情的萌芽。黑暗使人无畏，在漆黑的环境里人的胆量会被放大，杨一辰很怕悠子姑娘的烈火会来烤他这根湿柴，这不是桃花运，这是桃花劫啊，哪怕只存在1%的可能性，只要冒出一点点小火星，他也要将其迅速掐灭，所以杨一辰下定决心排除万难也要错过这《桃花运》。他思前想后，只有使一招"拖"字诀了，他买了一桌面的垃圾食品，宁可亏了胃，不受桃花罪，怎么着也要把这顿饭的时间熬到一小时以上，等拖到电影开场以后再另行谋划金蝉脱壳之计。

杨一辰和悠子姑娘在友好和睦的气氛中开始进餐。

"我还以为你可能不来了呢，我看天气预报说晚上要下雨。"悠子姑娘先开了口。

杨一辰挤出一丝笑容说:"别说下雨了,就是下刀子我也来啊,诚信是我的座右铭。"

"你怎么想到约个陌生人一起看电影啊?像你这么有开拓精神的女孩子少见。"在吞下一个鸡腿汉堡包以后,杨一辰开始没话找话了。

"因为寂寞。"悠子姑娘见杨一辰一愣,继续说道:"今天是孤独的人的节日,本来约好另一个单身的女孩子一起看电影,票我都提前买好了,谁知道她重色轻友,被一个男生给拐走了,我怒了,所以我也要来拐个人!"

"鲁莽!我要严肃地批评你!"杨一辰做痛心疾首状,"一个女孩子怎么能一点自我保护意识都没有呢,你今天是幸运女神罩着你,遇到我这么一个一身正气的正经人,万一遇到坏人怎么办,如果我是个怀有不可告人之目的心怀叵测不良企图的人,你很有可能就要一失身成千古恨了啊!"

"坏人?有那么羞涩的坏人吗,看你躲在边上偷偷看我又不敢上来打招呼的样子,我就知道你是个害羞的小朋友,我是绝对安全的。"悠子姑娘扔给杨一辰一个不屑的笑容。

杨一辰仰天哈哈大笑数声,突然收住笑容,正色对悠子姑娘说:"其实我是个流氓。"

杨一辰顺势开始了他的回忆录,他将他听过的见过的想象过的,同学的同事的自己意淫的,各种风流艳事,统统当成自己的战绩来讲述,他使出浑身解数,不停地在进食过程中掺和着插科打诨天南海北云山雾罩,悠子姑娘就像个求知的小学生般睁大着眼睛,只顾专心听讲了。终于,他肚子里的故事渐渐倒空,腾出来的空间又被麦当劳的快餐食品填满,偷偷瞥一眼手表,20点30分,时机成熟。

杨一辰艰难地咽下最后一根薯条,故作轻松地说:"我说都能吃完吧,一点都没浪费,对了,现在几点了?电影快开场了吧。"

悠子姑娘看了下时间,惊呼一声:"哎呀!都八点半了,时间怎么过那么快!"

杨一辰明知故问:"我记得电影好像是八点的吧?"

"是的呀,都开场半小时了,那怎么办啊。"悠子姑娘有点无措。

"我是个习惯善始善终的人,不喜欢做没头没尾的事情,要是现在去看这少了半个小时的电影,我会很难受的,老想着开头的部分是什么,以后还得把这电影重新看个完整版。"杨一辰为难地说。

"那今天就不看了吧?"悠子姑娘试探地问道,"要不下次再约?"

杨一辰等的就是这句话,他赶忙顺坡下驴,"嗯,我听你的,那就下次再约,今天只能各回各家,各找各妈了。下次电影我请你,你等我电话哦。"

第八章 这招挺卑鄙

相亲

"哦，那好吧。"女孩脸上写满失望。

杨一辰率先起身走向麦当劳门外，悠子姑娘也只能跟着出了门。

呼吸着室外寒冷的空气，杨一辰突然觉得自己今晚的行为有些无耻，他没有脸再对女孩说"今天认识你很开心"这样虚伪的道别，他伸手招了一辆出租车，让女孩先走。望着车辆远去，悠子姑娘，永别了，你以后看电影还是叫女同伴吧，我是真心为你好。

杨一辰的心情非常欠佳，一则现实和幻想之间的巨大落差再次验证了千万不能相信广告宣传这个朴素的普遍真理，二则他为自己用卑鄙的手段对待一个单纯的寂寞女孩而感到深深的内疚。杨一辰回到家，一个人躺在床上修复恶劣的心情，他发呆了片刻，手机响了，来电显示是高军军。"杨兄，在哪快活呢？"

"家里。"

"啊?！都带到家里来了啊，你这么快就得手了啊?！"

"没有。"

"那你怎么这么早就在家里了，才9点多啊，难道你们已经game over 了？"

"是的。"

"额……你太让我失望了，女孩子是不是像你告诉我的那样美丽动人？"

"绝色。"

"真的啊？介绍得详细一点，哪种类型的？"

"绝色。"

"你是不是被美色给震撼得痴呆了啊，就不能多讲点细节啊！"

"绝色。"

"看来你是受打击了，别难过了，我帮你降伏她。你搞不定的话可以介绍给我呀，资源不能浪费，我身为游戏界的精英，就喜欢挑战高难度的任务。要不你再约她出来一次，我们大家一起聊聊。"

"晚安。"

杨一辰直接挂了电话，继续躺到床上发呆。他躺了一会儿，突然想起来一件正事，下班的时候付正扔给他两家公司的资料，要他先看看消化一下，这是接下来要去拜访的客户。工作要紧，饭碗至上，于是他无可奈何地从床上爬起来，振作精神拿出那些资料开始仔细阅读，一份资料是一家名叫大地生物科技公司的，另一份资料是……他愣住了，DE电脑公司?！李冰清！她不正是在DE电脑公司财务部门工作的吗，付正说的明天要去拜访的客户会不会就是DE公司？和银行有业务关联的部门就是财务部门，那他有没有机会再见到她？杨一辰刚刚还冰封的心开始逐渐热起来，热啊热啊热啊热啊烫出泡了。

第九章 回首再见她

一夜春梦了无痕。第二天早上 8 点 30 分以后,杨一辰的心跳频率就一直保持在每分钟 100 跳以上,因为一到单位付正就通知他今天要去拜访的客户正是 DE 电脑公司。

付正带着高军军、杨一辰驱车前往在淮海路香港广场办公的 DE 公司,在车上杨一辰面若桃花,两腮带红,眉目含春,坐在他边上的高军军看得是心惊胆战,杨兄弟是得了晚期花痴还是误服了奇淫合欢散啊。杨一辰一路上都在设想和李冰清重逢的 N 种情景,金凤玉露一相逢,便胜却人间无数,正是江南好风景,落花时节又逢君。自己该如何表现出不卑不亢有理有节的礼仪姿态,要喜不形于色,泰山崩于前而不惊,绝不能让对方看出自己对于这次重逢的期待和惊喜。

在杨一辰的胡思乱想中,车子到了香港广场。下车后,杨一辰随着付正、高军军,穿过写字楼气派的大堂,来到电梯间,等候上行的电梯。

等下要是见到李冰清的话,要不要摆出和她早就认识的样子呢,还是装作初次见面不让付正他们看出端倪呢,李冰清本人会不会说出这段相亲的小故事呢,杨一辰的思维又开始信马由缰了。手机响起,将杨一辰的魂唤了回来。

"小杨,你人在哪里?怎么没跟着我和小高上来?"

是付正的声音,杨一辰连忙扫了下四周,才发现只有他一个人站在电梯间了。慌忙中他说道:"老大,我突然发现有份 DE 公司的资料忘在车里了,我刚跑去拿来,这就上来,在几楼啊?"

"18 楼,直接到他们公司的会议室吧。"

"知道了,我速度来。"

杨一辰赶到 DE 公司会议室的时候,正看到付正、高军军在和一个年轻的女孩交换名片,他连忙走到付正身边,付正向女孩介绍说:"这是我们信贷部的客户经理小杨,以后我们双方合作的具体事项就由小杨来负责和你们联系了。"

杨一辰忙从包里掏出名片夹,抽出一张名片,双手捏着递了过去,嘴里寒暄道:"加强合作,加强合作,请多多支持。"

女孩子接过了杨一辰的名片,也回递了一张名片过来,笑着说:"相互支持,我们公司财务线上一共两个部门,一个会计部,一个资金部,资金部主要负责与银行业务的往来,我是公司资金部的经理,以后有事直接联系我吧。"

杨一辰仍是双手伸出,接过名片,郑重地看了一眼,以示礼貌。"哦,是李经理,李经理的名字很有女性特质啊,李冰清,听上去就很美,而且好像很熟悉,是不是和哪个名人的名字一样啊,呵呵……"瞬间,一道闪电劈中杨一辰的大脑中枢神经,出现了短时间的死机状态。

等他明白过来这个名字就是他在心里念叨了一早上的那三个字以后,他又冒出一句更傻的,傻得让他有无地自容的傻话来,"李经理,你们公司财务部门是不是有两位叫李冰清的女孩啊?"

女孩子依旧笑着说:"没有啊,我们整个 DE 公司就我一个李冰清啊,独此一家,别无分号。"

付正看着杨一辰一副木乃伊似的表情,连忙出手打断他的失态,"小杨你有点过分啊,李经理的父母肯定早就预见到女儿未来的漂亮清纯,所以起了一个这么美丽的名字,哪是那么容易就被山寨的。"

女孩子仿佛没听到付正说的打圆场的话,她低头看了一眼杨一辰的名片,又若有所思地看了看杨一辰死机的样子,好像突然明白了什么,脸上一下子焕发出极为灿烂的笑容。

这时候,一个中年男子走进了会议室,脸型刚毅,一身做工不凡的西装,将身材衬得挺拔有型,看不出一点赘肉,只是已经后移的发际线和眼角的几条皱纹暴露了他的实际年龄段。

这个男子一进屋,就笑着对付正他们说:"不好意思,刚才正好在接一个电话,所以就先让小李过来招呼一下,我是 DE 公司的财务总监文杰,抱歉让大家久等了。"

付正连忙说道:"文总客气了,我们也刚到,你看我们还都站着呢,都没来得及坐下谈,呵呵。"

于是大家又举行了一次彼此交换名片的仪式,仪式完毕便在会议桌两边坐下,开始了亲切的会谈。

文杰先做了诚挚的开场白:"我们 DE 公司能在这个城市落地,业务发展如此迅速,得到了市政府的大力支持,尤其是外经贸委高处长那里给了我们很多政策上的扶持,我们一直心存感激,这次高处长又介绍贵银行为我们提供金融服务,我相信我们双方一定能合作得非常愉快,实现双赢的。"

付正明白文杰的意思,这次有机会合作是人家给高处长,也就是高军军老爸的面子。他接着文杰的话说:"非常感谢贵公司给我们这次合作的机会,DE 公司是全球 500 强,外经贸委能推荐我们银行为贵公司提供服务,我们深感荣幸,我们会在贷款、票据、结算等各品种上为贵公司提供全方位的金融集成服务。"

银企双方的两位 boss 级选手从互致仰慕之情开始向业务合作的深度话题发展,其他几位龙套跟班也各自进入了自己的状态。DE 那边的李冰清正襟危坐,微笑盈盈,一双水眸始终在两位发言的领导脸部间切换,并不时点头,表示对领导见解的认同和崇拜,她的表现非常职业、得体。银行这边,本次会晤的关键牵线人,高军军,高衙内,自然也不好意思在这样的场合拿出他的 PSP 玩上几局,只能百无聊赖地捧着个手机,和他游戏界的狐朋狗友聊聊 QQ。至于杨一辰,外表似一块化石,身子僵硬地坐在椅子上,眼神直勾勾地看着对面的李冰清,而内心已似火山爆发后的岩浆奔涌,各种情绪、思绪,火热滚烫,杂乱无章,肆意流淌。

这就是一见钟情吗?他问自己,不知道。他只知道对面这个女孩子的容貌、气质、神情是那么的吸引他,让他激波荡漾、刻骨铭心。他很难说出这个女孩子到底是哪种的美丽,只是那清秀的面容,典雅的气质让他看了就觉得浑身舒坦,三万六千个毛孔,像吃了人参果,无一个不舒畅,他努力想记住她的容貌,可除了如水的眼眸,披肩的长发,其他却是怎么也记不住,所以看一眼想两眼,看两眼想三眼,看三眼想终身,牵肠挂肚,魂不守舍。杨一辰开始鄙视自己,在这个人人都追求一夜奸情的时代,他居然还会犯下一见钟情的罪行。

第九章 回首再见她

第十章　相思成了疾

杨一辰有个想不明白的问题，眼前这个神仙姐姐是李冰清，那白色运动服背着那支"黑火腿"的又是谁？现在基本可以确定她是山寨版的了，难怪吃饭的时候问她关于在DE工作的问题都含糊其辞，可是山寨货又怎么会冒李冰清的名字来和自己相亲？杨一辰想起了《西游记》里孙悟空时常化装深入敌穴的桥段，可人家那是为了除妖和救饶舌师父唐三藏，这女子冒名顶替又是为了啥，图财？自己无房无车，图色？咳，人不能自恋到这个地步……难道人家就图白吃顿饭？还是有不可告人更阴暗险恶之目的？如果有，那她又是怎么掌握了自己要和李冰清相亲的情报然后寻机而入的呢？是谁出卖了党的机密，是秧歌队的某大妈？某大妈的亲戚？或者是李冰清本人？

无数个问号在杨一辰大脑里飞来飞去，撞来撞去，一团乱麻，千头万绪，剪不断，理还乱，再纠缠着他对正版李冰清的一见钟情痴心不改，生物电狂闪，真是让他欲仙欲死。

杨一辰坐在那里心如滚粥，大脑短路，不知道煎熬了多久，一只大手拍了拍他的肩，付正将他从思维的迷宫中解救了出来，银企会谈结束了，双方代表起立，一方辞行，一方送行，双方一边向电梯间走去，一边进行告别前的寒暄。

"小杨，以后 DE 公司就是我们支行的重点客户，你可要好好服务哦，多跑动，多联系。"

付正在刻意叮嘱了杨一辰一番后，又谦卑地笑着对文杰说："文总这边有啥需求的话，尽管提，我们金融业本来就是服务性行业，一切以客户为主，有啥不周到的地方，也请及时指出来，我们也好改进。"

文杰笑着回道："付行长太谦虚了，合作是双方互惠互利的事情。"他又凝视了一下杨一辰，继续说道："小杨一看就是个精明能干的业务骨干，付行长这么重视我们双方的合作，DE 也不能示弱啊，我们小李是公司最年轻的中层之一，人又漂亮，是美女中的精英，精英中的美女，呵呵。"说完这些，他又意味深长地看了杨一辰一眼。

杨一辰被文杰的话和眼神弄得脸比姓关名羽字云长还红，他知道刚才自己花痴的神态一定被对方注意到了，只能讪讪地笑了两下，低头用沉默来掩饰自己的窘态，他再也不敢多看李冰清一眼了。好在这时候电梯来了，解脱了杨一辰的尴尬，付正和文杰握手告别，带着杨一辰和高军军走进电梯。

电梯门一关上，付正就有些不高兴地对杨一辰说："小杨，你今天怎么回事，会谈的时候一句话都不说，还一直死盯着人家李经理看，那个姑娘是挺漂亮的，你也不至于馋成这个样子吧，莫名其妙啊。"

高军军一脸坏笑，抢着说道："老大，这你就不懂了，现在年轻人思春都是赤裸裸的，无耻者无畏。"

"老大，我……"，杨一辰红着脸，不知道该如何解释。

"好了好了，我也不说你了，你要真有本事追到这个姑娘也好，那我们和 DE 公司的合作关系就更密切了，呵呵。"付正做了总结性发言。

付正他们走了以后，文杰把李冰清叫进了他的办公室。

"小李，你和刚才银行那个小杨是不是认识？"文杰问道。

"不认识。"

"那他怎么一直死盯着你看，而且好像见到你很惊讶的样子，感觉你们之间有什么事情。"文杰继续问。

"不知道，这你要去问他本人了。"

文杰沉默了一会儿，又问道："最近有什么男孩交往吗，家里还在给你安排相

第十章　相思成了疾

亲吗?"

"文总怎么开始关心下属的私人问题了,对不起,这个属于个人隐私,无可奉告。"李冰清冷冷地回答。

文杰没有在意李冰清的顶撞,他又沉默了一会儿,说:"冰清,我对你怎么样,你是了解的……"

李冰清突然提高了语音和语速:"我不了解!我曾经以为我很了解,现在我觉得我一点也不了解!"

双方无语地互视。

过了一会儿,李冰清重又用冷冷的语调对着文杰:"文总还有事情要交代吗?没事的话,我回去工作了。"

文杰看着李冰清,想说点什么,终于什么也没说出来,他无奈地对李冰清挥挥手,"没事了,你去吧。"

李冰清很干脆地转身走出了文杰的办公室,临出门前重重地帮文杰关上了办公室的门。

杨一辰回到银行的办公室后,就一直处于非正常人类状态,他心潮澎湃,思绪起伏。他很想做点什么工作上的事情,分散下自己的注意力,可又什么活也不想干。他心里只有一个念头,真相,他要知道真相!他仔细搜索过往的记忆,不放过每一个环节,从穹庐人间的那顿相亲晚宴开始,直到今天 DE 公司的商务会谈。

蓦地,他想起一个细节,晚宴的时候他曾问过山寨李冰清,为什么不打他电话让他出来接她,她说手机放家里没带出来。想到这,他连忙从手机通讯录里翻出介绍人留的李冰清的手机号码,再拿出今天上午正版李冰清发给她的名片,一核对,两个手机号码相符。山寨货果然心里有鬼,她怕来电显示的号码不一样,所以才宁可在外面罚站半小时也不敢打他电话。

杨一辰又想起光棍节那天在地铁口看到的两个女孩,果然其中一个真的是山寨李冰清,自己的眼睛没有欺骗自己,那她的真名叫什么来着,张魔力?张茉莉?张磨叽?管她呢,反正她肯定是个骗人饭吃的张骗子。在杨一辰的心中,山寨货那双原先令他心动不已的丹凤眼渐渐模糊了,没有特色的嘴巴和鼻子倒是越来越变得有特色,嘴巴越来越拱,深得贪吃祖宗猪悟能遗传,鼻子越来越长,儿童教育反面典型人物匹诺曹的招牌。

在把记忆都搜索一遍以后,杨一辰觉得自己似乎接近了真相,又仿佛还是离得很远。感情天平的倾斜让他失去了理智的思考能力,他忽略了上午李冰清看到他名片时的若有所思和灿烂笑容这个重要细节。

慢慢地，他不再去分析真相了，他不再关注是谁骗了他，为何骗了他，因为他开始想念那个让他一见钟情的神仙姐姐了。和上午的感觉一样，他只知道那张清秀的容貌非常吸引他，可就是想不起具体样子，他很着急，急得他很想再看到她，最好能天天看到，可怎么才能经常看到她呢，他又急又愁。

高军军在边上揣着坏笑偷偷观察杨一辰很久了，实在不忍心继续看着自己的兄弟在那里抓耳挠腮长吁短叹，他走过去拍了拍杨一辰的肩，轻声说道："杨大官人，敢问你是只想做个露水夫妻呢，还是想要个长久姻缘？"

正愁得脑门发亮的杨一辰，猛然间听到这句话，就似那久旱逢甘霖，一把扯住高军军的手，低泣一声："衙内救我！"

高军军顺手在杨一辰头上敲了个爆栗，说道："你也太丢脸了，在DE那里发花痴，回来还是个痴汉样，她有这么美吗？让你前列腺那么亢奋啊。就算是个天仙，也不至于把你震到智商为零，失去思考能力吧。"

高军军损够杨一辰后，停顿了下，看了看杨一辰虚心聆听教诲的样子，很是满意，继续说道："你不就是想追她，在想找什么机会接近她，对吧？"

杨一辰连连点头，"对对对，请高老师指点迷津。"

高军军又敲了杨一辰一个爆栗，说："我就说你相思成傻了吧，平时那么机灵的一休哥，现在成了木鱼脑袋，这么简单的事都想不明白。我们今天去DE干吗的？我们是去拜访客户的呀，她是我们的客户，以后你们就是工作关系了，你有的是机会可以正大光明地去找她，谈完业务再汇报点个人思想，一来二去，眉来眼去，这小感情不就培养起来了吗？"

高军军一句话点醒了梦中人杨一辰，"对啊，假公济私，我怎么连这都想不到，公务是私情的温床，我是猪。你算是对得起你这个姓了，高，实在是高！"

"你是比猪还猪的猪，好了，为你这个花痴浪费了我不少时间，今天的副本任务还没做呢，我得抓紧去练级了，落后就要挨打，就要被人虐啊。"高军军缩回自己的游戏世界去了。

经过高军军的点拨，杨一辰原先愁云密布的心房豁然晴空万里，有希望的人生是幸福的，从没有哪个女子让他如此动心，他觉得浑身充满了动力和勇气，不管前面是地雷阵还是万丈深渊，他都将勇往直前，义无反顾，让小宇宙燃烧得更猛烈些吧。

第十一章　幸福从天降

杨一辰坐在座位上，手里拿着李冰清的名片颠来倒去，他在纠结是不是现在就打个电话过去，和神仙姐姐谈谈工作聊聊业务。所谓关心则乱，他想不出电话接通后该和对方说些什么，他又怕自己的唐突猴急让对方感到他另有企图，留下不好的第一印象，所以他好几次鼓起勇气拿起电话却又放下了。

纠结了半天，他终于有了决定，打铁还是要趁热，趁现在自己还有勇气，趁上午刚见面对方还记得自己，现在打个电话过去，只谈工作，就问下对方近期有啥具体业务需求，只要能巩固下对方对自己的印象就算达到目的了，如果过个几天再电话过去，对方说不定已经淡忘自己，到时候就是"小杨？请问你是哪个小杨？……哦，原来是那个小杨啊，你好你好"，这样的应答是杨一辰不愿意听到的。

杨一辰再次使出精神胜利大法，默念一遍毛主席语录"下定决心，不怕牺牲，排除万难，去争取胜利"，毅然决然地第八次将手伸向办公桌上的电话。就在他要拿起电话的千钧一发而不可收拾之时刻，电话铃声骤然响起，他惊得一下子手缩了回去，积攒了半天的勇气决心，琢磨了半天的语句说辞，瞬间又挥发在了空气里，荡然无存。

是哪个缺德孩子啊！关键时候打个倒霉电话进来，他心里痛骂了一句这个败兴的来电者，无奈地接起了电话，没好气地说："你好，信贷部。"

"你好，请问是杨一辰吗？"一个女声从听筒里传来。

"我是，请问你哪里？"杨一辰依旧态度不佳。

"我是 DE 公司的李冰清，我们早上刚见过。"

"你你你是李李李……"

"小杨你喝水呛着了？"

"我我我……"

"你现在心里肯定有很多疑问吧？"

"没没没……"

"别瞒我了，我都懂的，你想不想知道答案啊？"

"想想想……"

"晚上我请你吃饭，你会知道答案的，我带个朋友过来，你也叫个朋友吧，人多热闹些。"

"好好好……"

"那我订好地方后，会把地址时间发到你手机上的，先这样了，晚上见。"

"晚晚晚上见。"杨一辰终于完整地说出了一句话。

挂了电话后，杨一辰就咧着个嘴呆坐在椅子上，一动也不动，窗外下午的阳光渗进来，洒在他身上，一幅立体的老汉晚年幸福图，他很享受这被突如其来的巨大幸福砸懵了的感受，只想能多沉浸一会儿，不愿意醒来。

高军军偷偷潜到杨一辰身边，往杨一辰一直半张着没合拢的嘴里不知道扔了个什么东西进去，然后飞速逃回自己的座位，严阵以待杨一辰的发难。

"呸呸呸……"被突然袭击惊醒了美梦的杨一辰忙不迭地吐出口中的异物，一看，是个面巾纸揉成的小纸团。

"你个缺德的高衙内，就知道欺男霸女，鱼肉同僚，你一日不作恶会死啊。"杨一辰很生气，后果很严重。

高军军很委屈，"刚才求人家的时候就叫人家高老师，现在利用完了就咒人家死，你太过分了，你个没良心的，我的命怎么那么苦啊。"

杨一辰连忙打断高军军的苦情表演欲，"cut! 好了好了，别装了，你个打游戏还领工资的衙内都叫苦，我们草根还活不活了。"

037

第十一章　幸福从天降

相亲
XIANGQIN

"刚才是谁的电话啊？你你你是李李李，不会是你心中的女神感应到了你的痴情主动联系你了吧？"高军军学着杨一辰刚才接电话时的语无伦次，好奇地又腆着个脸凑了过来。

杨一辰鄙夷地瞥了高军军一眼，没理他。

"到底是不是啊，我猜得没错吧？她都和你说啥了，把你都石化了，像遭了核辐射似的。"高军军继续好奇之心不死。

杨一辰依旧给予一个鄙夷的眼神，他没搭高军军的话，眼睛转向窗外，却开始自言自语："这小李也真是的，吃个饭就吃个饭吧，还非要带朋友，说是人多热闹，她带个美女朋友来，我带谁去好呢，费思量啊，伤脑筋。"说完，他还一边叹气一边摇头。

高军军一蹦三丈高，怒吼道："靠，杨一辰你太过分了，你的良师益友就站在你面前，你却视而不见，我抗议！"

杨一辰一脸无辜地看着装怒的高军军，他惋惜地说："我知道，你小高是我最好的良师益友，可人家小李指定要带狐朋狗友去，你层次太高，不符合标准啊，我也很无奈啊。"

高军军一听这话，狠狠瞪了杨一辰一眼，转身扭头就朝办公室门外走去。

杨一辰朝着他的背影喊道："怎么了，想不开了？你不会去自绝于人民吧，年轻人心理不能太脆弱啊。"

高军军头也不回继续往外走，边走边飘过来一句话："狐狸难找，我去找条狗，晚上抱着去吃饭。"

下午16点30分的时候，等得已经焦灼了的杨一辰终于等来了李冰清的短信：晚上18点，新农庄，地址徐家汇万体馆2号通道附近，迟到的埋单。一旁的高军军也为之雀跃不已，两人一起感谢了上帝我主的眷顾。

今天老付很配合，还没到正常下班时间，16点50分就带着姚静离开了单位，许是赴某客户的饭局去了。杨一辰和高军军顺势接连溜进老付行长室的专用卫生间，狂搓猛洗，两人洗得比新生婴儿还干净，差点洗脱了皮。17点30分，高军军驾着他的爱车奥迪A4，载着又进入半花痴冥想状态的杨一辰，一骑绝尘赴佳人之约去了。

"怎么这么慢啊，来不及了，要迟到了啊。"看着车窗外摩肩接踵的车流，坐在副驾驶位置上的杨一辰心急如焚。

"我太阳，你烦不烦啊，这句话你都重复十八遍了，你步步高复读机啊。"等了三轮红绿灯转换还离十字路口很遥远的高军军也逐渐怒火焚身了。

"我说高蜗牛，你这速度对得起你这车吗，和女孩子约会迟到是件很严重的事情，你晓得不，你懂不懂什么叫第一印象，第一印象很重要，你晓得不。"杨一辰依旧没完没了，"人家短信里都说了，迟到的埋单，我不是在乎这一顿饭钱，失财事小，失节事大，要是因为迟到而失去了一段等待了一生的缘分，我真是太冤了。"杨一辰还在不依不饶，"我跟你说你不用沐浴了，你非要洗，早出来15分钟也许就不会遇上这堵车高峰了，你个最差男配角，龙套兼背景，你洗那么干净干吗，谁注意你啊。"

"师父！别念了！"高军军双手抱头猛摇几下，"求求你，师父，别念了，徒儿知错了，悟空知错了！"

迤逦的车龙仍在间歇性地缓慢爬行，"不行了，这样老实排队的话，过去就直接吃夜宵了。"高军军忍无可忍了，"这个路口左转弯的绿灯时间太短，每次都放不了几辆车就又转红灯了，我从右边的直行车道借到前面靠近路口的地方再插进来，这样可以少吃几个红灯。"

杨一辰立刻鼓励他："你早该这么做了，要是你的脑子也和你的A4动力一样就好了，我看你是不是应该给你的脑子喂点吗丁啉，增强点脑动力啊？"

高军军双手一推方向盘，转头对着杨一辰，说："干脆让你来开吧，我上路边药房买吗丁啉去。"

杨一辰垂首闭目，喃喃诵经："劳心者治人，劳力者治于人，劳心者治人，劳力者治于人，劳心者治人，劳力者治于人……"

高军军不再和杨一辰斗嘴，瞅个机会，一打方向盘，A4挤入了右边的直行车道。

039
第十一章 幸福从天降

第十二章 耍人的小妞

  高军军随着直行的车流一边向前开,一边瞄着左边的左转车道,他在找可以插进去的空子。就是它了,他看到一辆黄色的甲壳虫,乖乖地停在一辆公交车的后面,车头离前面的车尾有差不多 1.5 米的距离,肯定是个新手,车距保持得安全系数那么高。

  高军军将 A4 驶近甲壳虫,正准备将车头左插进那个空当,他蓦然发现甲壳虫的副驾驶位置上坐着个年轻的女孩,扎着个马尾辫,开着车窗,将脑袋伸出窗外,东张西望,煞是可爱。高军军非常注意在美丽女子面前的个人形象,不管是认识的还是不认识的,所以他决定表演下自己的绅士风度。

  高军军没有按惯例贸然将车头直接插进那个 1.5 米的空当,他将车停在自己的座位与甲壳虫副驾驶座位并排的位置,他摇下车窗,转头朝向边上的马尾辫女孩,他摇了摇手,脸上配一个和蔼可亲的大灰狼笑容,"不好意思,赶时间。"他笑着说。

  突然面对一个陌生男子的招呼,马尾辫女孩有些不解,她疑惑地看着高军军。高军军继续维持和蔼可亲状,他左手伸出窗外,指了指自己的车头,再指了指甲壳虫车前面那个 1.5 米的空当,努力朝马尾辫女孩挤出一个会心一笑。

  马尾辫女孩好像明白了他的意思,转头和边上驾驶位的人说了几句什么,然后又转过头来朝向高军军,也是和蔼可亲地一笑,摇了摇小手,说:"不好意思,赶时间。"与此同时，黄色的甲壳虫小心地往前挪了下，那个1.5米的空当基本不见了，也就只剩能塞两个窝头的距离了。

"嘿，耍我！"高军军目瞪口呆，"你这姑娘也太不懂文明礼貌了吧，你这样对待一个绅士，你于心何忍啊。"他朝着马尾辫女孩的后脑勺喊道。

马尾辫女孩没有答理他，脑袋缩回了车里，车窗也摇上了。

杨一辰不知道高军军在干吗，等了半天也没见他把车借进左边的车道，就听到他说了两句话，而边上的甲壳虫已经把本可以插进去的空当给封死了。"你怎么回事啊，这么大的空当，车也借不进去啊？脑动力不足，手脚也肌无力了？比黄浦江还宽的一条缝，你都插不进一根针啊？！"杨一辰质问高军军。

刚受了挫折的高军军软弱地辩解道："我作为一个有良知的老驾驶员，不好意思明目张胆地欺负新手，怕给人造成心理阴影，所以就给副驾驶位置上那姑娘先打个招呼，谁知道这小妞良心大大的坏了……"

"姑娘？小妞？你要是心底坦荡，直接借进去不就行了吗，只怪你自己春心动，就休怨别人把你捉弄了。"杨一辰不再往高军军伤口上撒盐了，"那现在怎么办，要不再往前开一段，到前面再找空当插进来？"

高军军看了看路况，说："不能再往前了，再往前就到路口了，路口变道，警察叔叔要来敬礼的，只能在这里等着，找个机会再借进去吧。"

因为堵车，大家的宽容心都在等待中耗尽了，车距都跟得很紧密，高军军很难找到借道的机会，在多等了一个红灯，挨了后面数辆直行车的抱怨后，A4终于插进了左转弯道，这时候北京时间已经是18点05分了，好在左转过了这个路口再往前开上几十米就是万体馆，杨一辰也不再催高军军了，估计再有个5分钟就能赶到饭馆了，他只希望李冰清最好也遇上堵车，比他到得还晚，而这种可能性很大，因为一般约会女孩子都会摆个小谱玩把小迟到，这样的话自己就可以假装带着十二万分的诚意比约定时间提前半小时就到了，然后再宽宏大量地原谅李冰清的迟到。

残酷的现实再一次打破了杨一辰美好的幻想，18点30分了，他和高军军还坐在A4上，因为他们又遇到了一个新问题，停车难，难停车。

"都绕着万体馆转了两圈了，怎么找个车位的难度和中彩票一样啊，不是说金融危机吗，怎么还有这么多人不待在家里吃饭跑外面来糟蹋钱啊，中国人真是太爱国了，都抢着拉动内需支持GDP。"杨一辰又开始做怨夫了，"高军军，都是你洗澡给耽误的，要不是你……"

正在继续绕圈的高军军连忙诚恳地掐断杨一辰的话头，"行行行，都是我的错，罚

041

第十二章　耍人的小妞

相亲
XIANGQIN

我一个星期不许洗澡,一个月不许洗澡,行了吧?"他接着说,"以我的经验,这晚上出来吃饭吧,六点是个坎,过了这个时间,下班以后出来赶饭局的人就集中到一起了,在饭馆可能要等位,车位也难找,都怪刚才那辆甲壳虫,耽误了我们5分钟,改变了我们的人生轨迹。我郁闷。"

"你就别找客观理由了,要不是你临时见色起意,也不至于落到现在这悲惨境地。"杨一辰突然不再继续批评高军军了,他指了指前方,说:"你看前面停着的那辆别克,刚上去两个人,是不是要走啊?"

高军军顺着他指的方向一看,说:"对,那个驾驶员在发动汽车了,我们慢慢开过去,他一走就可以停进去了,总算皇天不负有心人,还是你观察分析判断能力强。"

"那是,还不是整天替你写评审报告给锻炼出来的。"

那辆别克如人所愿地开走了,高军军将车驶过那个空出来的停车位,然后挂上倒挡,准备按标准姿势将车尾先缓缓倒进停车位。就在电光火石一瞬间,高军军从后视镜里看到,一辆黄色甲壳虫从远处飞奔而至,直接头朝里屁股朝外,一头扎向了那个停车位,车头进去了,大半个屁股还在外面。高军军连忙一脚刹车踩到底,惊出一身汗。

"我郁闷,我郁闷得失去理智了,这又是哪路神仙啊,今天和甲壳虫有缘是怎么着,我得下去替他家长教育教育这不懂事的孩子。"高军军拉了手刹就准备开门下车。

杨一辰还保持着清醒的头脑,他拽住了高军军,说:"忍!"

"忍无可忍无须再忍!"

"愚蠢,我们赶时间,美女在等待,你下去一折腾,只是浪费时间,又抢不回车位,走吧走吧。"

"好吧,我以大局为重。"高军军做了两下深呼吸,"世界如此美好,我却如此暴躁,这样不好不好。"他松了手刹,继续绕圈去了。

事实证明杨一辰的忍辱负重是正确的,很快他们就又找到了一个空出来的路边车位,只是车位离新农庄饭馆比较远,差不多得有二百米的距离。他们停好车,便三步并作两步,两步并作一步,一路小跑,路人远远望去,倒像是一个被偷了钱包的在追偷钱包的。

两人跑到新农庄饭馆门口的时候,已经比约定时间晚了45分钟,掀开门口的蓝布帘,一进门,就感觉这地方别有风味,果然是农村饭庄,木桌木椅、木围栏,墙上都挂着晒干的玉米辣椒,还有些农具,一副农家模样,热闹非凡。饭店分上下两层,一楼是个大天井,算是大堂,已经座无虚席,人声鼎沸,大堂的中间还搭了个小小的舞台,上面放了两把椅子,暂时没人,不知道等下会表演什么节目。二楼围着走廊一圈,应该是一间间包厢,包厢的玻璃窗都朝向天井,能看到一楼的舞台。

第十三章　给您赔礼了

杨一辰对着门口的领位小姐说道:"麻烦看下,李小姐订的四人位。"

"好的,您稍等。"小姑娘在本子上查了下,"李小姐是吗,48号桌,请跟我来。"

杨一辰和高军军跟着领位小姐在大堂里的四方桌和长条板凳之间穿行,他已经看到了那个让他神魂颠倒的可人儿了,她正一个人坐在紧贴着小舞台脚下的桌子边,捧着一杯茶徐徐地喝。

"不好意思,迟到了,路上车很堵,小高又是新拿驾照,车坛菜鸟,你们就原谅他吧,就按约好的,我埋单我埋单。"杨一辰一落座就诚挚地向李冰清道歉。

高军军没想到杨一辰会如此厚颜无耻地直接给他这个5年驾龄的老驾驶员背黑锅,为了和谐社会,为了兄弟情分,只能赔着笑脸跟着说:"新手上路,技不如人,见谅见谅。"

李冰清还是那招牌的恬雅笑容,说:"其实我们也刚到,比你们早了10分钟而已,路上和店里打了招呼才保留了这个座位,今天说好是我请客的,迟到埋单是和你们闹着玩的,怎么会当真呢。"

相亲

杨一辰本就不在乎谁请客的问题，只是担心迟到会给女孩子留下不良印象，见李冰清笑语盈盈，他也就放心了。他看了看四周，问道："你朋友还没来吗？还有比我们更大牌的啊。"

"我们一起来的，她去洗手间了。"李冰清笑着回答，她接着说道，"对了，你们没来的时候我把菜都点好了，也不知道是不是合你们的口味，如果你们有什么想吃的就再点。"

"合口味合口味，不用再点了。"杨一辰抢着回答。

李冰清莞尔，"你都不知道我点的什么菜，怎么就知道合口味了？"

"我……我们不挑食，你点什么都合口味。"杨一辰自己也觉得解释得就像掩饰。

"还有，你们喝不喝酒？我们2个女生就点了一扎酸梅汤，不知道你们男的是不是想喝酒，所以这就没替你们先做主了。"李冰清继续询问。

"我开车，不能喝酒，我也喝酸梅汤。"高军军回答。

"我搭车，不能喝酒，我也喝酸梅汤。"杨一辰学舌。

李冰清笑得灿烂了，"好吧，那就等下再加一扎酸梅汤。"

高军军非常鄙视杨一辰的花痴失态状，也想报复下前面杨一辰让他背黑锅的恶行，他斥责杨一辰："不会说人话就闭嘴，别让我跟着去脸，去用冷水洗把脸，镇定下情绪。"

杨一辰无力反击，只能讪笑着低声说："我只是想活跃下饭前气氛嘛。"

一个人的出现解救了杨一辰的尴尬，李冰清的同伴回来了。

除了李冰清，在场的另外三个人异口同声地惊呼："是你！"杨一辰看着那个女孩，那个女孩和高军军彼此互视，三人都像看到了异世界生物。

李冰清料到过杨一辰的反应，但不明白女孩和高军军之间会有什么渊源。等女孩落座后，李冰清开口为大家相互介绍："这是我的好朋友，闺蜜张茉莉，杨一辰你和张茉莉应该彼此认识了吧，这是杨一辰的同事高军军，高军军你也认识张茉莉？"

高军军怒目而向扎着马尾辫的张茉莉，说："认识，认识得很新鲜，很深刻，我郁闷。"

张茉莉和蔼可亲地笑着朝高军军摇了摇手，说："不好意思，赶时间。"

杨一辰也不明白高军军和张茉莉之间发生了什么，他问高军军："你们两个有什么故事？"

高军军没好气地回答："此人正是黄色甲壳虫上那耍我的小妞。"

"哦，原来如此。"杨一辰恍然大悟，他朝向李冰清说道："那你就是不让我们插队的那个驾驶员喽，那辆黄色甲壳虫是你的车？"

"嗯，买了才三个月，新手，和高军军差不多，车技不行，路也不熟。"李冰清笑着回答。

高军军听李冰清说"新手，和高军军差不多"的时候，真想扑过去掐杨一辰的脖子。

这时张茉莉补充发言了："你们别看我们家冰清是新手，车开得可剽悍了，刚才还眼疾手快抢了一辆残奥车的停车位，要不然我们比你们到得更晚。"

"残奥车？"杨一辰疑惑地问道。

"对啊，残奥车，奥运会的会徽不是五个圈吗，少了一个圈圈就残破了，那四个圈的就是残奥车喽。那辆残奥车也蛮可怜的，被我们抢了车位也不敢发声，乖乖地开走了。"张茉莉神情很是得意。

"我郁闷！我郁闷得失去理智了！"高军军口吐白沫，一头栽倒在桌子上，"给我杯茶，我跳进去淹死我算了。"

张茉莉同情又不解地看着高军军说："这孩子怎么了？羊痫风发作了？要不要找点青草给他吃。"

看到高军军被张茉莉无意间踩踏得精神崩溃，心理阴暗的杨一辰开怀大笑，原先面对李冰清的紧张失态也风吹云散了，恢复了正常状态，开始会说人话了。他笑着对张茉莉和李冰清说："他没事，只是刚才肚子不舒服急着上厕所的时候被人抢了马桶，现在有点粪毒攻心，你们不用答理他，他是侮大的，一会儿就能自我修复。"

"武大？他是武汉大学的？"

"不是，他是被人侮辱大的。"

这家店的菜上得很快，四人说笑间，饮料和菜就陆续上来了，而且很有效率，瞬间桌上就堆满了大碗小盆，都是乡土风味的农家菜，杨一辰扫了一眼，觉得李冰清点菜很细心周到，冷的热的、鱼虾蟹肉、蔬菜样样俱到，颜色搭配得也好，心里对她的仰慕之情更甚了。

见菜基本上齐，李冰清端起杯子，对杨一辰说："小杨同志，我以酸梅汤代酒，郑重其事给您赔礼了，我想聪明的你应该明白是怎么回事了吧，对你受到的精神伤害，我谨以这顿不丰盛的晚宴做点物质补偿了，希望你忘记过去向前看。"

杨一辰点头应道："嗯，我接受你的道歉，我看到你带张茉莉来就明白了这出李代桃僵移花接木的故事，只是我不明白你这么做是为什么，能告诉我原因吗？"

"原因很简单，那天你约了我在穹庐吃饭之后，快下班的时候单位里临时有事，

相亲

加班开会，我就请张茉莉帮我救个场。"李冰清回答。

张茉莉对李冰清把和别人玩三国杀说成是加班开会有点惊讶，她不明白李冰清为什么要这样骗杨一辰，只是李冰清既然这么说了，她这个闺蜜也就在边上附和着点了下头。

"就这么简单？"杨一辰觉得这个理由有点牵强，他有点不死心，"如果你要加班的话，可以通知我改下约会时间嘛，我是个很通情达理的人。"

李冰清笑着回答："我本来就觉得相亲成功是个小概率事件，时间改来改去太烦琐了，不赴约的话，被我妈知道又怕她老人家啰唆，所以就找了张茉莉帮忙应付一下，反正她也没男朋友，不会引起啥误会，给她带来麻烦。我以为这事就这么过去了，哪想到有更小概率事件发生，我们还会因为工作原因遇到，呵呵。"

杨一辰总觉得李冰清的解释不太合理，但又说不出为什么，只能不再深究了，他接着李冰清的话说："好吧，我也接受你的解释了，不过，小李啊，你这种对待自己终身大事极不负责任的态度很不好，你差点就错过了我这样一个公认的好男孩，幸好上苍安排我们再遇到，天意啊，你要珍惜。"

张茉莉看不惯杨一辰的厚颜无耻，抨击他："见过皮厚的，没见过皮这么厚的，好男孩，还公认的？哪个权威机构认证的啊，是不是ISO9000啊。我记得你说过你之前相亲七次都失败了，怎么七个女孩都没看出你这个公认的好男孩啊。"

杨一辰理直气壮地说："就是她们公认我是好男孩的，她们都对我说'其实你是个好男孩，只是我们不太适合'而已，七个人难道还不能算公认啊。"

"好吧好吧，我们认可你这个好男孩了，祈祷有更多的女孩对你说这句话，十个、二十个、一百个，让你这个公认更权威。"李冰清衷心地祝福了下杨一辰。

"你们……你们太……我郁闷，我郁闷得失去理智了。"杨一辰口吐白沫，步了高军军的后尘。李冰清和张茉莉乐不可支。

第十四章　愉快的夜宴

看着杨一辰和两个美女在那里嬉笑怒骂,边吃边谈,自己搞不清状况,插不上话,高军军有点着急,他扯了下杨一辰,问道:"你们到底在说些啥,别拿我当外人啊,你和李冰清原先认识?她干吗要给你赔礼啊?这个张茉莉和你好像也是熟人,你到底有点啥艳遇,怎么出来之前也不给我交交底啊,搞得我现在就像个傻子瓜子。"

杨一辰也觉得冷落了高军军,向他解释道:"我和李冰清是老熟人了,但是今天早上第一次见到,我和张茉莉不认识,但是之前交往过。"

高军军更糊涂了,他静听下文分解。

杨一辰接着简单给高军军讲述了下他经人介绍和李冰清相亲,张茉莉冒名顶替赴约,自己在 DE 公司见到李冰清后,因迷惑不解以致失态的大概剧情,只是当着两个女孩的面,杨一辰省略了自己曾对张茉莉扮演的山寨李冰清朝思暮想,以及对正版李冰清一见钟情的部分内容,高军军也没有在女孩们面前拆穿他发花痴的不良历史记录。

相亲
XIANGQIN

李冰清等杨一辰讲解完毕，笑着对高军军说："小高同志，你现在明白我为什么要请杨一辰吃饭，还要带上朋友，还给他赔礼了吧。"

"I know 了。"高军军突然觉得这是个报复张茉莉今天数次践踏他的机会，他做恍然大悟状，说："原来就是西游记里真假美猴王那段的现实版嘛，李冰清你就是大仁大义的美猴王孙悟空。"他又一指张茉莉说："你就是那个六耳猕猴，想冒名上西天骗取真经最后被一棍拍死的六耳猕猴。"说完他还配上他招牌的促狭的坏笑。

张茉莉勃然大怒，"你才是六耳猕猴！不，我让你变成无耳秃猴！看你还多嘴不。"张茉莉以迅雷不及掩耳之势，轻舒玉臂，拧着高军军的左耳朵顺时针旋转了一圈又逆时针旋转了一圈。

"女侠饶命！小的再也不敢了。"肉体上的打击彻底摧毁了高军军的精神，他俯首求饶。

杨一辰被这突如其来的暴力场面惊得目瞪口呆，刚入口的一块葱烤鲫鱼，还没来得及细嚼慢咽，就直接被惊得吞了下去。他朝一旁的服务员小妹招了招手，小妹走了过来，杨一辰艰难地说："小……姑娘，来……碗……米饭。"

李冰清关切地问他："你很饿？几天没吃饭了？"

"鱼……刺……卡了，吞……饭团。"

张茉莉对高军军的施暴和杨一辰的如鲠在喉使晚宴的气氛热烈了起来，年轻的男女们撕去了矜持的伪装，开始坦诚相见。

李冰清同情地看着两个肉体都刚受过损伤的男孩说："你们现在知道张茉莉的魔女本色了吧，以后少招惹她，她最擅长就是使用肢体语言了。"

两人连连点头："领教了，领教了。"

杨一辰补充了一句："茉莉果然直爽，上次在穹庐我就隐约感受到了一丝风采。"

张茉莉很满意地接受了杨一辰的恭维，又对着高军军不屑地说："我的气场感应告诉我，你对我有敌意，不就是没让你借道吗，怎么那么小心眼儿。"

高军军一边揉着耳朵，一边赔着笑说："我对你只有善意、诚意和小心翼翼，我一个被人抢了车位的开残奥车的弱势群体，哪敢对女侠有敌意啊。"

张茉莉听高军军这么一说，才明白原来自己前面说的被她们抢了车位又乖乖离去的奥迪车就是高军军，她觉得高军军连番受辱还能有如此觉悟实在是太不容易了，她夹了块糖醋小排放到高军军面前的小碗里，和颜悦色地对他说："这小朋友真乖，奖励块肉肉吃，以后表现要更好哦。"

高军军挨了大棒又得了胡萝卜，受宠若惊："首长放心，没有最好，只有更好。

不过那辆奥迪车我开着有心理阴影了,上面有耻辱的烙印,我得考虑换一辆,弄个'别摸我'开开。"

张茉莉鄙夷地对高军军说:"男人是不是都喜欢在女人面前'豁胖'啊,口气比力气大,听你的意思买个宝马就好像买辆自行车一样轻巧,你不用在我们面前摆阔,我们不是爱慕虚荣的女性。"

杨一辰插嘴了:"张茉莉你冤枉高军军了,他是真胖,不是豁胖,我们银行大半的业务量都是靠他做出来的,他收入很高,每天都发愁怎么花钱。"

李冰清顺着杨一辰的话说:"那我们以后要多帮助帮助小高,帮他花钱,不能让他一个人发愁,年纪轻轻得了抑郁症就不好了。"

高军军连忙点头道:"对对,以后兄弟们一起吃喝玩乐全宰我啊,谁抢着付钱我生谁的气。"

张茉莉好奇地问高军军:"看你一副游手好闲的腔调,工作能力那么强啊?"

杨一辰又跳出来为高军军证明:"他们家基因好,一家三口老少两代都是优秀的处级干部。"

张茉莉有点不相信,说:"你父母是处级干部我相信,你这个年纪这个气质,也是处级?组织上是不是被蒙骗了?"

高军军含羞低首,低声说:"虚度二十七载青春,仍保持处子之身,惭愧,惭愧。"

杨一辰早就习惯了高军军的无耻,熟视无睹,张茉莉和李冰清是第一次见识高军军的表演艺术,一个酸梅汤呛进了气管,一个笑得筷子脱手。

高军军一看剧场效果这么好,又开始失忆犯贱了,"我说张茉莉啊,我看你民风如此剽悍,估计没人能降伏你这侠之大者,你是不是和我一个级别的干部啊?"

张茉莉没有发怒,她慈祥地教诲高军军:"上帝说,如果有人拧了你的左耳朵,那就把右耳朵也给他。"

这次高军军有了提防,没等张茉莉的剪刀手过来,他立刻起身,"这酸梅汤喝多了,容易膀胱胀,诸位,我失陪一下。"他尿遁去了。

高军军回来的时候,饭馆里的表演时间也到了,两个人,一男一女带着乐器上了紧挨着李冰清订的桌子旁的小舞台,男的约莫五十来岁,拿一把三弦,女的大概三十来岁,捧一支琵琶。杨一辰一看这两件乐器,就知道他们表演的是苏州评弹。两人在舞台中间的椅子上坐定便开始弹唱起来。

李冰清对杨一辰说:"怎么样,我选的这个地方不错吧,这表演多有文化,我和张茉莉常来这里吃饭,我们就喜欢这味道,我特意订了这张最靠近舞台的桌子。"

杨一辰眉毛一抬,问她:"你听得懂?"

李冰清有点不好意思,说:"其实听不懂,就喜欢这个有文化的气氛。"

杨一辰哭笑不得,没想到李冰清拿听评弹当小资情调,"听不懂你还凑那么近,那你至少知道这是什么艺术形式吧?"

李冰清托腮想了下,试探着回答:"沪剧?"

咳咳,舞台上传来一阵咳嗽。杨一辰一转头,看到舞台上那个弹三弦的老者愠怒地盯着李冰清。

"答错了,扣10分。"杨一辰教育李冰清,"沪剧是用上海话唱的舞台剧,台上唱的也不是上海话呀,而且他们是两个人固定位置的表演,你再想想是什么呢?"

李冰清瞪大眼睛,搜肠刮肚冒出个答案,差点把杨一辰从凳子上轰下去,"那是……相声?"

咳咳咳咳,杨一辰再一转头,弹三弦的老者已经愤怒地盯着李冰清了。

杨一辰决定赤裸裸地给李冰清找回这个面子,"再猜,提示下,两个字的,第一个字是评。"

"我知道了,是评书!我小时候收音机里听过的。"李冰清兴高采烈,但马上又自我否定了,"好像不对,我记得小时候听的评书是一个声音像被掐了脖子一样的男人讲的,这里怎么会多出一个女人呢?"

杨一辰感到边上有两道喷火一样的目光射来,仿佛还听到了琴弦断了的声音。

第十五章　到底谁爱谁

"打住打住,我的公主啊,你声音能不能小点啊,还真是无知者无畏啊。"杨一辰恨不得过去直接捂住李冰清的嘴,他现在知道了,李冰清是个装风雅的戏曲知识文盲,很是后悔不该给她创造了这个丢脸的机会。

"我本来就是不懂嘛,就是觉得吃饭的时候这样听着曲子很有味道。"李冰清本人倒是不在乎这样当众露怯,她还来了求知欲,反问杨一辰:"那你说他们唱的是什么戏,你听得懂?"

这下杨一辰舒坦了,在自己喜欢的女生面前有了展现自己浩瀚的知识宝藏的机会。杨一辰奶奶是苏州人,他从小就跟着老人家在书场里听过不少评弹书目。他慢慢喝了口酸梅汤,借机仔细听了下唱词,胸有成竹地开始卖弄了:"这种表演形式叫评弹,一般都是用苏州话弹唱,吴侬软语,煞是好听,上面两位唱的是经典节目《描金凤》中的一段《暖锅为媒》。"

杨一辰偷偷转眼看了下台上,迎接他的是弹三弦老者高山流水遇知音般的热切和嘉许的目光。杨一辰受到了鼓励,底气更足了,继续深度卖弄:"这个段子讲的是

相亲
XIANGQIN

"一个本质善良又好吃懒做骗吃骗喝的老男人,他有一个漂亮的女儿,被一个开当铺的大款看中,在一个大雪之夜,大款把老男人引到家里,好酒好肉伺候,灌醉后提亲,老男人吃人嘴短,又不敢当面拒绝,就假意答应,并提出以桌上的火锅做媒人。等大款迎亲之日,狡诈的老男人让自己后娶的丑婆娘冒名顶替女儿上了花轿,大款发现上当受骗,上告官府,官府说火锅做媒人太荒唐,判大款败诉,还要赔偿抢丑婆娘的精神损失,大款人财两空,沦为乞丐,老男人一家团聚过上了幸福的日子。这个故事又一次重复了聪明机智的底层人民战胜饱暖思淫欲的财主老板的传统套路。"

两个女孩听完杨一辰的故事讲解,反应不同。

张茉莉:"丑婆娘冒名顶替?杨一辰,你是不是含沙射影,编个故事来骂人?"

杨一辰:"传统曲目,源远流长,如有雷同,实属巧合,请勿对号入座。"

"你懂得真多啊,好有文化哦。"李冰清托腮凝视着杨一辰,眼里满是仰慕之意。

被心中的神仙姐姐这样看着夸着,杨一辰春心泛起了涟漪,他觉得这时候的李冰清好美好美,一不留神他又进入了暂时性花痴入定状态,痴痴地看着李冰清,身体又石化了。

一声断喝将他惊醒,"喂喂喂,某人注意啊,口水已经淌下来了。"杨一辰的丑态让张茉莉看不下去了。

"什么状况?这个盐水虾很好吃,肉质很有弹性,大家快尝尝。"被惊醒的杨一辰想用美食转移大家对他的注意力,他夹了个虾放进嘴里,很自然地用餐布擦了下嘴,也不知道自己刚才发痴的时候是不是真的垂涎了,还是擦一下放心。

张茉莉不打算放过他,"杨一辰,你不用不好意思,贪图我们冰清美色的男人你不是第一个,也绝不会是最后一个,这是正常生理反应,谁让我们冰清长了一张人民币的脸呢,谁见谁喜欢。"

杨一辰觉得张茉莉的话有些过于尖刻了,不知道怎么回应,有点尴尬。

尿遁回来后很长时间没发言的高军军突然冒出一句话,拉了兄弟杨一辰一把,让他躲过了张茉莉的火力,"张茉莉,我倒是觉得你长了一张美元的脸,全世界人民都喜欢。"

没有女孩子不喜欢别人赞赏她的美丽,张茉莉也不能免俗,"讨厌,是由衷的吗?"

高军军一脸诚恳,"发自肺腑的。"

"嗯,小朋友越来越乖了,再奖励块肉肉吃。"张茉莉又给高军军碗里夹了块糖醋小排。

"好了好了，不要再比赛肉麻了，还让不让人安心吃饭啊，琼瑶阿姨都要被你们给气死了。"李冰清终于出面制止了饭局向琼瑶化发展的倾向。

四人的嘴除了说就是吃，高效率地工作了两个多小时，桌上已是风卷残云过，一桌乡土风味的美食，谈笑间灰飞烟灭。年轻男女们以佳肴为纽带，建立了牢固的友谊，彼此互留手机、QQ、MSN等联系方式，依依惜别时，相约要将吃喝玩乐的活动形式固定化，常态化，定期举行，活动经费由赞助商高衙内慷慨承诺一力承担。男女双方兴尽话别，各自取车，各自回家。

高军军的奥迪A4上。

高军军："杨一辰，你到底喜欢的是李冰清还是张茉莉？"

杨一辰："李冰清呀。"

高军军："你确定？"

杨一辰："我确定。原先相亲的时候，我是挺喜欢张茉莉的，但是见到李冰清后，我有种很强烈的感觉，这辈子除她无所求了，每次看到她都会心脏悸动思维停顿，你能明白这种感觉吗？"

高军军："明白，不就是发花痴嘛。不过，以我旁观者的角度，李冰清虽然姿色、气质都是上乘，但是我总觉得她有点让人看不透，像个谜，你不觉得她说话、微笑都有点拒人于一厘米之外的感觉吗？你很难真正接近她的，不是我不看好你，难，很难。"

杨一辰："世上无难事，只要肯登攀，努力过就不会后悔。你这个游戏达人啥时候也学会看人了？"

高军军："你别以为我整天只会游戏人间，虚度光阴，我也有睿智的头脑和锐利的目光，我倒是觉得张茉莉是个很可爱的姑娘，直爽，不装逼，人也长得挺漂亮，就是嘴上不饶人，还喜欢动手，这两个缺点得劝她改改。"

杨一辰："你不会是对她有想法了吧，哈哈，下决心要'脱处'了？真是犯贱啊，没想到豹子头林冲暴打高衙内后，受虐狂高衙内反倒要以身相许，怪不得盯着我问到底喜欢哪一个。"

高军军："你这人真庸俗，我只是表达了对一个好姑娘的客观评价而已，无他意。"

杨一辰："别描，越描越黑，大家都是成年人，都懂的，解释就是掩饰。"

……

相亲

李冰清的黄色甲壳虫上。

张茉莉："冰冰，那个杨一辰好像对你很有意思啊，吃饭的时候好几次他看你看得都痴呆了。"

李冰清："别胡说，要不是因为上次相亲欺骗了他，我今天也不会请他吃饭，我和他就是简单的工作关系。"

张茉莉："你流水无情，人家落花有意呀，我觉得他挺不错的呀，上次我替你去相亲的时候就向你汇报过，懂礼貌，小温柔，小幽默，今天还表现出有文化，那个啥评弹的，我们两个在那里吃了那么多次饭都不知道，人家第一次来就能讲得头头是道。我真觉得他挺不错，你好好考虑下，给别人机会，也是给自己机会。"

李冰清："你这么欣赏他，不会是你小妮子自己芳心动了吧，上次我就说过把他赏给你了，我说话算话。"

张茉莉："哼，你还别拿话逼我，我张茉莉一贯敢说敢做，我是挺欣赏他的，既然你不要，我也不客气，那我就去追我自己的幸福去了。"

李冰清："嗯，我从精神上道义上感情上全方位地支持你，经济上除外。"

张茉莉："不过话说回来，冰冰，我也不明白你了，挺优秀的男孩子你都不要，你到底想要找个什么样的男人啊？相亲也老是找人替，你是不是有啥难言之隐啊？说实话，我曾经怀疑过你的性取向，可我们两个这么要好，也没见你对我动过啥心思，我又否定了你是个拉拉的判断。"

李冰清："你去死，拉拉你个头。"

张茉莉："冰冰，没有感情生活的女人是不完整的女人，你对待爱情的态度应该积极点。"

李冰清："爱情？爱情就像例假，该来不来的时候你着急，来了又折腾得你痛苦难耐，走了你还惦记它啥时候再来。"

张茉莉："……李冰清，你怎么能说出这么深刻的话，这还是我认识的小冰冰吗？"

……

第十六章　美女求救助

人逢喜事精神爽，马遇良主奋蹄疾，昨夜欢乐的情绪到早晨还萦绕在杨一辰身上，从家里出来一直到走进办公室，小区门口的保安大叔、清洁工阿姨、卖煎饼的大婶、地铁里发免费报纸的哥哥、单位里各部门的男女同事，他一共向二十一人次点头微笑，并致以"早上好"的亲切问候，换回一堆惊诧、惊讶、讶异、莫名的表情。

当杨一辰和以往一样，8点10分准时走进办公室的时候，"靠！"他一声惊呼，简直不敢相信自己的眼睛，高军军正坐在电脑前聚精会神。这么认真？肯定是在欣赏人体艺术，杨一辰一个箭步蹿到高军军身后，想抓个现行流氓。"靠！"他发出第二声惊呼，高军军这厮居然在看项目评审报告。

高军军被杨一辰的两声惊叹唤醒，回头一看是杨一辰，就说道："杨兄，你来了啊，我刚才看了你前两天帮我写的项目评审报告，有些指标怎么测算的我不太明白，你等下给我具体讲讲。"

杨一辰后退一步，警惕地问道："说，你到底是谁，为什么要假扮高军军，速速

相亲

揭下你的人皮面具，让我看看你的庐山真面目。"

"不要调皮，我8点就来单位了，就是想多花点时间好好学学业务，你今天好好辅导我一下，我会按市场上家教最高标准支付报酬的。"高军军求知若渴。

杨一辰看着高军军，仿佛看到了ET外星人，"你受啥刺激要发奋了啊？又是早到，又要学业务，是不是你家昨夜突然破产了，你失去了依靠，从此肩负起振兴家族的重任。"

"你家才破产了呢。"高军军站了起来，一脸严肃，慷慨陈词："人类最宝贵的是生命，生命对每个人只有一次，人的一生应当这样度过，当回忆往事的时候，他不因虚度年华而悔恨，也不因碌碌无为而羞愧。"

"今天演得不好，戏有点过，不像保尔·柯察金，倒像是裤子穿太紧。"杨一辰点评了一下，"你还是坚持你纨绔子弟的本色表演比较好，正面人物不适合你。"

"好吧，不过我的态度是端正的，不想再蹉跎岁月了，我不可能一辈子靠父母的面子混日子，也不可能让你帮我写一辈子报告，我总得有个一技之长，有独立生存的能力，万一哪天你有个三长两短，我也能自力更生。"高军军很认真地对杨一辰说。

"我太阳你，高军军，你就咒我吧，还想不想我教你啊。你别以为我不知道，你这种异常变化是发情期的典型特征。"杨一辰揭露了事实的真相，"不过你能浪子回头改邪归正，作为你的师长，我还是很欣慰的。"

办公室里的其他同事陆续都来上班了，大家都被8点30分之前能看到高军军的事实给震惊了，就连付正也怀疑自己出现了幻觉，还和姚静对了下时间，确认自己的手表没有慢了一个小时，随后他便大肆表扬了一番高军军的进步，要求其他年轻人都学习他的上进心。表扬完高军军，付正又问了下杨一辰前天给他的大地生物科技公司的资料看了没有，杨一辰回答因为这两天忙别的事还没来得及看，付正便小小地批评了他一下，说他工作态度不够积极，要他向高军军学习，杨一辰只能唯唯诺诺点头称是。

杨一辰郁闷地坐在自己的座位上，这个社会太不公平了，自己一贯勤勤恳恳偶尔疏忽偷个懒就挨了批，高衙内天天迟到早退难得糊涂求进步倒受表彰，还成了自己学习的榜样，人生啊。昨夜残留的欢乐情绪所剩无几了，还是夹起尾巴努力工作吧，这就是小人物的悲哀。

情绪不佳，杨一辰不想立刻开始干活，先上网溜达一圈，看看新闻，挂挂QQ。

他打开电脑，刚登录QQ就看到有一条系统验证消息，点开一看：我是张茉莉，加我。杨一辰通过了张茉莉的好友申请验证，好友列表里多了个叫"弱女子"的头像，弱女子？反差太大，对比太强烈了，杨一辰脑海里回放起昨天这个"弱女子"拿高军军耳朵当汽水瓶盖拧的场景，这时"弱女子"的头像开始闪烁，张茉莉找他聊天了。

　　弱女子：你反应怎么这么迟钝，申请了10个小时你才加我好友，摆谱是吗？

　　泥人：冤枉，昨天回去晚了，直接洗洗睡了，没开电脑，我哪知道你那么心急火燎要加我，你应该给我发个短信，说你加我QQ了要半夜汇报思想，我肯定起床接客。

　　弱女子：谁心急火燎了，还汇报思想和接客，你再乱说话，高军军的耳朵就是你的榜样。

　　泥人：我们领导刚把他整个人都定为我的榜样了，也不差这一个耳朵了。

　　弱女子：啥意思？

　　泥人：没啥，就是领导号召我向高军军同志学习。

　　弱女子：让你学他的吊儿郎当？

　　泥人：学他对待工作一丝不挂的敬业精神。

　　弱女子：那叫一丝不苟！贫嘴，你就不能正经点说话。

　　泥人：听君一言，醍醐灌顶，我算找到我的穷根了，穷就穷在这张嘴上了，原来我长了个贫嘴。

　　弱女子：好了好了，你还越说越来劲了。说真的，我还真有点急事要你帮忙。

　　泥人：除了借钱，愿效犬马之劳。

　　弱女子：我家浴缸的下水道堵了，水下不去，你能帮我修下吗？

　　泥人：你怎么想到找我啊？怎么不找物业公司？

　　弱女子：我是在外面租的房子，是老的公房，物业公司在哪我都不知道。我想男生的动手能力都比较强，一般修个电灯水管啥的应该没问题吧，我又没啥认识的男性朋友，你算是关系最近的一个了，所以就瞎猫抓死耗子，找你问问。你会修吗？

　　泥人：我想说你真的运气很好，别的我不会，通下水道我最在行，人送外号"水管工超级马里奥"。

　　弱女子：那太好了，你今天下班能来吗？

　　泥人：可以，你告诉我地址，我五点一下班就直接过来。

弱女子：那我们就六点碰头吧，你可以坐地铁1号线，到莘庄站下，我在地铁出站的地方等你，然后带你去我家。

泥人：好，那就这么定了，我先忙工作去了，免得领导见我闲聊又拿高军军来教育我。

弱女子：嗯，那晚上见面再说。

杨一辰下了线，将电脑从外网切换回单位内网，开始抓紧处理今天的工作事项，和张茉莉一番调侃，让他心情好了很多，男人的快乐还是得从女人那里找啊，不论是精神还是肉体。杨一辰忽然想到，自己答应了张茉莉晚上去帮她通下水道，可是自己现在在上班，通下水道的秘密武器还在家里，得找个借口下午先溜回家一趟。他想了想，便走进对面的小单间，和他的主管领导姚静汇报了下，说是下午要去拜访一个新开发的客户，时间晚了就不回单位了，姚静还是她一贯的"只唯上，不管下"的工作作风，一句话也没多问就同意了。

下午杨一辰离开单位的时候，看了看还在全神贯注努力学习业务知识的高军军，犹豫了下，决定还是不告诉他自己晚上去张茉莉家的事了。杨一辰不想高军军误会他和张茉莉之间有什么暧昧，虽然高军军嘴硬没承认，但杨一辰看得出他似乎已经动了凡心。杨一辰怕熄灭了他刚因欲火所燃起的上进心小火苗，更不想影响了兄弟间的友谊，所以杨一辰悄悄地离开了单位，悄悄地走，正如他悄悄地来，啥也没带走。

第十七章　初探茉莉闺

　　杨一辰回家拿好东西，搭乘地铁1号线，纵贯上海南北，按约定时间赶到了地铁莘庄站，他一出闸机口就看到了一个穿着红色羽绒服的年轻女子站在人群里翘首张望，很是显眼，正是张茉莉，张茉莉也看到了他，朝他走来。

　　杨一辰不改贫嘴作风："100米外都能看到你翘首以待，你再举个牌子就更有造型了。"

　　张茉莉没接他话，直接发难了："怎么又迟到了，我都等了15分钟了。"

　　杨一辰看了看表，说："我没迟到啊，现在才北京时间17点55分，我还早到了5分钟。"

　　张茉莉坚决地说："比我晚到就是迟到。"

　　杨一辰很无奈，"不带你这么不讲理的，好吧，我认错，罚我不准吃晚饭行不？"

　　张茉莉的脸变得很快，转嗔为笑，说："那不行，皇帝不差饿兵，今天比较仓促，我给你准备了咖喱炒饭和炸猪排，门口小店买的，下次请你吃好吃的。"

　　杨一辰做惊诧状："你是不是派人调查过我，你怎么知道我就爱吃炸猪排和咖喱饭。"

张茉莉笑得很开心,"是吗,我是按自己的口味顺便给你买的,这么巧,我们真有缘。"

"呵呵。"这话杨一辰不敢随便乱接,只能干笑两声后说道:"我们别在这示众了,快点去你家吧,我超级马里奥要大显神威。"

"嗯,那走吧。"

张茉莉带着杨一辰出了地铁站,大概步行15分钟后,来到一个老旧的住宅小区,张茉莉就在其中的一栋楼里租了个一室户。杨一辰随张茉莉进了屋,四处打量了下这房子,装修是20世纪90年代的时髦,家具也就基本配置,到底是女孩子住的地方,房子虽然简陋了些,但是收拾得很干净。

"这房子租金多少钱?你一个人住还是和人合租?"杨一辰随口问道。

"每月1500,我一个人住,我不习惯和不熟悉的人在同一空间里生活。"张茉莉回答,一边给杨一辰拿了瓶可乐。

"谢谢。"杨一辰打开可乐喝了一口,笑着说:"你胆子挺大,也不怕晚上来个采花大盗。"

"怕也没用,只能做好防范措施,上楼时注意后面有没有陌生人,睡前检查门窗,窗台上放好老鼠夹,桌上有防狼喷雾,枕头下有剪刀。"

杨一辰听了倒吸一口凉气:"朋友来了有好酒,若是豺狼,迎接它的是猎枪。哪个不长眼的淫贼贪图你的美色算他倒霉,也不知道谁伤害谁了。"

杨一辰放下可乐,接着说:"咱们还是先开工吧,弄好了再享受咖喱饭和炸猪排,带我去施工现场。"

张茉莉将杨一辰领到卫生间,指指浴缸,就是那里堵了。杨一辰过去粗看了下,对张茉莉说:"拿根筷子,找把废弃的牙刷,再倒杯开水来。"张茉莉依言一样样拿来。

杨一辰将筷子伸进浴缸的下水道口捣了捣,抽出来看了下,对张茉莉说道:"找到堵的原因了,你平时怎么也不在下水道口放个金属的滤网啊。"

张茉莉回答:"我搬来时就没有呀,我也不知道要装什么滤网,怎么了,是什么堵了?"

杨一辰一脸镇定地说:"女孩子的长头发和体毛。"

张茉莉的脸变得和杨一辰第一次在穹庐见到她时一样红,她小声说:"那怎么办,我好像没看到你带工具来啊,一般都需要工具的吧。"

杨一辰自信地说："我有法宝在手，高科技产品。"他走出卫生间，从自己的背包里拿出一个瓶子，回到卫生间后，他先将那杯开水倒入下水道口，等了一会儿，打开法宝瓶子，从瓶子里又倒了一些颗粒状的粉末出来，将它们灌入下水道，随后又用废弃的牙刷将散落在外面的粉末颗粒细心地都扫进下水道，一切做完，他直起身来，对张茉莉说道："施工结束，四十五分钟以后用大量清水冲洗即可。"

张茉莉好奇地问："你倒了什么东西进去啊？好像很神秘的样子。"

杨一辰不卖关子了，直接说："管道疏通剂，其实就是腐蚀剂，我家里下水道也堵过，逛超市正好看到有这种自助产品，就买了试了一下，很管用。"

张茉莉说："那你把剩下的就留我这吧，万一以后再堵了，我自己可以疏通。"

杨一辰很豪爽地说："行，都送给你，不过你要好生保管，这可是危险品，有些注意事项我得提醒你，只可外用，不可内服，不是所有堵的地方都能用的，你拿它通便秘就不行。"

"杨一辰，你有不贫嘴会死症啊，再乱说话小心你的皮肉。"张茉莉气急败坏。

杨一辰捂着耳朵逃出张茉莉的攻击范围，坏笑着说："朕饿了，是不是该进膳了？"

张茉莉将买来的咖喱炒饭和炸猪排用微波炉加热了下，便和杨一辰边吃边聊了起来，杨一辰也想借机窃取一些关于李冰清的情报。

杨一辰："张茉莉，你怎么一个人住外面，你父母放心啊？"

张茉莉："我家在青浦，好的工作机会都在上海市区，我大学毕业后就一直在市区租房子了，换了三个地方了，最烦就是搬家了，可有什么办法呢，只能努力奋斗，争取早日能买个属于自己的蜗居，或者哪天运气好，嫁个有房的好男人。"

杨一辰："你和李冰清那么要好，你们是大学同学？"杨一辰开始把话题往李冰清那里引了。

张茉莉："我和冰冰从小学到中学都是同学，到大学才分开，她读的财会，我读的策划。她比我强，现在都是500强的部门经理了，私家车也买好了，我还在广告公司做个小策划，起早贪黑，干得多挣得少。"

杨一辰："这么说那她也是青浦出来的？那你们怎么不一起租房子呢，你们是闺蜜，彼此有个照应多好，还节约成本。"

张茉莉："我也是这么想的，和她提过，可她说习惯一个人住，怕两个人住一起时间长了会有矛盾，影响姐妹感情，她现在一个人在徐家汇租了个酒店公寓，每月要三四千的租金，反正DE工资高。"

杨一辰:"这么贵的房租,还要养车,看来 DE 的工资还不是一般的高。对了,张茉莉,李冰清怎么不用 QQ 和 MSN 的,上次在新农庄吃饭分手的时候,大家留联系方式,她说有事打她电话或发短信就行,你们平时也这么联系?"

张茉莉:"嗯,她没骗你,读书的时候她用过 QQ,在 DE 上班后就再也不用了,她说聊天是浪费生命,她把别人闲聊的时间都用在工作和学习上了,所以年纪轻轻就做了部门经理。"

杨一辰:"真是个进步青年啊,可以去参评三八红旗手了。还有个事我要批评你,张茉莉,你怎么会答应李冰清替她去相亲的,我觉得这样不好,这对男方不尊重,幸好你们遇上我这样胸怀比大海还宽比天空还广的人。"

张茉莉:"这可不能怪我,她提了我也不好意思拒绝啊,我也说过她的,老让我替她去相亲这样不好。嗯?"张茉莉突然警觉起来,"你怎么一直在打听李冰清的事情,你是不是对她有意思啊?你说实话,姐姐我可以在她面前替你美言几句。"

杨一辰连忙掩饰:"没有没有,只是随口问问,为了以示清白,我们接下来不提她了。"杨一辰不想在张茉莉面前暴露自己的真实意图,张茉莉可不是高军军这种久经考验信得过的狐朋狗友。

杨一辰扯开话题:"张茉莉,你平时一个人住也不怕寂寞啊,都有点啥娱乐活动啊?"杨一辰问完这话就有点后悔,这话的暗示味道太浓郁了。

好在张茉莉回答得挺坦诚:"我经常要加班的,基本回到家就睡觉了,娱乐活动就是隔段时间就约人打打羽毛球,运动运动,杨一辰你平时爱好啥体育运动?"

杨一辰:"我身子骨弱,大球小球都不碰,要说体育运动么,偶尔和高军军搞搞电子竞技算不算?"

张茉莉:"玩游戏啊?那当然不算,你以后就周末和我一起来打羽毛球吧,对你们这种天天坐在办公室对着电脑的人来说,羽毛球是个非常有益身心的运动,可以防止颈椎病、肩周炎、腱鞘炎、痔疮等各种病症。"

杨一辰:"我不是有痔青年……"

张茉莉:"不行,这事就这么定了,我得对朋友的健康负责,你身子骨弱更需要锻炼,难怪你七次相亲都不成功,就是平时不锻炼身体没有阳刚之气。以后我有时间的话就带你去打羽毛球,我订好场子通知你。"

杨一辰:"行行行,我跟你去,我知道了,我要是不打这个羽毛球的话,后果很严重,要么一身病英年早逝,要么变人妖单身至死。"

第十八章　领导给馅饼

迫于张茉莉的淫威，杨一辰缴械投降，答应了以后跟着她去羽毛球场锻炼身体。两人随意又聊了些别的工作和生活话题，很快四十五分钟过去了，杨一辰起身到卫生间，完成了最后一个用清水冲洗的步骤，张茉莉家浴缸的下水道畅通无比，水流从这里欢快地奔向遥远的大海。

"大功告成，收队，我得赶地铁去了，孤男寡女长处一室，多有不便。"杨一辰向张茉莉辞行了。

张茉莉也不挽留，"好的，今天多谢你了，没招待好你，下次我亲自下厨，好好请你吃顿美食。"

"你还会烧菜？看不出来啊，不会是买点半成品拿微波炉热一下也算下厨吧。"杨一辰做怀疑状。

张茉莉对杨一辰的质疑很不满意，"别瞧不起人，我有好几个拿手菜呢，我一直一个人住的，生活自理能力很强。"

"那我就拭嘴以待了，以后有啥事需要我帮忙尽管说，小修小弄的事我还能对付，女孩子家家一个人住不容易。"杨一辰怜香惜玉的毛病又犯了。

张茉莉倒也不客气，"嗯，估计下个星期电脑可能会坏，到时候你过来帮我修一下。"

"估计？下个星期？"杨一辰的智商不够了，"你电脑被人设了定时炸弹啊，啥时候坏也能预测？"

张茉莉一撇嘴："我说下星期坏就下星期坏，你问那么多干什么。"

杨一辰不敢回嘴，试探着问："修电脑这玩意，高军军比较在行，在他没有异性的人生里，电脑是他全部的慰藉，要不我让他来帮你看看？"

张茉莉生气了，"你不愿意帮忙就算了，别往别人身上推，大不了我扔了坏的买个新电脑。"

"我来我来，太后息怒，您别拿电脑撒气，它是无辜的。"杨一辰低头谢罪。

"这态度还差不多，快走吧，天冷，早点回去休息，记得答应过我一起打羽毛球的哦。"

杨一辰坐在回家的地铁上，路程很长，他无聊地看看地铁车厢里播放的电视广告，眼神偶尔会捕捉下车厢里上上下下的美女过客，脑子里胡乱想着些零乱的心事。

张茉莉这小妞不会看上自己了吧，怎么一直在创造两人独处的机会，虽然先前在不知情的情况下自己也曾想念过她两个星期，可自从见到李冰清，自己就一颗红心无旁骛了，而且高军军好像也喜欢上了张茉莉，这点已经基本可以确定，总共就两男两女四个人，关系弄得有点复杂了。

杨一辰突然想到个有趣的事情，假如李冰清再喜欢上高军军的话，那四个人就变成了求爱连环套，谁和谁搭配都有可能，肯定很有意思。呸呸呸，李冰清不许喜欢高军军，只能喜欢我杨一辰，自己也别自作多情了，也许张茉莉只是拿他当个可供差遣的男性朋友，不过自己今后在和张茉莉的交往中也要注意保持距离和尺度，以免引起不必要的误会。

杨一辰在晃荡的车厢里浮想联翩，地铁载着他由南向北，又一次贯穿了夜上海。回到家后，他觉得有些累，洗了个澡，便早早躺在了床上，一边看从单位带回来的客户资料，一边等着睡意。早上被付正批评了几句，他感觉付正对那家大地生物科技公司比较重视，毕竟是领导亲自开发的客户，他得认真对待好生伺候着。看着看着，正有点发困了，手机响了，短信，张茉莉发来的："到家了吗？今天辛苦你了。"他回了一条"上床了，为人民服务"，随后便关灯睡觉了，也不管收到短信的对方会不会误会他是不是从事某种特殊服务性行业的。

第二天一早，刚上班，付正就将杨一辰叫进了办公室，果然又问他客户资料消化得怎么样了，上午就要去拜访这家大地生物科技公司，杨一辰暗夸自己料事如神，昨晚幸好做了点准备功课，他向付正简单汇报了下企业基本情况和资料中的几个要点，付正颇为满意，让他再整理下思路，等下就出门拜访客户去。杨一辰回自己座位拿上笔记本和名片，喊上司机便下了楼，等司机将车开到门口后，杨一辰便谦恭地站在车边，静等为领导开车门这最后一道程序了。杨一辰信奉"细节决定成败"这句话，所以在职场上他非常注意上下级之间、主客之间的礼仪，一个小动作也许就能让领导对自己留下好印象。

过了一会儿，付正出来了，杨一辰见付正只身一人，便迎上去问："老大，你是不是忘记通知姚经理了，是你打电话让她下来，还是我上去叫她？"按惯例，付正自己开发的客户和项目都是由姚静打理的，杨一辰只是跑跑腿，打打下手，做做基础文字工作，所以杨一辰见姚静没跟着付正出来，以为付正忘了叫上她。

付正的招牌动作，挥了挥手说："她不去，就我带着你，走吧。"

杨一辰将疑惑放在心底，领导这么说自有领导的道理，他也不多问，开了车门，殷勤地将付正塞进车后座，自己在副驾驶的位置上坐好，便让司机出发了。

车开了会儿，付正说话了，"小杨，你进银行工作也有5年了吧？"

杨一辰回道："嗯，跟着老大您学习了五年了，受益匪浅。"

付正接着说："你也算个老资格的客户经理了，你的工作成绩和能力我是看在眼里的，年轻人能像你这样努力的难能可贵啊。"

杨一辰不明白领导为什么突然表扬他，但自己必须得表现得很谦虚，"老大，你这么夸我我不敢当啊，我只是做好自己的本职工作而已，现在社会竞争那么激烈，今天不努力工作，明天就要努力找工作。再说了，有这么敬业的领导做榜样，我想偷懒也良心上过不去啊。"

"呵呵，"付正对杨一辰的隐形马屁比较受用，"小杨，我今天没带姚静出来，就是想给你个独立表现的机会，看看你是否能独当一面。现在姚静的工作压力比较大，平时对部门也疏于管理，我考虑向分行申请个信贷部副经理的职位，替她分担一些责任。"

杨一辰听了心猛然一跳，静等付正的下文。

付正继续说："目前来看，你们部门也就你比较合适，高军军的业务资源多，但

相亲

是业务能力不如你,他拉来的项目也都是你帮他管理的,反正我们这里收入和业绩挂钩,即便你做了这个信贷部副经理,收入和高军军比,也是差距比较大的,所以如果提拔你的话,对高军军的心理影响也不会很大。"

付正停顿了会儿,看看杨一辰的反应,见他紧张得不敢说话,便笑着说:"小杨,很多人辛苦一生却怀才不遇,其实缺乏的是把握机会的能力,年轻人,好好努力啊,不要让我失望,我看好你呦。"

杨一辰此时的心情,用文学作品里常用的话来形容,就是"又惊又喜",付正的话就像给他打了一针鸡血,让他精神勃起。他明白,一个加入付正嫡系的机会摆在了面前,抓住了,自己就将成为一名年轻的中层干部,人生从此上了一个新的台阶,现在最需要做的就是向领导表决心表忠心。只是这个突如其来的大馅饼砸得他有点晕头转向,他脑子里一片混乱,不知道该如何表达要报答领导知遇之恩的意思,"肝脑涂地誓死追随"、"鞠躬尽瘁死而后已"、"无以为报以身相许"——闪现,又被一一否定,突然灵光一闪,他想起付正最喜欢使用毛主席语录,就改编了一句伟人交班华国锋同志时候的话,他转头面向付正行长,郑重地说:"我办事,你放心。"

第十九章　初约遇婉拒

　　大地生物科技公司的办公地点位于淮海路上的瑞安广场写字楼,与 DE 公司所在的香港广场离得很近,只隔着一条马路,杨一辰从大地公司会议室的窗口望出去,就能看到对面的香港广场。杨一辰想,这淮海路真是自己的幸福路啊,很可能自己将在这条路上同时收获爱情和事业,他暗下决心,在这岁末与岁初之交,要倾尽全力,爱情、事业两手都要抓,两手都要硬,实现双丰收。

　　大地公司的总经理吴仁信亲自接待了付正和杨一辰,杨一辰接过吴总名片的时候,心里不禁感叹一声,吴总的父母真是奇才啊,无人性,这名字起得多霸气,有睥睨一切的气势,只有这样的人才能成为商界精英、成功人士。

　　吴仁信,吴总的年纪看上去和付正差不多,也是四十来岁,口才极好,语言很有条理,说起自己的企业如数家珍,配合着 PPT 幻灯片的演示,他详尽地介绍了大地生物科技公司的成长历史、经营现状和发展规划,整个会谈过程中,基本都是他在单方面演讲。这让杨一辰有些着急,这吴总太能讲了,自己插不上话可不行,付正在边上看着自己的表现呢。事关前途,杨一辰绞尽脑汁,只能趁吴总说得口干舌燥喝水的空当，见缝插针地提了几个自认为很重要很关键的问题，也不知道付正是不是满意自己的表现，心里有些忐忑。

经过双方两小时的会谈，杨一辰基本了解了大地生物科技公司的经营情况和对银行的需求。该公司是一家拥有技术专利的高科技公司，公司的主营是从大蒜中提取一种叫大蒜油精的物质。据吴总介绍，普通的提炼技术1吨大蒜能提炼出6公斤左右的大蒜油，而大地公司通过专利技术能从这6公斤大蒜油中再萃取出1公斤的大蒜油精。这大蒜油精是个宝，能软化血管，降低血糖、胆固醇，防止心肌梗死、脑梗塞等各种人体梗塞死，对心、肺、肝、眼等各种人体零部件都有保健作用，按吴总王婆卖瓜的说法，总之就是包治百病的灵丹妙药。

大地公司的总部办公在上海，生产工厂则设在中国的大蒜主要产地山东，公司提炼的大蒜油精都通过专业的外贸公司出口海外，畅销五大洲，供不应求。此次大地公司找杨一辰他们银行合作，就是为了将企业做大做强，贷款用于收购更多的大蒜，生产更多的油精，挣更多的钱，解决更多的就业，交给国家更多的税，为建设和谐社会尽绵薄之力，尽吴总作为一个民营企业家的良心。

会谈成功结束，双方告别的时候，杨一辰又努力在付正面前表现了一次，他结结巴巴磕磕绊绊地做了番临别陈词，这是他搜肠刮肚两小时精心准备的，自认为有礼有节甚是得体。

"今天的会晤是次成功的愉快的会晤，吴总按昨天、今天和明天三个部分的介绍，让我们看到了大地公司这样一家蓬勃发展的上升型企业，也看到了吴总报效国家回馈社会的拳拳之心，我们银行就是要为这样的企业服务，对于吴总提出的申请两千万元贷款用来新增收购5000吨大蒜的资金需求，我们会尽量满足，根据企业报表反映的良好的赢利能力，也符合申请信用贷款的标准，具体情况等我们回去初步评审以后再来和吴总商讨。当然，合作的目标是双赢，我们也希望在开户结算和存款等方面得到吴总您的支持。"

离开大地公司，在下楼的电梯里，付正对今天杨一辰的发挥给予了肯定，"小杨，今天表现得不错，尤其最后的双赢提得好，将了对方一军，那个吴总已经答应过两天就过来开户，这事你盯紧点，还有贷款的事情你也抓紧操作，贷款能放下去的话，这样我们也有理由让他公司的结算以后都从我们银行走。"

"老大你放心，从现在起，我会让大地公司看到我就像看到嚼过的口香糖，我算黏上他们了。"付正的褒奖让杨一辰精神海绵体继续充血。

下楼后，付正对杨一辰说他还有点别的事要办，让杨一辰自己打车回银行，然后便驱车离开了。

杨一辰一个人静静站在街上，手心里还攥着兴奋的汗水，他傲然四顾，冬日的淮海路依旧人来车往，热闹欢腾，恰似他无法平静的内心，要升职了，要被提拔了，自己就要成为年轻的中层干部了，他很想找个人分享他现在的喜悦，让他宣泄下虚荣心。当他的眼光扫过马路对面的香港广场时，一个念头从心中冉冉升起，李冰清，李冰清就近在眼前！他看了看表，现在正是午饭时间，约她共进午餐是个好借口，只是个便餐，既不会显得太唐突，又多了个接触的机会。

约李冰清吃饭的想法越来越强烈，杨一辰一点一点积聚着勇气，只需要打个电话过去邀请对方而已，对杨一辰来说却是个艰难的决定，每次面对李冰清，他都会肾上腺素大量分泌，无法坦然，一贯的伶牙俐齿也会变成语无伦次，何况这是自己第一次主动约她，爱一个人真的好难……受。

爱情、事业双丰收的目标激励着杨一辰，他决定用最高强度的精神励志方式给自己鼓劲。他找了个暂无人的街角，寻一橱窗前站定，面对镜像中的自己，他右手握拳，屈肘做了个下拉的动作，嘴里低喊一声："为了新生活，冲啊！"恰此时，身后有一时尚美女瞟过，鄙夷地丢给他两个字："流氓。"杨一辰愕然，等他回过神来，想对美女说声"姐姐，你误会了！"美女已被他这个当街追求"性生活"的"流氓"惊远。

杨一辰终于用汗湿的手拨通了李冰清的手机，他深吸一口气，调整了下呼吸，等着李冰清接听。

"喂，你好。"

"李冰清吗，我是杨一辰。"

"我知道啊，有来电显示的，杨一辰你找我有事吗？"李冰清电话里的声音都带着微笑。

"没啥事，早上正好在附近拜访客户，就是你们写字楼对面的瑞安广场，谈了一家高科技公司。"

"哦，高科技公司，是和我们DE一样做IT的吗，这里附近同行业的公司挺多的。"

"不是做IT的，是种大蒜的。"

"种大蒜的也能算高科技公司？"

"嗯，人家能从大蒜里面提取黄金。"

第十九章　初约遇婉拒

相亲

"这技术含量太高了,果然是高科技,呵呵。"

前半段的寒暄还算发挥正常,杨一辰准备切入主题了,不禁又紧张起来。

"李冰清,你吃饭吗?"杨一辰一上来就犯了不会说人话的老毛病。

"啊?我不吃饭我怎么活啊。"

"不是,我的意思是你吃午饭吗?"杨一辰的阵脚越发乱了。

"我不减肥,我一天三顿都吃的呀,难道你觉得我应该减肥了?"

"不是不是,你不用减肥,你的三围很诱人,不是不是,我是说你的身材很标准。我的意思是我正好在你单位附近,我还没吃午饭,你可不可以请我吃午饭,不是,是我可不可以请你吃午饭,如果你也要吃午饭的话。"杨一辰对自己混乱的谈吐非常痛恨。

"呵呵,你的意思是邀请我共进午餐对吧,今天不行了,我们部门中午聚餐。"

"哦,那算了,以后再找机会吧。"被婉拒了,杨一辰说话又恢复了正常。

"嗯,那再见了,同事叫我了。"

"再见。"杨一辰挂了电话,心里很失落,怕什么来什么,还是被拒绝了,虽然理由听上去很正当,也不知是真是假,反正被拒绝总是让人郁闷的,自己白白思想斗争了半天,还被人误会了"流氓",即将成为中层干部的喜悦也被冲淡了许多。

哼,你躲得了初一躲不了十五,小小的挫折反倒激发了杨一辰的斗志,誓要发扬鲁迅先生"韧"的精神,任尔东西南北风,我自咬定青山不放松,管你是哪路的女妖精,我便是西游记里银角大王的羊脂玉净瓶,终有一天收了你。

杨一辰重鼓精神后,午饭也不吃了,便招了辆出租车,打道回府。此时,李冰清正一个人从马路对面的肯德基走出来,手里拿着袋外卖,只是杨一辰没有看到。

第二十章　茉莉战一辰

　　此后的数个星期里，杨一辰坚定不移地贯彻执行着两手都要抓，两手都要硬的方针政策。事业战线上，他认真完成了大地公司大蒜项目的评审报告初稿，再收集点补充资料就可以上报分行审批了。爱情战线上，他隔三差五地找了几个业务上的借口给李冰清打过几次电话，但是效果很不理想，电话内容仅限于业务，每当他谈完工作想把话题往闲聊上展开时，都会被李冰清以合理的理由扼杀在萌芽状态，更是找不到机会单独约她了。他开始认同高军军的说法，李冰清看似平易近人，其实始终拒人于一厘米之外，想和她交往，却难以逾越这无形的最窄的一道天堑，这让杨一辰有些焦虑，没有交往就没有交流，没有交流就没有交配。

　　杨一辰也想过干脆向她直抒胸臆，爱就喊出来，可按目前李冰清对他的有礼有节，只怕是又将再一次被认定为"好男孩"，我掏心掏肺给你看，你甩个背影说抱歉。算了，还是小火慢炖吧，火候未到，急着出锅肯定砸锅，在求爱的征程上，光有决心和细心是不够的，还得有耐心，哪怕回回都是热脸贴冷屁股，还是隔着裤子没碰到肉的，那也得坚持着。

相亲

和李冰清的姻缘原地踏步，和张茉莉的友谊倒是大踏步地前进，两人又见了次面，她家的电脑如期罢工，杨一辰按约定的去给她修理，半天也寻不出毛病，重装了下系统便又能用。平日里，QQ上"弱女子"每天都要找"泥人"聊天，起先只是基本寒暄问候，早安晚安中午好，一日三餐吃了吗，等熟稔了就逐渐过渡到事无巨细事事汇报，诸如："今天早上差点迟到，打了车，心好痛痛"、"隔壁商场打折，刚溜出去买了双鞋，好合算，嘻嘻"、"晚饭又吃了麻辣烫，好爽，明天还要不要继续吃呢，纠结"……，再后来就开始传递哀怨的情绪，"晚上一个人在家无聊，看着窗外冷冷的月亮，有点寂寞和凄凉"、"每个月总有那么三十几天不想上班，忙忙碌碌浑浑噩噩，敢问路在何方"……，只是杨一辰对这样的对话保持着十分的小心，应答都是斟字酌句，健康向上，比如"寂寞的话就去看看书吧，书是人类最好的朋友，有好朋友就不寂寞"、"路在何方，勤为径，世间自有公道，付出总有回报，步步高"……

杨一辰没脸看自己说的这些猥琐话，他怕看了会忍不住抽自己这个反革命装逼犯。其实他对张茉莉的印象挺好的，只是因为心里有了李冰清，再加上他觉得高军军对张茉莉是有企图的，所以他才刻意与张茉莉保持一定的距离。杨一辰也鼓励了下高军军去大胆追求张茉莉，可是这厮嘴硬不承认自己喜欢上了张女侠，杨一辰也只能任由其自生自灭，总不能自己替他和张茉莉谈完恋爱再换他入洞房吧。

今天周六，早上十点杨一辰还蜷缩在羽绒被里，任阳光在他的脸上抚摸，也不愿意钻出那温暖，冬天早上的被窝真是比情人还让人眷恋啊。床头柜上搁着的手机不合时宜地响起，杨一辰快速伸出一条裸臂，拿过手机，又缩回被子里，一看，是张茉莉打来的，就扔在一边，继续在温暖里发呆。手机铃声一直唱到"未接电话"状态停止，过了30秒后，重又响起，见对方如此执著，杨一辰只能无奈接听。

"我说张茉莉啊，你这大清早的电话惊魂，惨无人道啊。"

"现在还大清早？你好意思说啊，脸皮真厚，真是脸比屁股大。"

"昨天晚上你用腾讯折磨我到12点，我正休养生息呢，你又通过中国移动来残害我。"

"严肃点，不贫嘴会死症又犯病了啊。"

"好吧，我严肃了，张爱卿，有何事禀报，有本奏来，无本退朝。"

"今天周六，难得我不加班正好有空，还记得我们曾经约定的事情吗？"张茉莉开始说正题了。

"啥事情啊?我最近太忙,容易失忆。"杨一辰装傻。

"打羽毛球!上次你帮我通下水道的时候说好的,不许毁约。"

"啊?张茉莉你是认真的啊,我以为你上回是随口说说的呢,我看要不就算了吧,今天天挺冷的,容易冻感冒,再说天冷骨头脆,我又缺钙,锻炼的时候也很容易受伤,我看我们还是春暖花开的时候再约吧。"杨一辰想耍赖。

"不许耍赖,你答应我随叫随到的,我场地都订好了,说话不算话,终身被人骂。"

"哎呀,我想起来了,我没有羽毛球拍。"

"我有两个,可以借给你一个。"

"哎呀,我又想起来了,我的运动鞋破了,正准备过两天去买。"

"你可以赤脚上场。"

"好吧,我认输了,什么时间什么地点?"杨一辰突然想到件事,"你叫上李冰清和高军军了吗?让他们一起来吧,人多热闹。"

"没叫他们,今天场地紧张,只订到1个小时的时间,四个人打每人轮不到几拍子了,下回再组织集体活动,今天先帮你进行适应性锻炼,下午四点到五点,长宁体操中心的羽毛球馆,不见不散,拜拜。"张茉莉一溜说完就很干脆地挂了电话,根本不给杨一辰多嘴的机会。

没能借张茉莉的球拍拍到李冰清,杨一辰有点小小的失望,他起床吃了个饱饱的早午饭,两餐合一后,便又钻回了他的羽绒被暖房,下午有大体力活,不吃饱睡足可不行啊。杨一辰一觉睡到下午三点才起,收拾了下东西,带上运动服和球鞋,打了个车赴张茉莉之约去了。到了羽毛球馆,张茉莉已经在场地里候着了,依旧是一身白色运动服,只不过斜背了两支"黑火腿"。

杨一辰一见张茉莉,就先送上句恭维,"张茉莉,我觉得你穿运动服真有气质,第一次在穿庐和你吃饭的时候我就想说了,我还没见过哪个女孩子能将运动服穿得那么英姿飒爽的。"

"是吗,我就喜欢你这种实话实说的性格。"张茉莉羞涩地低下了头,脸部的毛细血管又充血了。

"嗯,我这人最大的缺点就是诚实,你的"阴"姿实在是阴气逼人啊,太阴暗太阴冷了,阴得我直发抖。"

"杨一辰!你去死!你冷得发抖是吧,等下你会喊热的。快去换衣服,别浪费时间，每一分钟都是要花钱的。"

杨一辰换了运动装束便入场挥拍和张茉莉厮杀了起来，69.41平方米的羽毛球场上，一男一女两员白袍小将，你抽我送，杀得好生热闹，两人隔着网儿，洁白的羽毛寄深情。只见这厢张茉莉，人如脱兔，球似流星，闪转腾挪，轻灵敏捷，一支球拍在她手上使得出神入化，轻吊重扣，高放低抹，挥洒自如。再看那边杨一辰，人似秤砣，声若风箱，气喘如牛，汗当雨下，一支球拍拿在手上胜过千斤重物，左接右挡，连滚带爬，狼狈不堪。两人鏖战了不到五分钟，杨一辰便败下阵来。

"是男人就站起来继续，刚才只是热身，现在你不冷了吧。"张茉莉对着躺在地上的杨一辰喝道。

"我不行了，我要休息，彻底的长时间的休息。"

"男人不能说不行，快起来，接下来我让让你，不调着你跑动了，只是适应性锻炼。"

"我不起来了，不管你怎么羞辱我也不起来了。"杨一辰仍躺在自己半边的场地里不动弹，只有进的气，没有出的气了。

"好吧，那我去拿手机，把你现在的衰样拍成视频，传到网上，传给李冰清和高军军他们瞻仰。"张茉莉说完转身往场边走去。

杨一辰挣扎着爬起来，举拍指着张茉莉说道："休走，来来来，我便与你再战三百回合。"

接下来的比赛时间里，张茉莉对杨一辰果然起了惜花之心，基本上都是把球喂到杨一辰的头顶，免去其奔波之苦，饶是如此，杨一辰还是休息的时间比运动的时间多，张茉莉订的一小时的场地，实际使用率不到50%。

第二十一章　姐也逗你玩

"你太缺乏锻炼了，以你现在的水平，都不能让我出汗，以后每个周末你都跟着我来打羽毛球，我不能眼看着你未老先衰，不管不顾。"张茉莉一边收拾东西，一边对坐在场边凳子上擦汗的杨一辰说。

杨一辰有气无力地讨价还价："两周一次行吗，我需要时间恢复体能，一周怕是不够，再说我也不好意思过多地占用你宝贵的休息时间，我不能那么自私。"

"不行，间隔时间太长就起不到锻炼效果了，我决定了，我要对你的健康负责，你不用对我歉疚，谁让我们是朋友呢，我得担起这责任，你把对我的感激放在心里就可以了。"张茉莉坚决地说。

杨一辰无奈接受，说道："那好吧，我这棵生命之树能否常青就全拜托你了，对了，以后打球叫上高军军和李冰清吧，每次打球时间订上两个小时，上次吃饭时大家说好集体活动的，再说这样四个人可以轮流打，既可以轮着休息，也不浪费场地。"

张茉莉想了一想，点头同意。两个人在场边又坐了会儿，等杨一辰身上的汗干透了，体力恢复到能正常走路了，便换了衣服离开了羽毛球馆。

相亲
XIANGQIN

冬天的夜来得比较早，杨一辰和张茉莉走出球馆的时候，天已经黑了，路灯都已亮起，站在街上，杨一辰对着张茉莉说："那咱们现在就各回各家，各找各妈？"

张茉莉看了看时间，说："已经快到六点了，到家要很晚了，要不一起吃了饭再各自回家吧。"

杨一辰对张茉莉的提议不好意思拒绝，答应道："嗯，回到家只能吃点残羹冷炙了，那就一起共进晚餐吧，你想吃啥，我听你的。"

张茉莉似乎早有准备，说："朝前走，过了两个路口，有个火锅店，是传统的铜暖锅涮热气羊肉，我以前和朋友来这里打球去吃过，价廉物美，你吃不吃羊肉？"

杨一辰回答："我肉欲很强，各种动物的肉我都喜欢。"

张茉莉嗔笑了声："你个死贫嘴。"

两人暂时无话，朝着火锅店的方向慢慢走去，一左一右并排走着，两人之间保持着好朋友的距离。街上有风吹过，张茉莉双手抱肩缩了下身子，轻轻说了句："好冷。"

杨一辰听见张茉莉说冷，愣了愣，说："要不我们跑步前进？跑起来就暖和了。"

"神经病，一男一女天黑在马路上你跑我追，你小心被人当流氓给抓了。"张茉莉扔给杨一辰一个白眼。

杨一辰思想斗争了数秒，毅然脱下了自己的羽绒外套，以一个献哈达的姿势双手捧给张茉莉，殷勤地说道："夫人，请接收一个绅士献上的一份暖意。"

看着杨一辰在风中瑟缩的身子，张茉莉有点着急，"你干吗啊，就你这个小身子骨冒充啥火娃啊，小心冻成华小栓，没地方给你找人血馒头。快把衣服穿回去，马上就到火锅店了。"

"其实我也就是假客气一下，你真要的话，我还真不给。"杨一辰迅速又将自己裹进了羽绒外壳。

"你个死贫嘴，你咋就那么坏呢，你这不是故意诱导我的暴力倾向吗。"张茉莉恨得牙直痒痒，使劲克制着自己想拧杨一辰耳朵的欲望。

杨一辰紧走两步，与张茉莉拉开了2公里的安全距离，确保自己随时能有足够的反应时间闪过张茉莉突然袭击的魔爪。

两人各自无语走了一会儿，突然张茉莉一句问话打破了沉默，"杨一辰，你觉得我这个人怎么样？"

杨一辰不改嘴贱的老毛病，不假思索地回答："从姿色、才智、体能、品格等各方面来评价，实事求是地说，你简直就是个德智体美劳全面发展的完美女性，谁娶到你真是八辈子修来的福气啊。"

"那你想不想要这个福气呢?"张茉莉对着杨一辰说完这句话便低下了头,夜色遮掩了她羞红的脸。

杨一辰脑袋有点懵,他不知道张茉莉这话是认真的还是开玩笑,总之自己不能再随便乱说话了,别弄得不好收场,他只能装傻:"哈哈,我哪有这个福气啊,我注定是一只吃不到天鹅肉的小蟾蜍,你就别开我玩笑了。"

"哼,其实姐也就是逗你玩,你真要的话,我还真不给!"张茉莉的口气明显有点恼羞成怒了。

呵呵,嘿嘿,杨一辰只能继续傻乎乎地赔着笑脸。蜡笔小新欢快的歌声从张茉莉的包里传来,化解了这有点尴尬的僵局,她停下脚步掏出手机接听,杨一辰便也在路边候着。

"什么?又要我去啊……可是我现在有饭局啊……是还没开吃,可是……我想想吧,等下给你答复。"

张茉莉挂了电话,满脸愁容地对杨一辰说:"我们的涮羊肉怕是吃不成了。"

"怎么了?有急事?"杨一辰似乎猜到了点大概,他要验证自己的猜测。

"李冰清又临时找我替她去相亲,我和她说我有饭局,她又是威逼又是利诱,我只能说让我先考虑下,等我和朋友商量后,等下给她答复。"张茉莉用求助的眼神看着杨一辰,"你说我该怎么办啊,是答应她,还是想个啥办法婉拒她啊?"

果然是李冰清又在相亲,杨一辰心里突然泛起阵醋意,他没有回答张茉莉的问题,反而问她:"李冰清这次相亲的对象是什么样的人啊?"

"听她说是电视台的摄像还是导演啥的,还说据介绍人推荐,此男很有文化和艺术气质,建议我不妨将错就错发展一下,真是损友啊,她当我张茉莉什么人啊,哼!"张茉莉显得义愤填膺。

杨一辰的醋意更甚了,还多了一份深深的担忧,又是混娱乐圈的,又是文艺青年,这样的男人杀伤力太大了,普通女人根本无法免疫啊,不能让李冰清和他搭上线,得把这相亲搅黄了,必须的。他立刻对张茉莉说道:"你不能去,我上次就和你说过了,这是对男方的不尊重,你已经在我身上犯过一次错误了,我不能看着你在错误的泥沼里越陷越深,让另一个无辜的男士再一次被你们欺骗。"

"嗯,我也是这么认为的,我不能一错再错。"张茉莉点头同意杨一辰的观点,也为能和杨一辰继续完成那顿涮羊肉感到释然和愉悦,"那我现在就给李冰清回电,就说我朋友对我临时毁约放鸽子不开心了,让她自己克服困难去赴相亲饭局或者改日再约。"张茉莉说完拿出手机准备去电李冰清。

"等等，我觉得有些不妥。"张茉莉的话突然提醒了杨一辰，如果不让张茉莉去冒名顶替的话，不管是今天还是改日，李冰清本人就还得亲自去赴约，万一出现一见钟情的局面，后果不堪设想，他连忙对张茉莉说道："我想你还是答应她，替她解决这困难吧。"

张茉莉不明白为什么杨一辰的态度瞬间180度大转，她有些狐疑地问："你刚才不是还义正词严地教育我不要一错再错，怎么现在又亲自把我往错误的泥沼里推呢？你的正义感哪去了啊？"

杨一辰斟字酌句缓缓而坚定地吐出一句话："在我的人生词典里，友情比正义更重要！"

他接着说道："人生最值得珍惜的财富是什么，是友谊，为了你和李冰清这金子般的友情，你替她入洞房都可以，别说是去相亲蹭顿饭了。"

张茉莉想了想，无奈地说："那好吧，本姑娘只能再次出马为她赴汤蹈火了，只是有点同情那个即将被欺骗的男方。对了，那你呢，你晚饭怎么解决，没吃上涮羊肉你不会不高兴吧？"

"我随便找个肯德基伯伯或者麦当劳叔叔对付下就行了，你为了朋友甘愿让自己的良心受谴责，我还舍不得一顿涮羊肉吗，山高水长后会有期，咱们改日再约，这火锅店又不会跑了，以后还要经常来这里打羽毛球的嘛。"杨一辰显得很大度。

"嗯，那我们就下次来打球的时候再吃吧。"张茉莉拿起手机开始给李冰清打电话。杨一辰怕张茉莉再改主意，很积极地为她招了辆出租车，在她和李冰清通话的时候，迅速地完成了"开门，塞人，再见，关门"整套动作。深深呼吸了一口出租车开走后留下的尾气，杨一辰一颗悬着的心终于放了下来，不怕一万就怕万一啊，这次未来的老婆躲过了文艺青年，下次会不会再来个富二代、官二代啊，想着想着，他又开始担心了，这样被动防御总是不行的，自己必须积极主动加强攻势了，可哪里才是突破口呢，真是费思量啊。

第二十二章 女神的重托

第二天一早,杨一辰就主动给张茉莉打了个电话,关切地询问昨天相亲晚宴的情况。张茉莉对杨一辰的慰问很是高兴,立刻详尽地做了专题汇报。

"昨天遇到流氓了,那人说自己是啥副导演,其实就是个电视台打杂的,一见面就吹嘘自己在电视台里人头如何熟,还说要带我去电视台玩,介绍我认识著名主持人和制片人,吃饭的时候那色眼就一直盯着我,看得我啥胃口都没了,回家还得自己煮个方便面。"张茉莉电话里的声音充满着愤怒和鄙视。

"这你倒不能怪别人色,你确实有那么几分姿色,普通男人见到你有点失态也是正常的。"杨一辰顺势恭维了张茉莉一下。

"嗯,我就喜欢你这实话实说的性格。"张茉莉接着诉苦,"话说那男的看来是情场老手,普通女孩可能还真挡不住他这一套手段,出手挺大方,初次相亲就安排法式大餐小提琴伴奏,比你安排的穹庐还有情调,还要舍得下本钱。聊天的时候还尽挑女孩子喜欢的话题,说啥可以带你进入娱乐圈,给你造梦,就是性子急了点,最后还是忍不住暗示女孩子要勇于为艺术献身。哼,姐姐我心比金坚,他狐狸尾巴一

相亲

露出来我就给他剃了,吃完牛排 say 拜拜,永不再见。"

真险,幸好鼓励张茉莉替李冰清去赴了这鸿门宴,要是李冰清本人去的话,万一堕入陷阱,自己后半辈子的感情生活可就没着落了,杨一辰心里暗夸一声自己英明无比无比英明,不放心地追问张茉莉:"那你有没有将此男的劣行告诉李冰清,让她提高警惕啊?"

张茉莉回道:"那当然,我可不能看着自己的好朋友羊入虎口,我让李冰清别答理这个男的了,直接通过介绍人回绝。"

"那李冰清怎么说?"杨一辰又问。

"李冰清万分感激我替她鉴别出一个危险分子,不过她的反应也有些不合常理,似乎对有理由回绝掉对方很高兴,一点儿惋惜之情也没有,还慷慨承诺要送我高级化妆品,貌似在利诱我以后继续为她赴汤蹈火。"张茉莉答道。

听说李冰清已经拒绝了对方,杨一辰一颗悬着的心总算是落了地,他奉承了几句张茉莉的火眼金睛和贞洁刚烈后,便借口有工作要忙,结束了此次电话访问。

杨一辰无法集中精神投入到工作中去,他呆坐在座位上,进入了冥想状态。虽然成功阻击了一次外部邪恶势力对神仙姐姐的染指企图,但是他也没有过多的欣喜,以前潜藏在心底的一丝疑问重又浮了上来,渐渐发芽长大,为什么李冰清每次相亲总是找张茉莉替她去呢,不可能每次都这么巧遇到加班吧,她好像根本就不想见这些相亲的男人,那这么做的缘由又是什么呢?是不是以前感情上受过重大创伤,所以不再相信爱情不再相信男人?难道她是传说中的拉拉女同?不会吧,这么好的姿色,也太浪费自然资源了吧……

杨一辰正要继续深度分析,座机电话的铃声打断了他逻辑混乱的思路。

"喂,你好,哪位?"

"杨一辰你在单位啊,我李冰清呀。"

一听这个名字,杨一辰如同遭了电击,立刻精神抖擞,紧紧捏着话筒,仿似捏着对方的手,生怕一松开对方就逃远了,他顺嘴说了句:"是小李啊,我刚开始想你,你就来电话了。"

"你想我?你为什么要想我啊?"

"我的意思是我想到了你,而不是想念你,我没有理由想念你嘛,你不要多心哦,我就是因为一些工作上的事情想到你而已。"杨一辰苍白而慌忙地解释。

"哦,这么巧啊,我也是因为工作上的事情想到了你,所以才给你打电话的。"

"说吧，有啥业务可以洽谈，我行诚意为贵公司提供最优质的金融服务。"杨一辰的谈吐恢复了正常。

"你上次是不是和我提起过一家种大蒜的高科技公司，在我们公司对面的瑞安广场里办公的。"

"是有这么回事，怎么了？"

"这家公司是不是叫大地生物科技有限公司？"

"对的，你想买他们的大蒜产品？我非常乐意为你效劳，牵个线，搭个桥，顺便挣点业务提成补贴家用。"杨一辰努力使用欢快的语气和语速，妄图让对方感受到自己甘为佳人驱使的热情洋溢。

"如果你真能帮上我的忙，解决我的困难，我还真的给你点小小物质奖励，不过不是公款，算我个人赞助。"李冰清在电话里接着说下去，"事情是这样的，大概两个月前，这家大地公司向我们公司采购了一批电脑，货款二十万左右吧，当时他们的办公室还在装修，因为大家都在淮海路顶级写字楼办公，而且对方提供的财务报表看来经营情况很不错，所以虽然是新客户，我们的销售部门最终还是确定给了他们45天的账期。"

杨一辰没有插话，他等着李冰清继续说下去。

"我们公司的货款回笼也是由我这里的资金部负责的，今天我手下的经办向我汇报这家大地公司的账期已经过去2个星期了，货款还是没有收回来，打电话过去催款总是有各种理由推托，我查阅了他们的公司资料，看到办公地址是瑞安广场，生产经营的又是啥大蒜油精，我就想起上次你提到的那家从大蒜里提取黄金的高科技公司，所以才来问问你这是不是你的客户。"

"嗯，你的求证正确，最近我正忙着给他们做项目评审，他们向我们银行申请了贷款，有啥需要我帮你做的，尽管说。"杨一辰找到了向李冰清献媚的机会。

"那我就不客气了，如果你和他们熟悉的话，就找个机会帮我关心下这笔货款的事情吧，看看到底是啥原因造成货款拖欠了，我也好向公司汇报，要是能直接帮我把货款给要回来，我请你吃饭。"

"这事听上去很棘手啊，我要吃饭加饭后娱乐系列套餐。"杨一辰鼓起勇气讨价还价。

"没问题，唱歌、看电影、泡吧，随你选，只要你顺利完成任务，我等着你立功的喜报。"李冰清慷慨抛下了承诺，挂了电话。

第二十二章 女神的重托

相亲

XIANGQIN

  一个好大好大的馅饼挂在了杨一辰的面前,他春心荡漾,荡啊荡,涟漪荡成了滔天巨浪,和李冰清独处,独处!吃饭,看电影,这就是约会啊!无论如何自己都要完成女神交办的任务,既是为了争取那丰厚的奖励,也为了显示自己值得托付的能力。

  杨一辰一边努力压制春心的骚动,一边开始思索怎么去替李冰清要回那笔货款,一个初步方案渐渐在脑海里浮现,自己最近正在评审大地公司的贷款项目,就用资信调查的名义去大地公司跑一次,然后找个机会提下偶然听说他们拖欠DE公司电脑货款的事情,就说这会严重影响公司信用等级的评定,可能导致贷款审查通不过,希望大地公司妥善处理欠款一事。

  杨一辰花了数分钟的时间终于让自己的心湖平静下来,大脑经过这般如何那般如何一番高速运转,讨账计划的雏形也逐步丰满,已经冷静下来的他这时突然想到了另一个很严重的问题,如果大地公司真的是故意拖欠了DE公司二十万元的电脑货款,那自己给他们发放两千万元贷款岂不更是肉包子打狗?刚才只顾想着如何为女神效劳,忘记了自己前面也很可能是个大坑。原以为这个项目是自己踏上中层干部岗位的成功梯,现在看来搞不好就是砸了自己饭碗的黄泉路,而且这个项目是付正亲自开发来的,自己得替领导把关啊,领导日理万机事务繁忙,不可能注意到这些细枝末节,如果这个项目真的有问题,自己替领导有效防范了一次风险,那也是大功一件啊。

  想到这里,杨一辰觉得应该立刻去向付正同志献媚一下,汇报大地公司项目可能存在的信用风险,让领导感受到自己一丝不苟赤裸裸的认真负责的工作精神。于是他起身离开座位,快步向付正的行长室走去。

第二十三章 看手相事件

杨一辰走到行长室门口,意图向领导邀功的他有点亢奋,忘了"敲门"这个重要礼节,直接按下把手推开那扇厚重的房门走了进去。门在背后缓缓关上,杨一辰如遭雷击,外焦里嫩地定在原地一动不动,在他前面2米远是付正的老板桌,老板桌后侧身坐着付正行长,面带微笑,付正同志边上站着杨一辰的主管领导姚静经理,脸上也洋溢着平时少见的笑容,她的一只玉手正捏在付正同志的大手中。

杨一辰心中无限悔恨,真希望自己能暂时性失明,历史上发现领导秘密的下属从来都没有好下场,等待自己的不知道是何种形式的灭口,生命危险应该是没有,被炒鱿鱼的概率无穷大。先不说远虑了,当务之急是如何将现在的尴尬给掩饰过去,让大家圆满下一个台阶。

门"咔嚓"一声关上了,室内的三个人依旧处于石化状态,都维持着原来的姿势,仿佛高手对决,互相静静地凝视着,谁也没有先动,姚静的玉手仍然镇定地躺在付正的大手中,并没有慌张地抽出来,显得是那么的一身正气。

领导的镇定感染了杨一辰,他狗急跳墙急中生智,这一刻聪明的一休灵魂附体,

相亲
XIANGQIN

冒出一句："老大,没想到你还会看手相啊,真是太让属下佩服了,您啥时候帮我也看看我的婚姻线吧。"

"业余爱好,瞎看看,不作数,呵呵,最近正好读了本麻衣神相方面的书,刚和姚经理聊起,她就让我帮着算算她的事业和姻缘,呵呵。"冰冻的气氛被打破了,付正放开姚静的手,也没有追究杨一辰冒失闯入办公室之事,笑着问杨一辰道:"你找我有什么事吗?"

"行长,那我先出去了,刚才汇报的事就按你的指示办了。"姚静脸上恢复了平时职业的冷静表情,她离开了付正的办公室,走过杨一辰身边的时候看都没看他一眼,走得是那么从容,没有一丝慌乱或者羞涩,仪态端庄,浑然天成,杨一辰甚至开始相信他们刚才真的是在看手相了。

"小杨,你这么冒失闯进来到底有啥急事?"见杨一辰目送姚静离去而不回答自己的提问,付正的语气有点不悦了。

杨一辰回过神来,连忙答道:"老大,我有紧急情况向你汇报。"

"怎么了?"

"老大,最近你带着我跑了两个客户,其中大地公司申请两千万贷款的项目我已经完成了初步评审,再搜集补充点材料就可以报送分行审议了,另一家 DE 公司我也一直和他们的财务部门保持联系,寻找合作的机会。"

付正点点头,说:"这些情况我都知道,你做得不错,很有干劲,我没看错人。"

得到了领导的肯定,杨一辰有点小小的满足,他继续说:"是这样的,我今天在和 DE 公司联系的时候,偶然聊到大地公司的情况,DE 那边反映大地公司拖欠了他们一笔二十万元的电脑货款,已经过了账期,还一直在推脱。我觉得虽然二十万的金额不算大,但是如果大地公司连这点小数字都要拖欠的话,那这家公司的信用就存在很大问题,不是存心赖账就是根本没有支付能力,我担心我们要是向大地公司发放了贷款,那就会出现很大的坏账风险,所以我就急着来向领导汇报了。"

"你说的这个情况确实要引起高度重视,如果大地公司故意拖欠货款属实的话,这笔贷款绝不能放,对方很可能有骗贷嫌疑。"付正想了想,又说:"不过话说回来,我们决不放过任何一个坏人,也不冤枉任何一个好人,现在银行业竞争激烈,开发一个客户不容易,或许大地公司和 DE 之间存在一些误会,并不是恶意赖账,我们最好还是从第三方客观公正的角度将这个事情调查清楚再下结论。既然这个项目是你独立操作的,那就还是由你辛苦点去详细调查下吧,我相信你的业务能力和敬业精神。"

到底还是领导考虑问题全面周详，杨一辰心里由衷地歌颂了付正一下，既然领导让自己再去查清楚大地公司的情况，正好借个机会帮李冰清讨债，于是他赶忙接着付正的指示说道："我吃完午饭就去大地公司跑一次，挖地三尺也要找出真相，决不辜负领导期望。那我现在先出去做事了，老大。"

付正冲杨一辰摆摆手，示意他可以走了，杨一辰赶紧夹着尾巴离开了这个刚发生"看手相"事件的是非之地。

杨一辰走后，付正拿起桌上的电话，想了想，又放下，掏出手机拨了出去，"喂，是我，老付……你怎么连买电脑的钱都要拖欠……才二十万的数字，赶紧付了……做大事不要算小账……下午我们银行的信贷员会过来问这件事，你自己处理好……嗯，就这样吧。"

杨一辰吃罢午饭，就要了个车直接杀奔大地公司而去。杨一辰原想就找大地公司的财务部经理聊聊，没想到总经理吴仁信也在公司，而且直接让杨一辰去了他的办公室，他亲自接待。

"小杨你今天过来是不是有啥好消息要通知我啊，呵呵，是不是贷款已经批下来了？"吴仁信倒是不见外，上来就问贷款的事。

"本来应该已经报分行审议了，只是出现了一些新的情况，还需要做下补充调查。"既然吴仁信直接问到贷款的事情，杨一辰也不打算客气了，准备单刀直入。

"哦？还有啥事情需要我们说明的？需要提供什么材料？"

"是这样的，吴总，"杨一辰开始斟字酌句，"最近从我行别的客户那里偶然听到一些公司的负面讯息，可能对公司的信用评定有不利影响，所以本着对公司负责的原则，今天过来看看到底是什么情况，如果仓促上报项目，怕被分行给直接否决。"

"啊？怎么可能，我们大地公司一贯诚实经营，客户、税务那里的信用记录都非常良好，怎么会有负面讯息，小杨你快说说到底是什么负面讯息，我马上叫人调查。"吴仁信显得非常激动。

杨一辰图穷匕首见，"大地公司最近是不是从 DE 公司那里采购了一批办公电脑？听说拖欠了对方货款，金额不算大，但毕竟是一个不良信用记录啊。"

"有这回事？我马上叫财务部的人过来问一下。"吴仁信打了个电话，让财务部经理立刻来他的办公室。

财务部经理一进门，吴仁信就质问他："我们公司拖欠了别人的货款？就是购置办公的电脑的那笔钱。"

财务部经理回答："是有这回事。"

相亲

吴仁信大发雷霆,"你们在搞什么啊?我们账上有这么多资金,你为什么不付?我记得关于付款的审批单我早就签过字了啊,你这个财务经理是怎么当的啊,公司一贯努力保持的诚信形象就这么被你毁了,不想好好干就别干了,回家抱孩子打老婆去。"

财务部经理吓得腿都哆嗦了,抽筋的脸上还硬要挤出一丝谄媚的笑容,"吴总,您听我解释一下,本来这笔钱您签字审批后早就该付掉了,可那几天出纳正好动了胎气回家保胎去了,走的时候又忘了和暂时接替的人交代这个事情,就这么耽搁了,今天早上原先的出纳回来上班了,我才知道这笔款子一直没付掉,我马上派人立刻把支票给 DE 公司送过去了,是我们财务部的内部管理出了问题,交接工作没做好,我向您检讨。"

"今天钱已经付给人家了?做了解释工作没有?"吴仁信不放心地又问了一遍。

"确实上午就把支票送过去了,也向 DE 公司解释了,对方收到货款也就没再说什么了。"

"虽然你及时做了补救措施,但毕竟已经给公司造成了不良影响,这件事公司还是要严肃处理的,你先出去吧。"吴仁信脸色缓和了许多。

"是是是,我接受公司的严肃处理。"倒霉的财务部经理低头哈腰退了出去。

"呵呵,小杨,事情已经搞清楚了,确实是我们内部管理上出现了失误,你看这会对我们之间的合作带来障碍吗?"刚才还在对财务部经理电闪雷鸣的吴仁信,转向杨一辰的时候已是和煦春风。

目睹了吴总怒斥下属全过程的杨一辰,感受到了吴总对自己企业深深的一片爱惜之意,这样的企业应该是靠得住的,于是他说:"吴总,其实我一直认为关于大地公司欠款一事可能存在某种误会,现在既然事情已经解决了,欠款都付了,我想应该不会影响到我们之间的合作,我会向行里做好解释说明工作的。"

第二十四章　第一次约会

搞清欠款真相后，杨一辰和吴仁信又扯了会儿别的合作事项，提了下希望大地公司早日过来开户并给予存款支持的要求，吴仁信一口答应尽快办理，随后杨一辰便告辞了，因为他还急着要向李冰清求证下是否已经收到货款。杨一辰离开的时候，吴仁信亲自送到电梯口，还塞给杨一辰价值五百元的购物卡，说是感谢杨一辰对大地公司的尽心服务，没有别的意思，杨一辰推辞了几下就收下了，他倒不是贪小，他认为这也是一种体现客户关系良好的形式，没必要假清高。

杨一辰走出大地公司所在的瑞安广场就拨打了李冰清的手机。

"冰冰吗？我是杨一辰啊。"为了拉近与李冰清的距离，杨一辰决定厚着脸皮，学张茉莉那样使用李冰清的昵称。

"是小杨啊，托你的事还真有成效呀，上午刚给你打了电话，没多久，种大蒜的就把支票给送过来了，你果然没有辜负我对你的期望，我得谢谢你，先给予口头表扬一次。"

"啊？只有口头表扬啊，我很失落，我很忧郁。"杨一辰见李冰清默许了对她的

相亲 XIANGQIN

称呼，暗自窃喜。

"逗你玩，你想啥时候兑奖，要啥奖品，说出你的诉求吧，我会信守承诺的。"

"我要吃饭加看电影娱乐套餐，兑奖时间尽快，我怕夜长梦多。"杨一辰有点心虚，因为他想到大地公司是早上就把支票送去 DE 了，并不是自己下午去讨债的成果，其实自己是无功受禄了。

"那就明天晚上吧，吃饭就定在上次我们一起去的新农庄的隔壁，一家叫七车间的饭馆，也挺有特色的，吃完去徐家汇看电影，如何？"

"服从组织安排，谁赖皮谁小狗，谁变卦就要加倍补偿。"

"那就这么定了，明晚六点，直接饭馆见吧，先到先等。"李冰清结束了此次通话。

杨一辰看了下时间，现在是北京时间 15 点整，离第一次和神仙姐姐约会还有 27 个小时，他静静看着马路对面的香港广场，和伊人的距离只隔着一条淮海路，她却不知道自己有多想她，心里升起一丝莫名的悲伤，随后又被汹涌的期待给淹没了，真希望时间过得快一些，明日早些到来。

杨一辰回到银行里，将大地公司欠款的原委和已经结清款项的情况向付正做了汇报，顺便委婉地拍了下领导马屁，佩服领导处事周详，没有让一个优质客户流失，付正也鼓励了他几句，让他抓紧把项目上报分行，早点实现业绩。

怀揣着领导的激励和对爱情的憧憬，杨一辰的工作效率很高，赶在下班前完成了大地公司项目评审报告的最终稿，和所有的附件材料一起装订成册，明天就可以直接报送分行了。随后他又将评审报告的电子版发给了最近正疯狂钻研业务技能的进步青年高军军，供他学习参考，高军军像小狗捡到骨头一样如获至宝，并即兴发挥了一下他的表演艺术"我愿，我愿做一块海绵，贪婪地，吸满知识的体液"。

工作的事情处置停当后，杨一辰像往常一样，将电脑从单位内网切换到外网，上网闲逛下。刚登录上 QQ，张茉莉就找上门来了。

弱女子：你今天怎么一天都没上线。

泥人：现在才傍晚，一天只过去了三分之二，你这话明显有语病啊。

弱女子：不要狡辩，我也是出于对朋友的关心，一天都没你的讯息，怕你出啥事了。

泥人：和谐社会，能出啥事啊，再说我早上不是还给你打过电话吗……

弱女子：好像是有通过电话这回事哦，你确定不是幻觉？

泥人：你这记性……你借我点钱吧……然后将它遗忘。

弱女子：死贫嘴，真是招人恨啊。

弱女子：对了，你明天有空吗，貌似你还欠我顿涮羊肉，我怕时间长了我忘了你赖了。

杨一辰刚想回答她约了李冰清吃饭看电影，一转念，要是张茉莉提出也要参加怎么办，当初在新农庄约定过以后大家一起定期活动的，还真没理由拒绝她，为了保住和神仙姐姐第一次约会不被干扰，杨一辰决定撒谎，哪怕事后败露被骂见色忘义，现在打死也不说。

泥人：明天晚上我有应酬，要招待客户。你着什么急啊，你可以不相信自己，但不能信不过我啊，下次一起去打羽毛球的时候我保证让你吃到肉。

弱女子：那好吧，我会把你的承诺记在小本子上的。

……

杨一辰和张茉莉一直闲扯到下班，打道回府前，看了一眼还在电脑前聚精会神吸收知识体液的海绵宝宝高军军，想了想，还是决定不和他分享自己的喜悦了，他怕这个嘴贱的家伙在张茉莉那里出卖他，干脆连他一起瞒了吧，已经是见色忘义了，也不在乎多个重色轻友。

熬过了平常又充满期待的二十四小时，终于等到了第二天的下班时分，今天付正没有早走，杨一辰没法溜进行长室沐浴提神了，所以他早早就开溜了，怕路上遇到堵车，他选择了地铁作为交通工具，宁可多步行一公里也不能迟到一分钟。杨一辰严格要求自己不能迟到，而且这个迟到的定义是借用的张茉莉的字典，即使是比约定的六点早到了，只要比女神晚到了就是迟到，绝不能出现女等男的局面。

这家叫七车间的饭馆就在上次四个人聚餐的新农庄的隔壁，很好找，杨一辰走进饭馆大堂的时间是17点40分，李冰清还没到，此时来吃饭的人也不多，杨一辰找了个角落的位置坐下，适合等下两人单独交流，不易被嘈杂干扰。等候佳人的时候，杨一辰把饭馆布置扫视了一番，整个饭馆就像是20世纪70年代的老工厂车间，餐厅入口做成了工厂大门，传达室状的收银台，到处摆列着以前车间里的大电扇、机床等怀旧用具作为装饰，大堂里屹立着毛主席的塑像，高空中拉着"团结就是力量"的横幅，跑来跑去的服务员都穿着蓝色背带裤的工装，连餐具用的都是那个年代的搪瓷杯子、搪瓷饭盆，还有以前带饭用的铝皮饭盒。杨一辰心想，这李冰清还真会选地方，每次吃饭找的地方都这么有特色，而且都是脱口而出，看来经常在外面娱乐啊，既不是想象中整天加班的事业女，也不是乖乖在家看电视的宅女嘛。

杨一辰正在那里思索李冰清到底是个什么样的人，今晚活动的赞助商已经掀开

相亲
XIANGQIN

饭馆大堂门口的棉布门帘走了进来,她环顾了下,就看到了坐在角落的杨一辰,便笑着向他走了过去。

"这次到得很早啊,看来你已经深刻反省了上次迟到的错误,并以实际行动努力改正了。"李冰清一边笑着在杨一辰的对面坐下,一边招呼服务员倒茶水和拿菜单,待客之道很是娴熟。

"随便点两个家常菜就行了,我们就两个人,别浪费,等下还要看电影呢,你可别把电影票的费用给吃没了。"杨一辰对着正在看菜单的李冰清说。

"好的,那我就按'吃饱'标准点了,不考虑'吃好'了哦。"李冰清浅笑着很快点了2个冷菜3个热菜,然后问杨一辰:"喝酒还是要饮料?"

"我记得你开车的吧,那就陪你一起喝饮料吧,还是酸梅汤?"

"我今天没有开车,一起喝点啤酒吧,我挺喜欢男人喝酒时那种豪爽的样子。"

杨一辰连忙为自己捞分:"其实我心里也是想点啤酒的,为了照顾你才说要饮料的,干银行信贷的经常要应酬客户,虽说我酒量一般,喝个二两白酒就要喷,但是大家都说我酒品好,很豪爽。"

"那就啤酒了。"李冰清对边上候着的点菜小妹说道:"拿两瓶青岛纯生,要冰的。"

第二十五章　人散戏未终

因为时间早，来的客人少，冷热菜连着上，很快桌面就摆上了搪瓷饭盆、搪瓷碗、铝皮饭盒，盛满了美味佳肴。李冰清拿起一瓶冰啤酒，先给杨一辰的搪瓷大茶缸子里咣当咣当倒了大半杯，剩下的全倒自己的茶缸子里，不多不少，正好一人半瓶啤酒。

她举起杯，恬雅的招牌笑容里竟带了一丝豪气，冲着杨一辰道："上回是致歉，这次是感谢，也祝贺你不辱使命，克敌夺款，小女子很是佩服，既然你刚才说你酒品好很豪爽，那这第一杯酒，我就陪你干了吧。"

李冰清咕嘟咕嘟捧着大茶缸子一饮而尽，杨一辰目瞪口呆，只能端起酒来追随李冰清而去了。他艰难地灌下这半瓶冰啤，好半天回出一个嗝来，才开口道："李女侠太猛了，我由衷地折服于你，这不单是酒量的问题，让人仰望的是容量。"

李冰清笑着说："没见过美女这样喝酒的吧，是不是吓到你了，要不要再干一杯压压惊？"

"不了不了，我们是人，不是牛也不是驴，要喝得斯文喝得有气质。"杨一辰怯了。

"你的意思是我是牛？还是驴？我不斯文？我没气质？"

杨一辰急了："我对天发誓，以我的人格担保，绝没有诋毁你的意思，我一遇到你就不会好好说话了，真让人着急上火，要不我自罚一大杯吧。"说完他就拿过剩下的一瓶啤酒就要往自己的茶缸子里倒。

"好了好了，今天是给你办的庆功宴，不是鸿门宴，我就当你童言无忌了。等下还要满足你看电影的要求，不多喝，剩下这瓶就慢慢来吧。"李冰清及时阻止了杨一辰的自残行为，接过酒瓶往各自的大茶缸子里少许加了点酒。"对了，不知道杨大侠用了什么计谋让对方乖乖交钱出来的？"

杨一辰心知大地公司还款的事情和自己的上门催讨毫无关联，只能支支吾吾敷衍道："晓之以情，动之以理，利用了下良好的银企关系。"

李冰清倒也没再深究下去，"看来找你办这事还真找对了人，小杨是个靠谱的同志，我再敬敬你。"

"我干了你！"杨一辰忙端起茶缸，和李冰清碰了下杯，说："随意啊。"

李冰清一愣，"你这是怎么说话的，找打啊。"

"我干了！你随意。"杨一辰又急又羞，红了脸，一口喝尽缸中酒，哀怨道："我真恨我自己，为什么在你面前就说不来人话。"

李冰清笑了，"我知道你没有占便宜的意思，其实你是个腼腆的孩子，这样也挺好啊，现在很少能看到会害羞的男孩子了。"

杨一辰想重树形象，故作无奈地摇了摇头，说道："害羞？其实你不了解我，你看到的都是假象，我读中学的时候老师就亲送我个雅号'几多厚'，你知道什么意思吗？"

"有什么典故啊？"李冰清等着听故事了。

杨一辰给自己的茶缸里倒了点啤酒，喝了一口，缓缓道来："话说我高中时代的某节语文课上，敬爱的语文老师正声情并茂地讲解着南唐后主李煜的千古名句'问君能有几多愁，恰似一江春水向东流'，为了加深对作品的理解，我与同桌小弟就作者朝暮私情的宫闱秘事开展了小范围的热烈讨论，老师在几度以眼神、手势暗示我们不要在私底下分享研究成果均未奏效后，终于忍无可忍无须再忍，一只粉笔头准确地射中我脑门，一声怒吼'问君脸皮几多厚，恰似万里长城无尽头'，从此以后，'几多厚'的雅号伴随了我的整个高中时代，悲剧啊。"

"嗯，果然是雅号。"李冰清忍俊不禁。

李冰清灿烂的笑容鼓励了杨一辰，他开始镇定了，恢复了常态，没话找话，和李冰清边吃边聊，主要话题还是围绕着彼此的工作，他暂时不想也不敢过多打探李冰清的私人生活问题，想着还是等以后熟稔了再问吧。

李冰清的酒量超出杨一辰想象的好，第二瓶啤酒很快也喝完了，李冰清又叫了两瓶，再度喝完，时间也快晚上7点了，该去看电影了，杨一辰提议埋单走人，李冰清坚持说好是她请客，于是结了账，两个人慢慢向徐家汇方向走去，路上延续着一些刚才饭桌上的话题，两人之间倒也不曾冷场，这点让杨一辰一直兴奋、紧张、喜悦纠结在一起的复杂心情逐渐平复下来，他觉得李冰清其实是个挺容易相处的女孩，心中的女神缓缓堕入凡间了。

两个人来到了徐家汇的柯达影城，看了看排片表，杨一辰建议说："我们就看冯小刚冯导的《非诚勿扰》吧，听说挺搞笑的，咱们轻松下。"

"行，今天啥都迁就你，那就这部电影吧，我去买票。"李冰清加入了售票窗口前的排队队伍。

见李冰清排队买票去了，杨一辰想想一晚上全让美女破费招待，实在有点不好意思，便去边上的小卖部买了饮料和爆米花。一男一女说说笑笑，携着吃食，混在身边诸多的情侣中间，检票进了放映厅。

冯导的电影确实没让人失望，杨一辰坐在黑暗里，看着银幕上葛优葛大爷一如既往的幽默表现，心情愉悦，他时而偷偷瞥一眼边上坐着的李冰清，伊人在那里无声地花枝乱颤，不禁心里冒出几个字，真是"一笑百媚生"啊。

影院的零食套餐就配了一个大桶爆米花，杨一辰一手捧着爆米花桶搁在两个人中间，他和李冰清就轮流在里面抓着吃，抓着抓着，忽然间杨一辰如遭电击，人不自禁地颤抖了下，因为就在刚才的那一刻，他的手碰触到了李冰清的手，杨一辰和他心中的女神有了第一次的肉体接触，虽然接触时间只有零点零几秒，接触面积可能也只有零点零几平方厘米，却也足以将他的意识空间轰成瞬间的空白。

不记得是哪位情爱专家说过，手也算是人类的性器官之一，异性之间肉体关系的开启往往是以手与手的接触为起点，随后才逐渐向更敏感的部位蹚去，只是有人进展得快些，有人慢些。虽然异性朋友之间也时常会有自然的不经意的肉体碰触，但凡只要有一方对对方有着一些非分的念想，那种碰触便会让这一方的大脑里分泌出大量的多巴胺，产生出愉悦的快感。此刻的杨一辰已是多巴胺泛滥，快感强烈得近乎眩晕了。

杨一辰整个人都有些僵硬，他的手再也不敢伸去抓那爆米花，仿佛再碰一次李冰清的手他都觉得是对伊人的亵渎，他只在回味刚才那一触的兴奋、激荡和快活，心花怒放。杨一辰此刻一半的心思已不在电影上了，他更频繁更隐蔽地用眼角的余光偷瞥李冰清的侧脸，心里不住地哀叹，怎么就这么美，美得让人丧失了追求的勇气。而另一厢的李冰清浑然不觉，依旧边看电影边无声地笑，在黑暗里依旧大把抓着爆米花在吃。

渐渐地，一直在偷窥的杨一辰觉得状况发生了变化，李冰清好像不再笑了，那张百媚生的脸冷冷地沉了下来，冯导的电影可是喜剧啊，杨一辰怎么觉得李冰清的眉间竟似凝着一丝哀伤，他怀疑是不是自己窥视得太专注了，以致出现了幻觉。

"我有点头晕，人不舒服，我们走吧。"突然李冰清扭过头来小声对杨一辰说道，她顿了顿又说："这片子挺好看的，要不你留下看完吧，我一个人先回去了。"

"我送你我送你，一起走。"杨一辰连忙说，看来刚才自己不是幻觉，李冰清果然是身体不适了，"拿好包，别落下什么东西。"

"嗯，拿了，我们走吧。"李冰清起身，猫着腰，在黑暗中往放映厅的门口摸去，杨一辰紧紧跟在后面。

出了电影院，呼吸了下外面的冷空气，李冰清要和杨一辰告别了，"今天实在不好意思，没能让你看完这场电影，讲好的娱乐奖励一条龙没有圆满，有机会再给你补上吧。你打车还是坐地铁？我住的地方离这里步行只要五分钟，我就自己走回去了，你不用再送我了，早点回去休息吧，明天还要上班的。"

"不行，我得送你回去，必须的。"杨一辰的语气很坚决，"午夜凄清的马路，让一个身体不适的女孩独自回家，这种行为是男人的耻辱，我做不出，我不能允许自己做出违反自我道德底线的事来。"

"再说了，你这样一个绝色女子孤身在夜里走，也是个影响社会治安的隐患，万一遇到个把意志不坚定的男性，那就是诱人犯罪，我必须防患于未然。"杨一辰故作幽默，肉麻得理直气壮。

李冰清笑了，"张茉莉偷偷和我说你这个人很贫嘴，我还不信，被你羞涩的假象蒙蔽了，我走回去只要五分钟，你凑个要送我的理由倒花了两分钟。我也是想让你早点回去休息，你要送就送吧。"

"嗯，谢谢组织上给我这个护花的机会，那就这么着了，老乡，你前面带路。"杨一辰开心得像个孩子，电影没看完所造成的一丝遗憾荡然无存。

第二十六章　冰清冷冰冰

八点多的夜上海霓虹闪烁,马路上人流如织,完全不是杨一辰所谓的午夜凄清,两个人走在商业街的繁华里,缤纷的光影驱走了寒意。

"你好点了吗,头还晕吗?"杨一辰关切地问。

"嗯,还有一点点晕,比刚才好多了,不碍事了。"

"怎么会突然头晕的呢,是不是着凉感冒了啊?你看你,这么冷的天,还穿个裙子,我真不懂你们女人,为了漂亮都可以玩命的啊。"杨一辰瞟了眼李冰清的短裙黑丝美腿,在心里面模拟了一个使劲咽口水的动作。

"不是啦,可能这两天连续加班,工作太辛苦了,有点过劳,刚才喝了两瓶啤酒,把累积的疲劳给挥发出来了吧,没事的,我回去睡足十个小时就能焕发新生了。"

"嗯,睡眠是最原始最环保的人类自我治疗方式,在我们这个医疗保障体系还不够完善的发展中国家,许多贫下中农至今还是依靠睡觉、晒太阳这两大法宝来应对各种疾病,往往还很有效,比我们这些城市无产阶级要活得长久。"

"睡觉晒太阳怎么了,农村人寿命长是因为活得单纯,没你们城市人那么多心事那么多心眼,我和张茉莉都是从青浦农村出来的,我父母也都是农民,我们没你们那么惜命,有个伤风感冒就忙着打针吊水。"李冰清的语气明显不悦,招牌笑脸也覆上了层冰霜。

杨一辰不明白自己随口一句怎么会导致李冰清突然的情绪恶化,他急了,"姐姐,你别这么敏感行吗,我话里没有任何蔑视鄙视以及轻视的意思啊,我就随口抱怨了句社会,埋怨了下政府没有照顾好农民兄弟的健康,你别曲解啊。我本来在你面前就容易紧张说不来人话,你这冰清玉洁的表情吓到我了。"

杨一辰的辩白配上一副急着掏心掏肺的焦灼样,让李冰清转嗔为笑,"好了啦,算我误会你了,我人不舒服所以有点情绪化,心情欠佳一不小心拿你宣泄了下,女人常常会有点莫名其妙的小脾气的,这个你能理解吗?"

"理解理解,只要结局不是你和我断交,我愿意承受各种委屈。"杨一辰忙着点头表明立场。

"今天还真的是委屈你了,电影都没能看完,过几天再补一次给你吧。"李冰清的态度又转为安抚了。

"那还看这部《非诚勿扰》?"杨一辰问。

"不看了吧,这个电影看了一大半了,重看浪费,过几天等盗版碟吧,咱们换个别的电影看,具体事项由你负责研究。"李冰清给杨一辰布置了任务。

"请首长放心,保证完成任务。"杨一辰狠命拍了下胸脯,"诂说今天这部电影真挺好看的,冯导玩幽默果然是一把好手,不过我发现个秘密。"

"什么秘密?"李冰清有些好奇。

杨一辰停顿了几秒,渲染下神秘气氛,才开口道:"我是冯导的忠实影迷,他每部作品我都必看,根据我对他近几年作品的研究,我发现冯导有严重的小三情结!"

杨一辰又停顿了会儿,勾引听众的好奇心,然后接着说:"不知道你平时看他的电影多不多,比如前几年拍的《一声叹息》里的刘蓓,《手机》里的范冰冰,还有今天看的《非诚勿扰》里的舒淇,演的全是年轻漂亮的第三者,而且冯导在电影里明显对小三持理解、包容的态度,没有批判,没有鞭挞,更没有将她们送上道德法庭。当然,影片最后还是要弘扬正气,小三是不可能战胜原配的,不过结局却是一个比一个好,《一声叹息》里的刘蓓黯然离去,《手机》里的范冰冰事业有成,今天的《非诚勿扰》虽然没有看完,不过猜得出结局肯定是舒淇找到了葛优这个感情归宿。"

"是吗,你说的这两部电影我都没有看过。"李冰清低头应了句,便不再说话。

杨一辰本以为自己一番揭秘会得来李冰清"杨老师见解不凡"的夸赞,见对方并没有如料想中的积极回应,一时也想不到新的话题,只能默默跟着李冰清往前走去,两人之间陷入短暂的冷场。

走了一会儿,李冰清先开了口:"杨一辰,你既然都能研究出冯导的小三情结,那你自己对小三这个社会问题有啥高见?"

"我?"李冰清突然的发问让杨一辰有些愣神,他觉得不能说些世俗的观点让伊人看轻自己,他故作认真地想了一下说:"我觉得吧,小三大多也是真爱,只是错爱、爱错而已,能扛住自己良心的煎熬、能抵住世俗鄙夷的目光,能耐住长时间的寂寞,这种苦恋没有真感情是坚持不下来的。真正为了金钱做别人小三的,都不长久的。"

李冰清眉梢一挑,直视着杨一辰的眼睛问:"看来你对小三也是持理解、包容的态度喽?那如果你喜欢的人也是个小三,你还能说这样的话吗?你能像电影里的葛优对舒淇那样去追求、去拯救、去接纳她吗?"

"额……"杨一辰有点呆滞,"你还真问住我了,站着说话不腰疼,看人挑担不吃力,我还真不知道要是我遇到这事能有多大肚量。"他又想了想说:"可能要看这个女子对我的吸引指数有多高吧,容貌啦,才情啦,气质啦,这些都要综合考量的。"

鬼使神差,情不自禁,杨一辰又补充了句:"如果是你这样的仙女,我肯定毫不犹豫义无反顾!"说完就后悔了,自己这不等于是在假设李冰清是小三嘛,他恨死自己这张贱嘴了。

果然,李冰清冷冷地看了杨一辰一眼,"你这个笑话很不好笑。"

杨一辰有点尴尬,勉强腆了个笑脸,"我只是想奉承下你的美貌和气质,没有别的意思。"

"不说这个话题了。"李冰清不再说话,明显加快了步伐,杨一辰默默地尾随着,不知该如何缓和这僵局,一路无语。

李冰清住的地方确实很近,两人很快就走到了小区门口,这是个由两栋酒店式公寓构成的小型住宅区,小区门口散着几个卖烧烤、卖盗版碟的午夜流动摊贩,显然是以租住在这里的单身人士为目标客群。

李冰清站定,再次道别:"就送到这里吧,我到了,天色已晚,就不请你再上我家坐一会儿了,你早点回去休息吧。"

"嗯,你也早点休息,谢谢你今天的晚餐和半部电影。"杨一辰不敢多说话了,生怕再唐突了佳人。

"走了。"李冰清朝杨一辰摆了摆手,转身朝小区里走去。

第二十六章　冰清冷冰冰

第二十七章　同一天生日

杨一辰站在原地目送李冰清的离去，远远地看着她走近一栋楼，看着她从包里掏出什么开了门走进去，看着她消失在大堂门厅里。

今天晚上有个愉快的开始，结局却是如此的莫名，不该是这样的，绝不该是这样的，自己必须做点儿什么，不然刚接近点距离的幸福又将要远去，杨一辰怅然了一会儿，思索了一会儿，心里拿定了个主意，重又坚毅起来的他看了看小区的门牌和名字，四处张望了下地形，便往徐家汇方向走去，搭地铁回家睡觉去了。

杨一辰走后约过了10分钟，换了一身家居衣服的李冰清走出小区大门，来到卖盗版碟的小摊前，开始一边在成堆的碟片里翻找着，一边向小贩询问着，随后小贩也开始翻找起来，陆续拿出两张碟片递给李冰清，李冰清付了钱，拿着碟片又走进了小区。

第二天一早，李冰清如往常一样，于8点15分开着她的黄色甲壳虫缓缓驶出小区大门，忽然她看到一个熟悉的身影站在门口，冲她热情地挥着手。她很惊讶，将车在路边停好，下车朝此人走去，那人也朝她走来。

"你怎么会出现在这里?"

"如果我说我昨晚迷路了,一晚上都在这附近转悠,你信吗?"杨一辰做了个苦恼的表情。

"不信。"李冰清笑了。

"昨天惹你不开心了,我一晚上都没睡好,辗转反侧不能寐,决定一早来赔罪。"

"我不记得你有什么地方得罪过我呀,小杨你是不是把我和别的女孩子搞混了啊?"李冰清做不解状。

"苍天在上,黄土在下,举头三尺有神明,不带你这样冤枉人的,你不能仗着自己的美貌就随便污蔑别人的清白和诚意。"杨一辰很委屈。

"好了好了,咱不在这里演戏了,还得赶着上班呢,你要去哪里,看看我能不能捎你一段路。"冬天的早晨很是寒冷,只穿着职业套裙下车的李冰清有些瑟缩。

杨一辰等的就是这句话,赶紧顺杆上爬,"赔罪是幌子,其实搭车才是我的主要目的。今天我要去大地公司谈业务,就是帮你去讨债的那家搞大蒜的,在你们DE公司对面的写字楼里,所以就来你这里搭个顺风车。"

"那快点上车吧,冷死我了。"李冰清跺了两下脚,快速钻回她的驾驶座去了。

达到目的的杨一辰连忙也跑过来,打开车门,坐在了副驾驶座上。

李冰清正要发动车子,两只魔爪突兀地伸到她面前,爪上还各挂着一个塑料袋晃悠着,侧脸望过去,杨一辰在那里真诚、关切、谄媚地笑,"豆浆包子,咖啡三明治,司机师傅你选哪样?"

李冰清莞尔,"西式的。"

"哦。"杨一辰缩回了提着豆浆包子的手。

李冰清接过装了咖啡三明治的袋子,小心放在一边,随后将车子驶上了马路。

"师傅你认真驾车,注意安全,我就不和你搭讪了。"杨一辰打了个哈欠,"为了来给你赔罪,不是,为了来搭顺风车,我早上六点出门,七点买好早点就在你小区门口候着了,困死了,我先补个觉,到了叫我。"说完,杨一辰直接一仰头,身体贴合着座椅的曲线,自顾自地假寐了。

李冰清用眼角余光扫了下边上闭着眼、身体正在微调睡姿的杨一辰,浅笑了笑,也不再答理他,集中精神开车了。

上班高峰时间路上车流蜿蜒,待李冰清叫醒杨一辰告诉他目的地到了的时候,杨一辰已经美美地睡了半个多小时,他揉揉惺忪的眼睛,开口道:"我觉得今天这种互助形式很好,我有顺风车搭,你有早餐吃,我们是不是应该将它常态化制度化?

第二十七章 同一天生日

相亲

以后我去大蒜公司跑业务的时候就来搭你的车。"

"我记得你刚才说你六点出门，七点到我小区门口，你花一个小时来我这搭车，这还算顺风车吗？你也不嫌累啊。"李冰清笑着反问道。

"这个……我今天是不知道你的出门规律，赶早了，下次我有经验了，8点到你这，这样就不累了。"杨一辰避重就轻地回答。

"随便你吧，你喜欢冬天早起看街景，我也没有可以拒绝的理由。"李冰清不再和杨一辰继续论证顺风车的问题，"谢谢你的早餐，你可以下车了，我要把车停地下车库去了。"

"嗯，有空再联系了。"达成目的的杨一辰下了车，兴高采烈地跑过马路。站在马路边上，目送黄色甲壳虫驶入对面香港广场的地下车库，杨一辰心情愉悦地大口呼吸着寒冷的空气，压低自己的肾上腺素浓度。在追求异性的艰难历程中，厚颜无耻果然是把利器啊，再牵强的借口，只要你敢说，就有成功的可能，以后可以经常在早晨叨扰伊人了，混熟了再设计逐渐渗透进她的生活，兴奋得难以言状的杨一辰真想大吼一声"终有一天收了你"！

突然，杨一辰想起件重要事情，付正说过今天早上九点半要开会，他拿出手机看了下时间，要命了，还有半个小时，爱情还没到手，事业可不能砸了啊，心情瞬间转为火急火燎的他扬手招了个出租车赶回单位去了，至于迟到的借口路上再慢慢编吧。

李冰清坐在办公桌前，慢慢地吃着杨一辰准备的咖啡和三明治，眼神茫然地想着些心事。吃完早餐，她收拾了下桌子，拿起了桌上的电话，"文总，你现在有时间吗，有些事要向你汇报。"挂了电话，她起身去了文杰的总监独立办公室，进了房间后小心地关好门，径直走到文杰的办公桌前站着，也不坐下，直视着文杰的眼睛，沉默不语。

"冰清，什么事啊？"文杰笑着问。

李冰清继续沉默了会儿，轻声说："今天我生日。"

"呵呵，我记得的。"文杰拉开桌子一侧的抽屉，拿出一个精致的小盒，递给李冰清，"祖母绿是你的幸运石，我特意托朋友从巴西带回来的祖母绿项链，打开看看喜欢吗。"

李冰清没有接过那个小盒，依旧轻声说："今天我生日。"

文杰的表情变得有些难堪，用商量的口吻说："冰清，我知道你的意思，不要为难我好吗？"

李冰清还是轻声重复："今天我生日。"

文杰几乎是哀求的口气了，"我也很想和你一起过生日，可是你知道的，今天也是我的生日，惯例是晚上回去家里给我庆祝的，他们都准备好了。"

"一起吃个饭就这么难吗？"虽然声音还是很轻，但是李冰清的语速开始变快了，"三年了，有哪一个生日你是陪我一起过的？当初我刚进 DE 的时候，是你惊讶地说我们生日居然同一天，说有缘，说以后可以一起庆祝生日了。对，我们后来是有缘了，但是有哪一个生日是一起庆祝的？"

李冰清的语气更为急促了，"三年了，每年的生日，朋友要为我庆祝，我都拒绝了，我说女人过一个生日就老一岁，所以我讨厌过生日，其实我是在给自己一个和你一起度过这个特殊日子的机会，我就这么傻傻等了三年，每年问你同样的问题，每年一如既往的失望。"

文杰的脸色有点愠怒了，"我不想吵架，这里是单位，万一被人撞见，影响不好。冰清，咱们换个时间换个地点，再讨论这个事情好吗？"

"不必再讨论了，你的答案我都能背出来了，是我蠢，我来为难你，我来自讨没趣的。"李冰清很干脆地转身走了，没有拿那个精致的小礼盒，出门的时候又是重重地摔了下门。

离开了文杰的办公室，李冰清卸下了刚才努力装出来的坚强，顿时觉得一阵委屈仿似海啸奔涌而来，瞬间将她浸透，她没法立刻回到自己的办公桌，怕失态，怕文杰说的"影响不好"，她在公司的盥洗室里待了二十分钟，让心情平复下来，她很钦佩自己居然一滴眼泪也没有流出，她做了一个决定，一个仓促的决定，带点赌气的决定，一个影响故事剧情发展的重要决定。

第二十八章　玫瑰可以有

走出会议室的杨一辰心情有些沮丧，早上车太堵，打车赶回银行的时候，九点半的会议已经开始了十五分钟，他支支吾吾说了个晨起突发腹泻的迟到理由，自然不敢奢求领导称赞他带病坚持上班的敬业精神，只求不要挨训。虽然付正没有正面对他的迟到提出批评，不过付正在会议尾声又一次表扬了高军军最近早到晚退努力学习业务知识的可喜变化，号召行里其他青年员工向高军军同志学习，说话的时候眼睛一直看着杨一辰的脸，杨一辰明白所谓的"其他青年员工"说的就是他自己了。

"杨老师，感谢你近期对我的帮助，没有你的谆谆教诲，我是没法取得今天的进步的。"

高军军凑过来的那张嘴脸实在是无耻，杨一辰忍无可忍，"滚！贱人，你这个假积极，伪先进，我看你的伪装能坚持多久。"

"切，你还真不要低估了我的上进心，我现在很享受焕发新生的快感。"高军军每次侮辱杨一辰的时候，都要过来习惯性地拍下杨一辰的肩，"其他青年员工同志，好好深刻反省下吧，成功的道路上，我在前方等着你。"

杨一辰立刻开始在桌上胡乱寻摸着可以砸向高军军脑袋的物件，当他决定使用手机做凶器的时候，那厮见势不妙，迅速远遁了。

杨一辰高举着手机，似自由女神像，心中怒气难平。恰此时，手中的"火炬"响起了欢快的铃声。

"喂，哪位？"杨一辰没看来电显示，直接接听，语气很不淡定。

"我李冰清啊。"

"冰冰是你啊，有何指教，公事私事？业务还是闲聊？"杨一辰的语气，乃至整个人瞬间软化。

"私事，你晚上有空吗，想请你来我家一起吃个饭，今天是个有点小特殊的日子。"

"小特殊的日子？今天12月21号，是银行结息日，为纪念这个吃饭？"

"别贫，今天是我生日。"

"啊，你的诞辰啊，我有空有空，非常有空，你能想到邀请我参加生日晚宴，我三生都觉得有幸。"杨一辰呼吸急促，心跳加速。

"那就说好了，我住的小区你早上已经能自己找过来了，肯定记住路了吧，我在1号楼201，你六点半左右来吧，早点晚点也无所谓，对了，不要带什么礼物，什么都不用带，生日蛋糕我自己也准备了，我也没啥好东西招待，都是速冻和微波食品，就随便吃个简餐，聊聊天。"

"行行行，我都记住了，1号201，六点半。"

"那晚上见了。"

"晚上见。"

杨一辰幸福得有些懵了，这是怎么回事啊，刚才是真实场景吗，李冰清的生日？她还叫自己去吃饭？文学作品里的主人公此刻应该咬一下自己的胳膊，或者掐一把大腿，问一句自己是不是在做梦，杨一辰只是呆坐着，大脑真空。

杨一辰很快回过神来，最近的幸福来得太频繁了，他的承受能力越来越强了，他看了看手机的来电显示，确实是李冰清打来的，是真实不是幻觉，他开始转而认真思考怎么去赴生日晚宴的细节。

生日礼物必须是要准备的，女人说不要的意思往往就是要，可送啥好呢？金银珠宝？太贵重了……衣服包包？自己不懂……护肤养颜？还是不懂……杨一辰此时才知道自己和女性交往的经验实在是太匮乏了，曾经的初恋也是学生时代，思来想去，杨一辰还是决定沿用学生时代的老套路，送个毛茸茸的熊公仔，据说女性都喜

第二十八章　玫瑰可以有

欢毛茸茸的物品，至于尺寸么，可以从以前送的小熊升级为大熊，毕竟经济在发展。

杨一辰心里慢慢升起了个大胆的念头，干脆再送把玫瑰，把自己的心意挑明。原先李冰清一直和自己刻意保持着距离，自己不敢表白，现在外部环境发生了根本性的变化，吃饭、看电影、早上搭车、现在又是生日晚宴，通过这两天的密集接触，双方的距离已经迅速拉近，时机可能已经成熟。这年头不能太含蓄了，你默默守着你爱的人，最后等来的往往是她和别人的喜帖。再说，就算被拒绝，也不妨碍自己在友情的幌子下继续和李冰清交往，以后还可以卷土重来。

杨一辰拿定了玫瑰诉衷肠的主意，正为之心儿雀跃，忽又想起自己忽略了件事情，李冰清邀请晚上去她家赴生日宴，但没说组织了多少人参加，是只请了自己一个人，还是叫了其他朋友搞类似party的活动，如果人多的话，自己拿着玫瑰进去就太明显太瞩目了，这次表白肯定砸锅。

杨一辰顾虑重重的纠结强迫症又犯了，他想再电话问问李冰清晚上活动的规模，怕李冰清会觉得自己鸡婆，怕她觉察自己的意图。他又想询问下张茉莉，侧面打听下李冰清有没有邀请她，不过马上又熄了这个念头，万一李冰清只请了自己，自己一多嘴，没事找事，不知道张茉莉这个女魔头会有啥过激反应。

杨一辰思考许久，发挥了所有的聪明才智，终于拟定了两套预案，便开始行动了。他先去姚静那里撒了个谎，说是下午要去拜访一个新开发的客户，路程较远，完事就不回单位了，姚静对他依旧是不管不问，随口就同意了。

吃罢午饭，杨一辰按预定计划悄悄离开了单位，他直接去了李冰清家附近的徐家汇商圈，一家家大型百货商场、街边小店、地铁商铺依次扫过，以海底捞针的精神在一家玩具小店里挑中了一个他认为长相最可爱的半人高的大熊公仔，因时间尚早，他无法想象自己扛着个大笨熊在徐家汇继续闲逛的时尚造型，于是和老板商定六点过来付钱取货，先预付了20元人民币的定金。

搞定了礼物的事情，下面该玫瑰了，他又来到李冰清所住小区的附近巡街，在离李冰清家步行五分钟的距离找到了一家花店。

"老板娘，玫瑰有吗？"

"有啊，先生你要什么颜色？"店主是位和蔼可亲的中年妇女。

"颜色……红的吧。"杨一辰印象中红玫瑰是代表爱情的。

"红玫瑰啊，3元钱一枝，你要几枝啊？"

"这个……老板娘，一般应该送几朵啊？"杨一辰很不好意思地问，他从来没有给女孩子送花的经验，以前读书时候的初恋，有限的零花钱都用来一起吃喝了，谁整送花这种虚的。

"呵呵，先生你第一次给女朋友送花啊？"

"还不是女朋友……"杨一辰腼腆地说。

"原来是用来表白啊，一般都是送11朵，一心一意，一生只爱你一人。"老板娘倒也朴实，没有蛊惑杨一辰来个999朵玫瑰。

"那就11朵吧，你帮我包得漂亮点哦。"杨一辰接着又提了个要求，"老板娘，和你商量个事，花我先买了，钱也付给你，能不能麻烦你等下给我送到附近的一户人家，不远，走过去五分钟的路程。"

"送花啊，可以，附近小区的客户我们都免费送的。"

"谢谢，我还有个要求，你能不能等我的通知再送花啊，我大概六点半左右会打电话给你，到时候我让你送，你就送过来，如果我说不用送了，这花就留你这了，当然钱我现在照付。"杨一辰的预案就是自己先去李冰清家，如果确认她只请了自己，那就执行玫瑰诉衷肠计划，如果还有别的朋友，比如张茉莉，那送花行动就取消。

"先生你送个花还要犹豫不决啊，不过我的店七点打烊，可以按你的要求做，等你通知再送。"老板娘以为杨一辰是个害羞的人，还没下定决心向姑娘表白，"先生，如果你不好意思向美女开口表白的话，可以放张卡片在花里，上面写上你想说当面又不敢说的话。"

"你这个主意好。"本来杨一辰就怕自己在李冰清面前一时紧张又语无伦次，于是他向老板娘要了张鲜花卡片，找了找感觉，模拟自己化身成了文艺青年，琢磨了一会儿，在卡片上写下四句话：这是个相遇的季节；这是个相识的季节；这是个相知的季节；何时是相恋的季节。想了想，又落了个款"一辰"。

第二十九章　我是多余的

付了买玫瑰的钱,留了李冰清家小区的名字和几栋几室的地址,手机里存了花店的电话,杨一辰离开了花店,他在附近闲逛了下,找了家麦当劳,买了杯7块钱的咖啡,边喝边玩手机游戏,消磨赴约前的时光。一直坐到将近六点的时候,他离开了麦当劳,去了那家玩具小店,付清余款,取了事先挑好的大熊公仔,夹在腋下,雄赳赳气昂昂地往李冰清的住处进发了。

比李冰清约定的六点半早了10分钟,杨一辰到了她家楼下,在门禁对讲机上按了201,等了会儿,对讲机里传来熟悉的女声,"谁呀?""我杨一辰。""哦,门开了,进吧。"

杨一辰进了大堂,没等电梯,直接走楼梯上了2楼,201室的门已经开了,李冰清站在门口笑脸迎客,"进来吧,不用换鞋。"

杨一辰夹着他的熊侧身进了屋,李冰清关上门,转过身来,一只大熊挡住了她视线,"生日快乐,熊娃贺寿。"

"不是让你不要送礼物吗,这孩子怎么这么不听大人话,我又没准备山珍海味招待你。"李冰清嘴上批评杨一辰，手里却是接过了大熊，顺手还拍了两下熊脑袋。

杨一辰一看礼物的效果不错，不觉有些得意，"这个熊娃可爱吧，我走街串巷踏破铁鞋觅来的，以后你抱着它睡觉的时候就像抱着我一样。"

李冰清眼睛瞪圆了看着杨一辰。

"不是不是，我的意思是以后你抱着它的时候就能想到这是我送的。"杨一辰额头一滴汗悄悄滑落。

"看来你羞涩的外表下隐藏着一套油嘴滑舌，藏得真深。"李冰清扔给杨一辰一个鄙夷的眼神，"茶几上有可乐橙汁乌龙茶，你想要什么自便，我先做下晚餐的前期工作。"说完李冰清把大熊随手扔在沙发上，就进了厨房。

杨一辰拿了罐可乐，打开，边喝边开始参观李冰清的屋子。昂贵的租金毕竟是有道理的，李冰清的住处不仅地理位置比张茉莉的要好，室内的装潢、陈设也都很现代，虽然房子不大，也只有一个卧室，但是多了一个小小的客厅，厨房和卫生间的面积都比张茉莉租的老式公房要大很多，家具简约、时尚，布置得很小资，家用电器也都是新的。

杨一辰一边转悠一边和厨房里忙碌的李冰清搭话，"冰冰你这个房子不错啊，住着肯定挺舒适的。"

"再舒适也不是自己的呀，租的。"

"看你很忙的样子，你要准备多少菜啊？晚上几个人吃饭哪？"杨一辰很随意地套着李冰清的话。

"没准备多少吃的，炸点薯条，煎几块半成品的牛排，拌个生菜色拉，就我们两个人吃。"

"哦，你的闺蜜张茉莉也不来啊。"一听就两个人吃，杨一辰心里一阵狂喜，面上还装作漫不经心。

"张茉莉前两天和我说接了个策划案，最近要连续加班，所以我今天就不叫她了，让她专心工作。"

"嗯，我用下你家的卫生间哦，可以吗？"

"你怎么变得这么懂礼貌了，去吧，这个不用批准。"

杨一辰溜进李冰清家的卫生间，关好门，打开水龙头放着水，然后快速拿出手机拨打了花店的电话，轻声告诉对方可以送花了，不放心地又重复了遍地址。挂了电话，杨一辰关上水龙头，开门走回客厅，在沙发上坐下。

"李冰清，需要我给你帮忙打个下手吗，不需要的话，我就看会儿电视了。"

第二十九章 我是多余的

相亲

"你就歇着吧,我怕你越帮越忙,电视机遥控器可能在电视柜上,在电视机的边上,你自己找。"

"其实我也就是客气下,从小我就四体不勤五谷不分,那我就安心等吃了啊。"杨一辰走到电视柜前,弯腰拿起电视机遥控器,他看到遥控器下面压着两张DVD碟片,便顺手拿起来瞧,想了解下李冰清平时都爱看什么种类的碟片,美日韩,偶像剧还是悬疑剧,文艺片还是进口大片,以后可以投其所好对症下药。

杨一辰有点发愣,两张碟片都是他景仰的冯导的作品,一张是《一声叹息》,一张是《手机》,正是昨晚他给李冰清宣讲的冯导的小三系列影片。他记得昨晚李冰清当时说这两部影片她都没看过啊,怎么自己一给她介绍,她就立马搞来鉴赏了呢,自己的宣讲如此有蛊惑力?冯导真应该感谢自己为推广他作品所做的努力。

杨一辰将两张碟片放回原处,坐回沙发上,打开电视,手上的遥控器不停换着台,所有的台都搜遍了也没找到有兴趣的节目,他有些无聊,想着还是去厨房观摩下李冰清劳动的景象,和伊人闲扯几句。

哆哆哆,这时忽传来一阵敲门声,红玫瑰到了!这送花的还真靠谱,这么快就来了,杨一辰忙不迭起身,"我来开门,我来开门,你忙你的。"他边朝厨房里的李冰清喊着,边抢着去开门,他想亲自把玫瑰送到李冰清的手上,再配上个多情而期待的眼神,这才是他预想中的最佳效果。

杨一辰几个箭步冲到门口,打开门,好大一捧玫瑰一下堵在了他眼前,咦,好像数量很多啊,肉眼初看就不止11朵,咦,颜色也不太对,自己定的是红色的,热情似火的大红,这把玫瑰怎么是粉色的。"喜欢吗?"送花的还问了他一句。

"是你?"杨一辰一脸错愕。

"怎么是你?"送花的错愕一脸。

李冰清家的门敞开着,门里站着杨一辰,门外站着文杰。

时空凝滞了2秒钟,被杨一辰一句妙语打破了,"文总,你晚上还兼职送花啊?那家花店是你开的吗?"话一出口,杨一辰就知道自己的愚蠢症又犯了,文杰手里的大把粉色玫瑰明显是他的个人意愿,和自己定的11朵红玫瑰毫无关联,杨一辰心里陡然升起一阵强烈的不安,强烈得使他的心律都有些凌乱了。

"你乱七八糟的说些什么,你怎么会在这里?"文杰脸若冰霜,语气凛冽。

"杨一辰你在和谁说话?"听到门口动静的李冰清走了过来,看到门外的文杰,她也怔住了,"你怎么来了?"

"他为什么会在这里?"文杰没有回答李冰清的话,而是下巴朝着杨一辰一挑,反问李冰清。

文杰无礼的态度点起了杨一辰胸中怒火的小火苗。

"我请小杨来的，今天我生日，请他来吃个饭。"李冰清也仰起了下巴，毫不示弱地看着文杰。

文杰的态度缓和下来，"我没听你说起过这事啊。"

"现在是下班时间，文总，与工作无关的事情，我不需要向你汇报吧。"李冰清寸步不让。

杨一辰觉得自己很多余，似乎自己根本不应该在这个时间出现在这个空间，文杰手里的玫瑰，他和李冰清之间的对话，两人的神情，即便是个情商弱智，都能看出他们之间绝非是普通的工作关系，绝非是上级和下属般的纯粹。他的心情从不安转为愤怒，从愤怒走向悲凉，有些事情他不敢去想，又止不住地要去想。

"小杨，我有些重要的事情要和小李谈，请你先离开吧。"文杰对杨一辰说道，他的态度很客气，但是话语里没有商量的意思。

杨一辰知道自己现在正确的选择应该是离开，但又极不甘心，他无助地看向李冰清的眼睛，无声地征询她的意见，心底里渴望得到一声挽留，然后自己才能有尊严地离去。

李冰清没有如杨一辰所愿，"小杨，今天对不起了，要不你先回去吧，我以后再和你解释。"李冰清望向杨一辰的眼神是一种无奈、一种愧疚、一种恳求，她不知道杨一辰是否能意会。

杨一辰知道自己败了，败得彻彻底底，败得丢盔卸甲，主人都要求他离开了，自己在这里哪怕再多待一秒钟自己就真是个臭不要脸的，他点点头，看看李冰清，看看文杰，努力展颜，抽搐了下脸部肌肉，伪笑着说："那我先告辞了，你们聊得愉快。"

杨一辰带着僵硬的笑容走出了李冰清家的门，而文杰拿着那捧玫瑰走进了这道门，两个男人互换了他们的位置。杨一辰没有回头，直接走向楼梯口，身背后，那扇门"砰"地关上，声音有些响，杨一辰想这应该是文杰关的门。

第二十九章　我是多余的

第三十章 大哥你抢花

杨一辰失魂落魄地走下楼梯，走出这栋楼，在小区的道路边的石凳上坐下，他再也支撑不住伪装的不在意，一阵极度难受的感觉涌起，心脏里仿似被塞了重物，不停地往下坠，往下沉，好像要跌出胸腔方才解脱，而在往下沉的过程中，一丝丝清晰的痛楚又直刺心窝，刺得他痛不欲生，杨一辰此刻终于体会到何谓"心情沉痛"了，真是又沉又痛。

苍天啊，大地啊，人生啊，为啥要和我开这么大的玩笑啊，五分钟前还在天堂，这一刻已在地狱的底层，杨一辰很想找个目标痛恨下，让他大骂一通，宣泄下极端恶劣情绪，但是心地善良的他只能自怨自艾，恨命运将他玩弄。

痛到极致的杨一辰脑海反而渐渐变得空灵起来，剧痛使人清醒，一团乱麻的思路慢慢地抽丝剥茧，一条条线索依次清晰地浮了上来，原先所有的疑问似乎都有了合理解释，为什么李冰清一直逃避相亲，老是让张茉莉冒名顶替；为什么李冰清宁愿高价租房，也不愿和她的闺蜜合住；为什么李冰清看《非诚勿扰》这样的喜剧都会受刺激中途离场，并且在路上和他探讨那个社会话题；为什么昨晚自己才提及的两部电影，李冰清会如此上心，急着去寻来看，这一切问题的答案只有一个，因为她是一个……杨一辰不敢去想那两个字，他无法接受将这个世俗所不容的称谓和他曾朝思暮想的女神联系在一起。

当杨一辰发现自己开始将李冰清为什么年纪那么轻就能坐到 DE 公司部门经理的位置，还有她那辆黄色甲壳虫也和这个称谓联系起来时，他开始恨自己了，恨自己骨子里竟然也是一副卫道士的嘴脸。

杨一辰一刻也不想在这里多待了，一般电视连续剧里的受伤男主此刻应该掏出一包烟，一支接着一支默默地吸，再买上一打啤酒狠命地灌进自己的胃里，而杨一辰只想快点回家睡觉，或许在被窝里还会蒙头嘤嘤地哭。

杨一辰起身，朝黑夜里的那楼望去，目光在 2 楼搜寻，他认定其中一个亮着灯的窗口应该是李冰清住处的厨房，就在数分钟前，还有个倩影在那里忙碌着，忙着准备和他共进的晚餐，而此刻她已经不见，正和另一个男子，在这个屋子的某个角落，他们在说些什么？他们在做些什么？杨一辰狠命地甩了下头，他不能再想下去了，再想下去怕自己会猝疯。

"甜蜜蜜，你笑得甜蜜蜜，好像花儿开在春风里，开在春风里……"一个小伙子捧着束花，哼着小曲，从愁肠百转的杨一辰身边闪过，往李冰清家那栋楼走去。

"站住！"杨一辰迷茫的眼眸被什么东西刺激了下，灵魂归窍，人一下子从胡思乱想的半痴癫状态回过神来，红玫瑰？借着路灯的光，杨一辰刚才清楚看到那个小伙手里捧的花是束红色的玫瑰，他陡然想起了自己安排的玫瑰诉衷肠行动正在进行中呢。

"前面拿花的，你站住！"杨一辰又低喝一声。

哼着歌的小伙子吓得一个急停，转身四下里看了下，只有杨一辰一个人站在那里，"大……大哥，你是叫我吗？"小伙子声音有点抖。

杨一辰走到小伙子近前，借着路灯光，仔细看了下又数了下，他拿的是束红玫瑰，11 朵，"你是替花店送花的？"

"是啊，大哥。"

"是送到 1 号楼 201 的吧。"

"神啦！大哥，你会算命啊？"

"我会算你个毛毛，你不用去送了，把花给我吧。"杨一辰朝送花小伙伸出手去。

"大……大哥，你抢劫怎么抢花啊？"送花小伙把花藏在背后，战战兢兢。

"我抢你个毛毛啊，这花就是我定的，我现在不想送了，你把花给我就是了。"杨一辰很是佩服送花伙计的智商和眼力，居然能看出他是个抢花的。

"哦，大哥你不是抢劫的啊，吓我一跳。"送花小伙刚想把花递给杨一辰，又把手缩了回去，"大哥，俺要替客户负责，你有啥证据说明这花是你定的吗？"

相亲
XIANGQIN

"我给你店里打个电话，让你老板娘和你说。"

"老板娘已经回去打麻将了，留俺一个人看店，俺送完这趟也下班了。"

杨一辰想起了件事，"你看看花里面是不是有张卡片？"杨一辰掏出钱包，从里面拿出张证件，递了过去，"这是我的身份证，你看看卡片上面的名字，睁大你的眼睛看看，是不是同一个人。"

送花小伙接过杨一辰的身份证，和鲜花卡仔细比对了下，咧着嘴笑了，他把身份证还给杨一辰，"大哥，你明抢不成，改骗了啊，人家送花的叫'一辰'，你是'杨一辰'，明显是两个人啊，俺刘柱子打小村里人就夸俺遇事认真负责，你哄不了俺的。"

杨一辰一口鲜血差点喷出来，这是个什么二货啊，今天这花靠讲理是拿不回来了，要是真让这个认死理的家伙现在把花给送上去，自己就成个大笑话了。

杨一辰没耐心了，本来心情就极为郁闷的他，暴力因子开始跳跃，文的不行就武的了，"我懒得再和你多话了，那个谁，刘柱子是吧，你快把花给我，别逼我让你花毁人亡。"

"大哥，你又要改明抢了啊……大哥，我看你也像个好人，你不要做错事啊……大哥，你真想要花，我回头去店里给你再拿一份，算我送你的……大哥，这花我还得赶着给人送去……"送花小伙边说，边偷偷往后退，和杨一辰拉开距离。

"你给我拿来吧！"杨一辰又好气又好笑，忍无可忍，直接扑了过去。

送花小伙早就防着这手了，杨一辰刚一作势，他转身就跑，跑到李冰清家楼下，拉了下楼底的大门，门锁着，想按门禁对讲，后面杨一辰又要追上来了，只能再转向朝小区门外跑去。

城里的狗撵不上乡下的兔子，杨一辰追到小区门口，送花的刘柱子已经不见了踪影，杨一辰气喘吁吁，虚汗淋淋，弯腰手撑着膝盖，暗恨自己的无用，孱弱的体能让他此时想起了督促自己锻炼身体的张茉莉，想起了她的爽直，以张茉莉这藏不住事的肤浅心机，估计李冰清的秘密连她这个闺蜜也瞒了去吧。想着张茉莉的简单，他不自禁又对比着想起李冰清的复杂和深邃，想起自己对李冰清的一往情深，换来的却是心被割碎的痛楚，狗屁人生太残酷了，太他妈的残而又酷，真是比残酷还残酷的残酷。

杨一辰怕刘柱子那个倔牛偷偷潜回来完成他的送花工作，在小区门口附近找了个阴暗角落守着，守株待兔将近 10 分钟，兔毛也没见一根，看来这个倔牛真的是被吓跑了。杨一辰擦干心房里的眼泪，迎风励志，阿 Q 版：20 小时后，老子又是一条好汉！乱世佳人版：tomorrow is another day，明天是新的一天！原创版：让这个充满传奇色彩的夜晚见鬼去吧！回家睡觉！

第三十一章　我意与君别

　　文杰冷冷看着杨一辰走出李冰清家的门，然后他进了屋子，一甩手，重重关上了那扇门，将一切他不想看到的人和事隔在门外，门里的世界只剩他和李冰清两个人，那捧精心挑选的99朵粉色玫瑰被他随手扔在餐桌上，他盯着李冰清的脸，一语不发。

　　李冰清毫不躲闪，迎着文杰的目光，也是一语不发。

　　文杰先绷不住了，"你不想解释一下吗？"他冷冷地问。

　　"解释什么？"李冰清冷冷地答。

　　"那个姓杨的信贷员是怎么回事，他怎么会在这里？上次他们银行来会谈的时候我就觉得他和你有问题。""这个你都看不出来？我请他来陪我过生日的啊。"李冰清挑衅地看着皱着眉头的文杰。

　　文杰的语气先软了，"冰清，我知道你是在和我赌气，我上午没答应陪你过生日，你生气了，你想故意气我，但你也不能随便叫个男人来陪你啊，我这不是来陪你了吗，你以后可不能再这样任性了，你知道我有多在乎你，我接受不了你身边突然冒出来个乱七八糟的男人。"

相亲
XIANGQIN

"杨一辰不是什么乱七八糟的男人,我和他现在也只是普通朋友。"文杰态度的转变让李冰清也恢复了正常的和煦,"你先坐吧,我去给你泡茶,家里还有你最爱的冻顶乌龙。"

李冰清端着泡好的茶从厨房里出来的时候,看到的又是文杰一张严肃的脸,他手上还拎着一只大熊公仔,杨一辰送的那只。"这只熊是那个姓杨的送的吧?"

"嗯,是他送的,生日礼物。"李冰清如实回答。

"李冰清,你最好给我讲清楚,你和他到底进展到什么程度,你们什么关系。"文杰说话的时候不自禁地狠狠握着拳。

"你到底在怀疑什么,我刚才就说过了,我和他现在只是普通朋友关系!"李冰清的声音渐渐响起来。

"什么叫'现在只是普通朋友关系'?前面我听你说这话就觉得别扭,你和他将来打算发展成什么关系?"

"我打算将来发展成恋人关系,还想要和他结婚,这个答案你满意吗?我和你在一起三年了,换来的就是你对我这样的不信任,换来的就是这样的疑神疑鬼?"李冰清有点控制不住情绪了。

文杰觉得自己说的确实过分了,他想安抚下李冰清,"冰清,我是太在乎你了,怕失去你,我以前从没见过有哪个男生和你走那么近的,现在这个小杨摆明是在追求你,而你还给他机会,所以我才急了,才会说了过激的话。"

"在乎我?在乎我的表现就是拿我当潘金莲来防?你不觉得这是在侮辱我吗?三年了,因为珍惜我们的感情,因为怕你不开心,我拒绝了多少男孩子的追求,家人、朋友安排的相亲,我能回绝的回绝,不能回绝的让别人替我去,别人替不了的,我自己去了也找借口不给对方联系的机会,父母、亲戚、朋友,都搞不懂我为什么这么挑剔,整天做我的思想工作,你知道我承受了多大的压力吗?!"李冰清越说越激动,"怕失去我?怕失去我那你娶了我呀!"

"怎么又扯到这个话题上了,你知道我的难处的啊,其实我和她已经没有什么感情了,但是孩子还小,我不想我女儿留下单亲家庭的心理阴影,成人之间的事情不应该伤害到孩子,你再给我点时间,让我想个万全之策。"已婚男人的"恋爱",最怕就是被"逼离"、"逼婚",文杰也不例外,李冰清一戳到他的软肋,他就没了底气。

李冰清笑了,笑得很苦,"给你再多的时间你也想不出那个'万全之策',你想了三年了,再想三年,你还是不会离婚的,你想要谁都不伤害,那结果就是只能伤害我,我本就是多余的。"

"冰清，你再给我点时间，我再努力想想办法，我真的是想离婚娶你的。"文杰说得很无力。

李冰清摇摇头，"你不用再骗我，也骗你自己了，这三年，我们爱过，我们吵过，我们闹过分手，每次我想要离开你的时候，你就会说你要离婚，然后是重归于好，你又恢复到一妻一妾的幸福日子，然后你又忘记兑现你的承诺。离婚？你决心要离婚的话，你会每次和我亲热的时候都不忘仔细检查下安全套的质量吗？你不就是怕我有个意外，然后拿孩子来逼你吗，呵呵，你何苦活得那么辛苦呢。"

李冰清的话戳得文杰有点恼了，"冰清，你怎么能这么说呢，我怕你有意外是为你考虑啊，未婚先孕对你一个女孩子来说是多大的伤害啊，你年轻你幼稚你任性，你可以不在乎，我不能不为你的名声考虑。"

"只要能嫁给你，我不在乎什么名声，我不在乎这个世界山崩地裂洪水滔天！从当初在一起的第一天，我就有了这个觉悟有了这个勇气！你有吗？你不要不承认你的自私，你就是什么都想要，什么都不想失去！"李冰清的情绪又激动起来。

"好吧，我承认我自私，我什么都不想失去，但你不能否认我对你的好，对你的宠，对你的疼爱，我们在一起的时候难道你不快乐吗？"文杰低声说。

"你对我是很好，我都记得的，你给我买的车，你为我租的房，你事业上给我的帮助，还有许多许多你为我做的，为我付出的，我都记得。可我已经不再是当初那个以为有了爱情就拥有全世界的傻女孩了，我想过正常人的生活，谈一场正常的恋爱。我想和人牵着手在阳光下逛街，我想坐公车的时候有双手可以搂着我怕我跌倒，我想有人能陪着我看遍这座城市所有的电影院，吃遍所有的甜品店。"李冰清不停歇地说着，"我不想每一个周末只能一个人在家打扫房间一个人吃晚餐，我不想每一个节日在我身边的都是张茉莉，以后她也要恋爱也要结婚，我又将是一个人，我更不想每一年的今天我都在等一个等不到的人来陪我过生日。"

文杰有点惊慌，"冰清，你不会是又想要离开我了吧，你就舍得放弃我们的感情？"

"其实我不舍得，三年的感情不是说放就能放得下的，你真不该对我这么好。"李冰清突然开始哭了起来，"你不想娶我，你当初为什么要招惹我啊，为什么啊？"伤心的泪水开了闸，就再也止不住，李冰清瞬间就放肆地哭成了个泪人，她心里积压了太多的委屈，再多的泪水也无法冲刷干净。

文杰一手将李冰清搂进怀里，另一只手想拭去她脸上遍布的泪水。

李冰清从文杰的怀里挣出来，自己在房间里找了面纸慢慢擦干眼泪，她努力平

相亲
XIANGQIN

复了下情绪，对文杰说："我认真地问你，你也认真回答我，你到底会娶我吗？"

"我……"文杰欲言又止。

"好了，我知道答案了，我不为难你，也请你放过我，好吗？"李冰清努力装出心如止水的样子，"和你在一起有过很多幸福，但是没有希望，我现在想要有希望的生活，我不想再活在暗处，活在阳光晒不到的角落。"她停了下，想了想，继续说："今天我叫了杨一辰来陪我过生日，你也看到了，我是有赌气想气你的成分，但是，我也想过这可能是我新的生活的开始，你不要怀疑我对你的忠诚，我和杨一辰目前什么事都没有，他是原先别人介绍给我的一个相亲对象，但我当初找了张茉莉替我去应付的，后来因为工作关系才和他认识，他也帮了我一些忙，所以他才成了我唯一稍微熟悉点的异性。"

"冰清，我相信你，刚才是我不好，我不该乱怀疑你，从头到尾都是我的错。我理解你心里的委屈，但就算你要离开我，也请你不要那么仓促做决定好吗？人在情绪激烈的时候不适合做任何重大的决定。"文杰力图用好言相劝来稳定李冰清的情绪。

"今晚我做这个决定也许是仓促的，但之前我已经思考了许久，纠结了许久，斗争了许久，离开你，是早晚的事，即便是刮骨疗毒的痛楚，也能换来早日的新生。"李冰清说着决然的话语，却不敢看文杰的眼睛，她怕那熟悉的眼神会引爆她心中强压的不舍。

"冰清，算我求你，今天咱们不讨论分不分手的事情了好吗，等你冷静下来，我们另找个时间再好好商量。"文杰抬腕看了下表，扯开话题，"你准备了什么好吃的啊，我帮你一起弄，刚才吵架耽误了不少时间，咱们快点开饭，我陪我的宝贝一起过生日，时间不多了。"

"时间不多了？什么意思？"李冰清不解。文杰面露尴尬，用商量的口吻说："早上没答应陪你过生日，怕你生气，所以我和家里撒了个谎，说下班临时有个重要会议，稍微晚点回去，想着先过来陪你过生日，给你个惊喜，然后再赶回去，家里人还等着我，要为我庆生的，所以我不能太晚回家，我想八点半离开，你看行吗？"

李冰清彻底爆发了，"你真的很让我惊喜，你不觉得累吗？文总，你的重要会议结束了，你现在就可以回家了，马上走，你立刻给我走！"

"冰清，你体谅我一下行吗，我是真心想让你开心，所以才过来陪你过生日的。"

李冰清已经打开了门，"出去，我现在不想再看到你。"

李冰清的坚决让文杰无法厚颜，四十多岁的成熟男人身上已经找不出一点无赖的气质，他默默往外走去，临出门前踟蹰了下，从口袋里掏出个小盒放在餐桌上，那是早上李冰清没有拿走的生日礼物。

第三十二章　她先约了他

赶走了文杰，李冰清觉得整个人仿佛被抽空了，她进了卧室，躺在床上，眼泪开始无声地涌出，滑落，她也懒得去擦，今天就让自己放肆地哭个够吧，从明天起生活也许就完全不同了，她心中已毅然做出了抉择，只是她不确定自己是否有足够的承受能力去颠覆过去熟悉的一切，但是她知道无论多难多痛，自己也要坚持，tomorrow is another day，从明天起再也不能让自己伤心让自己哭。哭了一会儿，李冰清想起了个人，她拿过手机给他发了个短信，然后接着哭，哭得乏了就直接睡着了。

"杨兄，这两天是不是便秘啊，怎么一直愁眉苦脸没精打采的，我去给你弄点泻药来吧。"高军军观察了好几天，杨一辰的异样让他有点放心不下，觉得还是应该关心下挚友的健康。

杨一辰是不可能将这几天发生的变故告诉任何人的，他不能毁人清誉，有些秘密是带进棺材也不能说的，"哥没事，许是偶感风寒，需要一个人静休，你自己好好学习天天向上去吧。"

杨一辰将高军军打发走，又回复到这几天的常态，对着电脑显示屏发起呆来。

相亲

离那个跌宕的传奇之夜已经过去三天了,杨一辰还是没缓过劲来,时常处于恍惚状态,路上走着、床上躺着、单位里忙着、和客户谈着、饭桌上吃着,甚至午夜梦醒的时候,他都会突然想到那个名字那个人,回放和她在一起时的所有片段,包括那个夜晚。那个夜晚他离开她家不久,她曾给他发了个短信,短短一句话"我以后会向你解释",他回了她一个字"哦",此后两人便再也没有了联系,三天了,她音讯全无。

杨一辰一直在等李冰清的解释,又怕她来解释,正如他已经猜到了真相,却又怕别人亲口告诉他真相。他设想过无数次再次面对李冰清的时候,她会说些什么,自己会说些什么,每次的答案都不一样。他想起了李冰清曾经问过他,如果他喜欢的女人也是个小三他会怎样,现在不幸成了现实,如果李冰清再问他一次,他又该如何回答呢?自己对李冰清的迷恋到底有多深?能深到可以忽视一切她的过去吗?就算自己能接受她,她会离开文杰吗?如果她不想离开文杰,当初她又为什么要问自己能不能接受喜欢的人是个小三呢?这是不是一个暗示呢?杨一辰的心里一团乱麻。

杨一辰没等到李冰清的解释,先等来了张茉莉的关心。精神勃起却横遭阉割的"泥人"好几天没上网了,"弱女子"实在放心不下,亲自致电了。

"你好几天都没动静了,网上也看不到你,刚才听高军军说你病了,要紧吗?"张茉莉一反以往的剽悍,电话里轻柔的声音充满关切。

"谢谢组织的关怀,我没什么事,可能最近赶一个项目,太疲惫了,人总是犯困。"杨一辰知道张茉莉是真的关心自己,心里泛起暖意和感激。

张茉莉在电话那头沉默了会儿,轻声说:"晚上来我家吧,我做点好吃的,给你补补,这段日子里你帮我通下水道、修电脑,我说过要亲自下厨让你尝尝我的手艺,一直没兑现呢。"

"今天晚上?"杨一辰问。

"嗯,今天正好是圣诞夜,一起过节吧。"

今天居然是圣诞夜,自己这几天浑浑噩噩的,差不多要与世隔绝了,想着既然是过节,杨一辰很自然地随口而出:"那你叫了高军军和李冰清吗?"

"不叫他们,他们又没帮我干活,也没生病,不给他们吃,不给他们补。"张茉莉又恢复了蛮横本色,"怎么,是不是没有某人,你也不来了?"

"我肯定来,天上下刀子我都会来。"杨一辰从来就没学会如何拂人好意,再说张茉莉不叫上李冰清他们也好,若四个人真在一起的时候,杨一辰不知道该如何面对李冰清而不失态。

"那就这么说定了，我下午请假回去买菜做饭，你下班后过来吧，来了就能吃现成的了。"

杨一辰挂了电话后，人又有点恍惚，这场景是多么相似啊，三天前，也是一位女子的邀请，将自己抛上幸福的云端，又摔入绝望的深渊，他的心重又揉成了一团乱麻。

李冰清走出文杰办公室的时候，自己都惊诧于刚才的表现，面对熟悉的温柔，原以为心的城池会再度沦陷，用了整夜的泪水灌出的护城河终未让对方跨过。当文杰告诉她，做了精心安排可以整晚都陪着她度过今天的圣诞夜，自己心里竟没有一分惊喜，曾经渴求了三年，将要第一次拥有两人共同度过的节日时，她才明白这不是她想要的。她问他，即便拥有了这个圣诞，过了这个夜晚，那下一个节日呢？今后更多的节日呢？他无言以对。她告诉他，口渴的时候只想要一杯清水，而不是一杯美酒，如果片刻的欢娱换来的依旧是无尽的等待，她宁可不要这份欢娱。文杰惊愕，不甘，"冰清，我不信你能这么狠心，我不会放手，我等着你重回我身边。"这个男人依旧是那么自信，就如他第一眼见到李冰清时便想着定能拥她入怀那般自信。

李冰清回到自己的办公桌前，卸下了强装的坚强，她不知道自己还能抵挡几次文杰的绕指柔，现在的拒绝是积怨已久的发泄，还是期待新生的决然，她也说不清，她希望是后者。她默念着"我意已决我心似铁百毒不侵"，心中想起了另一个男人，那个明显钟情于她，却被伤得狼狈而去的男人。这段时间的接触，他的羞涩、执著、偶尔的小无赖，已经悄悄填平了自己一贯与异性间保持的那道鸿沟，他的不懈努力使他成了她最熟悉的异性朋友，当然，她本就没有什么异性朋友。

杨一辰，他会是自己的涅槃重生吗，李冰清摇了摇头，他已经知晓了自己最大的秘密，真能做到像他所说的那样豁达和宽容吗，"如果是你这样的仙女，我肯定毫不犹豫义无反顾！"杨一辰当初的话语在脑海里响起，李冰清苦笑了下，空口许诺很容易，针没扎在自己身上不知道痛。

不管如何，那天晚上曾留言"我以后会向你解释"，那总得给他个交代，还他一顿晚宴，既然被他撞到了真相，自己也不必遮遮掩掩，至于今后是朋友还是路人，全由他吧。

李冰清拉开办公桌抽屉，取出两张印刷精致的票券，那是客户赠送的某五星级酒店的圣诞晚餐券，原打算叫上张茉莉下班后一起去享用的，每年的圣诞夜都是这个闺蜜陪自己排遣失落和寂寞，今年突然不找她陪了，该怎么给她个说得通的理由呢，不然她肯定会刨根问底。

李冰清正想着是直接打电话还是发短信约杨一辰，以及抛弃张茉莉的合理解释，张茉莉的电话倒先来了，给了她一个措手不及。

"冰冰，和你说个事，你得原谅我。"

"啥事啊？又成月光美少女了？说，想借多少。"

"我在你心目中就这么个乞丐形象啊，真让姐姐我寒心。"张茉莉话锋一转，直奔主题，"今天晚上我不能陪你过圣诞夜了。"

"哦，你有方向了？哪里走私来的帅哥啊，居然能让你重色轻友。"李冰清故意语气里带点责问，心里却是一阵轻松，自己不用费心编理由了。

"明人不说暗话，我晚上约了杨一辰，姐姐我要追求我的幸福去喽。"张茉莉在电话里咯咯地笑。

李冰清愣了几秒，旋即恢复正常，"那祝你成功，早日得手。"

"谢谢你的祝福，这是个呆头鹅，我得慢慢下工夫，挂了啊，拜。"张茉莉笑着挂了电话。

李冰清默默将两张圣诞晚餐券放回了抽屉，不用再约杨一辰了，解释的事情过几天再说吧。心里说不清是种啥滋味，她发现刚才自己祝福张茉莉的时候居然有点言不由衷，难道自己希望她和杨一辰成不了吗？为什么自己会有这一丝阴暗的心理？她想可能这是女人的通病吧，当一个男人追求自己的时候，对他不屑一顾，当他转投别的姑娘时，又会莫名地失落。

曾经将文杰看成一片天，遮蔽了世上所有男子的李冰清，在她尝试着越过这片天，一窥外面世界的第一眼，看到的竟是自己，却原来也是红尘中的一枚俗女子。

第三十三章　圣诞夜晚餐

　　杨一辰下班后就直接去了张茉莉家，原想过是不是该买个啥圣诞礼物，李冰清留下的那道心伤还在滴血，实在是没有心情再重复一次精挑细选，再说自己帮张茉莉通下水道、修电脑，没少干活，平时还陪她聊天解闷，自己今天白吃她一顿也是理所应当的，所以杨一辰就厚着脸皮空手上门了。
　　到了张茉莉住处，她扎个围裙还在厨房忙碌，"你来了啊，先进房间自己找地方坐，我再给你炸几块猪排，知道你爱吃这个，所以等你来了再做，热的好吃。"
　　张茉莉租的老式公房就一间屋子，电视柜、衣橱、床、餐桌、椅子这些家具全摆放在一个空间里，人基本就没啥活动空间了。杨一辰直接在餐桌边就座，等着开饭。桌上已经摆好了两人的碗筷杯盏，还有已经烹饪完成的三个菜，杨一辰看了下，青豆炒虾仁，清蒸鲑鱼，香菇菜心，心里叹一声，张茉莉的厨艺还真不是吹牛的，这些菜看着闻着就让人觉得好吃，色香两样都齐了，等下这个味估计也差不了。桌上还放着两瓶红酒，其中一瓶已经打开了，杨一辰心想这张茉莉的酒量也厉害啊，自己平时红酒最多也就能喝个半瓶不醉，看来今天又遇到女酒仙了，这时李冰清端

相亲

着茶缸子牛饮啤酒的样子突然浮了出来,杨一辰的心不禁又有些黯然了。

杨一辰在屋子里随便寻了张不知哪天的报纸来看,中国人民很幸福世界人民多磨难的时政新闻他是从不看的,他直接翻到娱乐版浏览明星八卦,看了没几条,张茉莉端着盘子就进来了。

"菜齐了,还有个鸡汤在煤气灶上炖着,我去换下衣服,马上就来。"张茉莉将炸好的猪排放在餐桌上,转身去了卫生间。

女人真是事多,吃个饭还要换衣服,杨一辰心里嘀咕了下,真香啊,这热乎乎刚出锅的炸猪排的香味实在是诱人,杨一辰忍不住直接拿了块啃起来,反正和张茉莉都那么熟了,无须讲究啥礼仪形象。

杨一辰正啃着,张茉莉回来了,"你饿死鬼投胎啊,筷子都不用,直接用手的啊。"

杨一辰一抬头,吧嗒,猪排落在了桌子上,眼睛直勾勾地愣了神,天啊,刚才扎着围裙的厨娘三分钟就变身成了时尚丽人,杨一辰从上到下从脚到头将张茉莉狠狠地来回看了好几遍,除了活泼跳动的马尾辫没变,其他的观感彻底颠覆了张茉莉以往在杨一辰心目中的形象。细心描过的丹凤眼,俏脸上略施粉黛,浅浅含笑,上身一件纯白的毛衣,毛衣下突兀的山峦起伏,以往被宽松的运动装掩盖的真相今天触目惊心,这是纯天然还是垫的挤的呀,一条紧身的红色短裙勾勒了臀部曲线,像团火在杨一辰眼里跳跃,最让人意想不到的裙下竟是黑丝高跟的魅惑搭配,衬出一对细长匀称的美腿。剽悍运动女幻化成了勾魂夜妖姬,杨一辰感受到体内的动物本能在蠢动。

张茉莉很满意杨一辰的反应,抿着嘴强忍着笑,坐在了杨一辰的对面,拿过红酒瓶,先给杨一辰的杯里倒酒,边倒边说:"秀色可餐就不用吃饭了,是吧?"

杨一辰醒了过来,"我说张茉莉啊,不就在你家里吃个小便饭吗,你打扮得这么……这么……这么的,你不会是想色诱吧,等下是割肾呢,还是仙人跳啊?"

"你个死贫嘴,一桌好菜都不能换来你一句好话。"张茉莉端起杯来,柔情似水,"圣诞快乐。"

"嗯,单身快乐。"杨一辰举杯回应。

推杯换盏,就着酒菜,两人之间的话题逐渐聊开来。

"杨一辰,你不会一直光棍到现在吧,讲讲你的艳史吧。"张茉莉开始打探杨一辰的八卦。

"在感情领域,我虽然是一个穷人,但也不是一无所有,除去数次不靠谱的单恋暗恋，正经还是谈过次恋爱的。"杨一辰挺起胸脯回答。他脑子里闪过单恋暗恋的那张冰清玉洁的容颜，挺起的胸脯又委顿了下来。

"那你是怎么变成相亲专业户的啊，谁甩了谁啊？"张茉莉刨根问底。

"大学恋情，毕业后她就飞了美国，追求资产阶级的腐朽生活去了，海誓山盟敌不过那片太平洋，电话短信慢慢变成了杳无音信。"杨一辰也不打算放过张茉莉，"来而不往非礼也，该你交代了。"

"和你一样，恋爱经历一次，他是大学里的学长，外地的，比我早毕业一年，都没和我商量，为了他崇高的理想，直接回去投身家乡建设了。"

"初恋时我们不懂爱情，为了曾经的青春。"杨一辰突然觉得有些感伤，他举杯邀茉莉，"干了这杯酒，往事不再留。"

"嗯，干了这杯酒，往事不再留。"张茉莉随着杨一辰一饮而尽。

青春佐酒，两人喝着，聊着，笑着，说些过往的趣事，不知不觉大半瓶红酒没了，张茉莉的俏脸上飞来两坨酽红，眼神渐渐迷离。

杨一辰指着张茉莉笑，"先前看桌上两瓶酒，还以为你是个酒仙，没想到这么快就喝成了麻辣小龙虾，张茉莉，你酒量比李冰清差多了。"

张茉莉人醉心不醉，"我酒量比李冰清差多了？你怎么知道李冰清酒量比我好，你和她喝过酒？"

杨一辰说漏了嘴，悔之晚矣，爽快认账："嗯，最近我工作上帮过她一个忙，她请我吃过次便饭，略喝了点啤酒。"

张茉莉想了想，开言道："杨一辰，有个疑问一直压在我心里，人说酒后吐真言，所以今天我要问你，你必须如实回答。"

"你随便问，我认真答，绝不藏着掖着，不管坦白不坦白，你可都得从宽。"也已是醉意朦胧的杨一辰边回张茉莉的话，边举起筷子摇摇晃晃地去夹虾仁。

"杨一辰，你是不是喜欢李冰清？对恋人的那种喜欢。"

筷子和虾仁都直接掉在了地上，杨一辰慌忙弯腰去捡，头刚钻到桌子底下，两条匀称的黑丝美腿优雅地并拢着斜在他眼前，离他的鼻尖只有15公分的距离，视线略微上抬，便与膝盖处平行，往前，是红色的裙边，再往前，是看不清的无尽想象。

杨一辰瞬间体内各种腺素大量分泌，血液上涌大脑，下冲海绵体，这一刻他想起了"且不拾箸，便去他（潘金莲）绣花鞋头上只一捏"的西门庆，想起了烈火焚身岿然不动的邱少云，他想在桌底多流连会儿，他不允许自己多流连会儿，其实不想走其实我想留的矛盾让他惊慌失措，他迅速捡起筷子急于起身，咚的一声，后脑

相亲
XIANGQIN

重重撞在桌的背面。他清醒了，由兽变回了人，尴尬地从桌底退了出来，重又在椅子上坐正。

"筷子掉了就掉了，还捡啥啊，捡起来也不能用啊，脏，我给你换双新的。"张茉莉去厨房重又拿了双干净筷子递给杨一辰，"撞疼了吗？这么大人还跟个孩子一样。"

"我脑后有反骨，没撞坏你桌子算你幸运。"杨一辰尴尬地笑。

"刚才的问题你还没回答。"张茉莉不打算放过杨一辰。

杨一辰沉思了会儿，说："曾经喜欢过吧，曾经。"他也不知道自己现在对李冰清是种什么感觉，但是过往的刻骨铭心他有勇气承认。

张茉莉看得出杨一辰喜欢李冰清，她只是求证一下，这不妨碍她对杨一辰的恋慕，只要那俩人还没有情投意合，她就不会放弃。李冰清已经数次表示过对杨一辰没有接纳的意思，所以她才会一直努力接近他。原以为郎有情，妾无意，刚才杨一辰口中吐出的"曾经"二字却给了她意外的欣喜，她甚至想着是不是自己的不懈感化了这只呆头鹅，杨一辰对自己生了情。想到此处，不觉娇羞起来，俏脸红得更甚了，似要滴出血来。

杨一辰没有注意到张茉莉的变化，刚才的问答让那个最近几天一直在他心里进进出出令他愁肠百转的身影又牢牢缠死了他的思绪，她这几天为什么一直不联系我，不是说了要向我解释的吗，今天的圣诞夜，她是一个人过，还是正和那个中年男人一起演绎着恩爱？一念及此，杨一辰的心一阵痛，一阵酸，惆怅得不得了。

第三十四章　冬日的春宵

　　这厢杨一辰以酒浇愁，酒入愁肠愁更愁，那边张茉莉心中暗喜，抿酒不停难抑欢，两人各自想着心事，暂无言，喝酒的节奏明显加快，不多会儿一瓶红酒见底，也不知是谁寻了开瓶器又将第二瓶打开，又喝了会儿，张茉莉先觉了过来，"杨一辰，你不能再喝了，你眼睛都充血了，像走火入魔一样，再喝下去还能找得到家门吗，可别指望我送你啊，回不去就自己流落街头。"

　　"回不去就不回去了，我就住这了！女施主，贫僧借宿一晚，可否？"杨一辰真的醉了，放肆地说着半真半假的玩笑。

　　"杨一辰你作死啊，说什么疯话呢，小心你的皮肉。"张茉莉又羞又气，轻舒猿臂，一把捏住了杨一辰的耳朵，却舍不得拧下去。

　　杨一辰傻笑着，等着张茉莉的体罚，迟迟不见对方动手，深醉中一线清明上脑，张茉莉可是个正经女孩，胡来不得，他努力站了起来，"和你说笑的，我可记得你枕头下面有剪刀，我才不想练葵花宝典呢，朕要摆驾回宫了，爱卿留步。"杨一辰摇摇晃晃往外走去。没几步，一个趔趄，一头撞在房门的门框上。

相亲
XIANGQIN

"你小心点啊!"张茉莉急着来扶。

"我没事,我能摸回去。"杨一辰揉了揉额头,还要晃着往外走。

"都醉成这样了,还逞能,小心路上让人劫了,真要是醉卧街头还不得活活冻死啊。"张茉莉急了,两手紧紧搀着杨一辰的一条胳膊,心中激烈挣扎后,轻声吐出一句:"要不就留下吧。"

杨一辰一愣,此话何意?邪念又起,又被强行压下,他旋即摇头晃脑地笑着,"我真没事,你放心吧。我得走,我妈叫我回家睡觉。"他轻轻一挣没挣脱张茉莉的搀扶,干脆另一只手回过来,粗鲁地一把将张茉莉的两只手从他被抓着的一条胳膊上扫开。酒醉的状态下根本无法控制力度,他这一扫,动作幅度很大,扫开了张茉莉的搀扶,收势不住,在空中画了四分之一圆周后,这只手直接按在了张茉莉胸前的一座突起上,结结实实,弹性十足。

"啊!"张茉莉低声惊呼,急速后退一步,两手本能地护住胸前的丰满,脸上一阵一阵的火烧。

刚才那一触,彻底毁了杨一辰的道行,他全身血液疯狂涌动,酒精和肾上腺素的混合作用,令他再也控制不住体内的蠢动,先前在桌底被强压的那股渴求不加掩饰地从眼里释放,炽热地射向张茉莉,又一次在她身上放肆地上下浏览。

一向剽悍的张茉莉此刻紧张得像一只对着猛虎的小白兔,等待着被吞噬,却又想逃避。

要斯文,不能禽兽,要斯文,不能禽兽,杨一辰拼命压抑着体内喷薄欲出的兽性,紧要关头有急智,这一刻文艺青年附体了,"张茉莉,我知道你那道题的正确答案了。"

"我的哪道题啊?"张茉莉茫然无意识地问。

"还记得我们打羽毛球的那天吗,打完球出来,你说冷,我现在知道正确的做法应该是……",杨一辰近前一步,一把将张茉莉搂进怀里,他知道她不会拒绝。

"啊!"张茉莉又是一声低呼,微微作势挣扎了下,便不动弹,任由杨一辰抱着,偷偷调整了个舒服的姿势,头偎在杨一辰的肩处,手臂悄悄环住了他的腰。

彼此静静听着对方急促的心跳,一个抬头,一个俯首,眼的对视,脸的贴近,唇的接触,意乱情迷。

杨一辰的手不老实了,开始在张茉莉身上游走,掠过敏感部位却不停留,他在试探。

张茉莉有些慌张,她知道杨一辰接下来想做些什么,她设想过自己终有一天会和杨一辰做些什么，可以是似水的柔情，可以是如火的激情，却不是在今天这样酒醉的状态下一蹴而就，"我们这样是不是太快了？要不……"

"是太快了，可我还想再快点。"杨一辰用唇堵住她的嘴，游走的手竟在张茉莉的敏感处停了下来，试探变为了挑逗。

"煤气灶上还炖着鸡汤，给你补身体的，先喝汤吧。"张茉莉逃过杨一辰的唇，扭着身体要避开他的挑逗。

"你是最好的补品。"杨一辰的臂箍着张茉莉，手紧紧抓着她的臀，狠命将她往自己身上贴，用自己的胸揉搓着她的丰满，恨不得融进去，下面已经昂然。

张茉莉挣不出杨一辰的压迫，感觉到了他的昂然，知道今天是躲不过去了，既然这本是自己想要的，一声"冤家啊"，她放开束缚，开始迎合了。

不知是谁引着谁，两人终究不能免俗地卧于榻上，褪去一切装饰，坦诚相对。一个因欲求索，一个为情承欢。她是冬日里的雪，洁白一片，两处雪丘上傲然开着两朵红梅，他是雪地里的童，顽皮嬉戏，抚雪赏梅恣意流连。她又是深谷里的潭，浅草环碧，他化作一支竹篙，在潭中浅点深插，只为将那情欲化成的舟驶进愉悦的深幽。舟终要入港，当艄公辗转清亮地低吟，那篙狠狠抵着潭底，潭波一阵肆意地激荡，快感的潮一阵阵推来，这舟到了幸福的岸。一切渐归平静，一对人儿难分难舍，相拥睡去，一夜好眠。

杨一辰清晨即醒，睁开眼便对着那丹凤眼，那双眼见了他，立刻躲进了被子中去，杨一辰就在那里静静守着，过了会儿，那双眼悄悄又探了出来，被杨一辰捕住再也跑不掉。

"昨天晚上我是不是……那个……强暴你了啊？"

"嗯，禽兽。"

"你……你不会去告我吧？"

"难说，看心情。"

"怎么样能让你心情好。"

"嗯……我想想……先去给我弄早餐。"

"应该的，昨天晚上你做了那么多菜，也该换我伺候你了，想吃啥？"

"电饭煲里有昨晚煮的饭，煤气灶上的锅里有鸡汤，你去弄个鸡汤煮稀饭。"张茉莉发号施令，"你爽滋润了睡得像个猪，我还得半夜起来关了炖鸡汤的火，不然我们都得煤气中毒。"

杨一辰忙不迭地穿衣下床，逃去卫生间洗漱了，他怕张茉莉再提昨夜的事，他

127

第三十四章　冬日的春宵

很羞愧。

等杨一辰将一锅热腾腾香喷喷的鸡汤稀饭放到餐桌上的时候，张茉莉也穿戴洗漱完毕，像个大小姐一样坐在那里等吃了。杨一辰殷勤地为张茉莉盛好稀饭，递上筷子，自己也盛了碗，两人面对面稀溜溜地吃起来。

"煮得不错，咸淡合适，有培养潜质。"

"那是，我有真手艺，就是太低调，你现在心情好了吧。"

"好了，不告你了。"张茉莉正色道，"杨一辰，咱们认真说会儿话吧。"

"嗯，我先进入认真状态。"杨一辰放下碗筷，正襟危坐。

"昨天夜里你睡着后，我想了很久，我们今后该如何相处。"张茉莉低头想了会儿，开口说，"坦白讲，我是喜欢你的，我不是个随便的女孩，要是对你没感觉，昨天晚上我也不会纵容你，等着你的就是枕头下的剪刀了。"

"我知道，其实你是个贞烈的女子。"杨一辰一听剪刀二字，下体有点发凉。

"别贫，说正经的。"张茉莉对杨一辰的打岔有点不高兴，"你觉得我们今后该如何相处？如果你想把昨晚当成一次酒后乱性，我也不会怪你，就当什么事也没发生过，大家还是做朋友。"

"我不是个不负责任的人……"

"我不需要你负什么责任，你不用给自己套上道德的枷锁，你可以一走了之。"

"你觉得我像是那种穿上裤子就不认人的混蛋吗？"杨一辰对张茉莉这样看待自己显得有些愤慨。

"好吧，算我冤枉了你，我道歉，那你的意思是愿意对我负责喽？"

"愿意……"杨一辰有种奇怪的感觉，就像在街边吃了碗馄饨，被人三言两语，结果把整个馄饨摊都接了下来。

张茉莉脸上是抑不住的笑，"那我们今后就应该是情侣，是恋人了，对吧？"

"对……"杨一辰没法驳了张茉莉的逻辑。

"你确定？"

"我……"杨一辰的心里突然沉了一下，他想起了李冰清，自己和她再无可能了吗？"我确定。"话已出口。

第三十五章　爱情撞友情

"心不甘情不愿的样子,不过现在你已经不能反悔了。哼,还算你机灵,刚才你要是敢说对我不负责任的话,老娘我当场就和你拼了。"张茉莉嘟着个嘴,心里乐开了花。

"怎么这样,你们女人有一句真话吗?"杨一辰愕然。

"现在我要行使情侣的第一项权利,把你的钱包交出来。"张茉莉的纤手伸到了杨一辰面前。

"不会吧,你欺负我缺乏恋爱经验啊,没听说过情侣权利有没收钱包的。"

"少废话,你女朋友让你交你就得交,拿出来,速度,效率。"

杨一辰哆哆嗦嗦拿出钱包,"给我留点啊。"

张茉莉一把夺了过来,"神经病,我又不是要没收你的钱,也不要你的工资卡信用卡,我就是检查一下,看看你有啥小秘密,也许你藏了张别的女人照片呢,这个权利女朋友应该有吧?不过分吧?"

"不过分不过分,应该的,我经得起检查。"

相亲

张茉莉还真的把杨一辰的钱包给翻了个遍,每一个夹层都没放过,检查的结果令她满意,没发现有私藏夹带。"杨一辰,我和你换张公交卡。"张茉莉拿过自己的挎包,掏出钱包,抽出里面的公交卡,和杨一辰钱包里的公交卡调换了一下。

"为什么要换啊?"杨一辰不解。

"当然是为你好,你没看到新闻吗,现在有些心术不正的出租车司机,在你用公交卡刷卡结账的时候偷偷调包,拿空卡换走你里面有钱的卡。你们男人都粗心,不知道在自己的卡背后做个记号,我的卡后面贴了张茉莉花图案的贴纸,这样万一别人换你卡的时候你就能发现了。"张茉莉解释了一番,把钱包递还给杨一辰,"再说你钱包里有朵洁白芬芳的茉莉花,就等于我天天在你身边陪着你了。"张茉莉调皮地朝着杨一辰摇头晃脑,开心地笑。

女人的心理真是不可捉摸,又查钱包又换卡,多大点事啊,都能乐成这样,恋爱的女人不是疯子就是傻子,杨一辰想着,接过钱包,随手塞回裤兜里,说:"那好吧,谢谢你的关心,不过我告诉你你可吃亏了,我公交卡里没剩几块钱了,你换去就得去充值了。"

"大便宜都让你给占了,还怕吃这点小亏啊。"张茉莉娇羞着说。

杨一辰脸刷地红了,他掏出手机看看时间,"我得赶着去上班了,万一迟到,我怕领导又要号召我向先进工作者高军军学习了。"

"那你快走吧,我收拾一下屋子再去上班,我们单位劳动纪律比较松垮。"

杨一辰出门的时候想起个事,他红着脸小声对张茉莉说:"昨天晚上……有点仓促,没有用那个……安全措施……"

"你不用担心了,我会自己买事后药吃的,就算弄出人命我也会自己处理掉的,快走吧。"张茉莉一把将还站在那里支支吾吾的杨一辰推出了门。

杨一辰赶到单位的时候,离正常上班时间还差5分钟,幸免迟到,高先进一如既往地在电脑前早自修,学业务。看到了高军军,前一刻大脑还处在昨夜性愉悦发散期的杨一辰委顿了,我上了高军军暗恋的女人,我上了挚友暗恋的女人,我上了最亲密的兄弟暗恋的女人。杨一辰心中五味杂陈,他不知道该怎么告诉高军军这个真相,高军军会和自己断交吗,他转而又想,其实张茉莉一直喜欢的是自己,不是高军军,这是她的选择,自己也不能说是做错了什么,喜欢一个女孩,就要尊重她的感受尊重她的选择。

杨一辰设想了高军军在得知真相后的各种反应以及应急对答和措施后,带着伸头是一刀缩头也是一刀的无奈,终于鼓足勇气站在了高军军的身后,高军军感到身后有人，一回头，见是杨一辰，开口道："杨兄，你来了啊，正好我有些问题要请教你。"

"我和张茉莉……好了。"杨一辰深呼吸，轻声细语。

"啊？什么？"高军军的脸微微抽了下，然后僵在那里。

"我和张茉莉好了，我们开始交往了。"杨一辰尽量使用中性的词汇，避免太刺激高军军，他知道高军军应该能明白意思。

"哦，知道了。"高军军转过身去继续看报告了。

杨一辰等了一会儿，高军军再也没回过头来，杨一辰想了想，也没啥话可说，就回自己的座位上开始工作了。

高军军一上午坐在座位上都没动弹，厕所都没去过，也没和杨一辰再说过一句话。杨一辰一直都在偷偷观察他，从早上8点35分杨一辰告诉他那个消息后，他电脑屏幕上的那篇报告就没翻过页，一直保持原来的状态，10点25分的时候，电脑上的业务报告换成了多日未见的游戏界面，11点45分高军军终于起身出了办公室，估计是去了五谷轮回之所，3分钟后高军军回来，俨然常人矣。

"杨兄，吃饭去，你请客，娘的你现在幸福了，剩我一个光棍了，起码吃你一个星期。"高军军强作欢颜，走过来很热情很夸张地重重拍了一下杨一辰的肩。

杨一辰差点被这一巴掌扇出椅子，他赶紧说："我请我请，想吃啥随便宰，心疼我就是对不起我。"杨一辰是真心的，他被高军军的高风亮节感动了，这胸怀，这器量，这份兄弟情真是比山高比海深比钢硬比蜜甜啊，和他比起来，自己太渺小了，还有些卑鄙。

从昨天接完张茉莉那个电话起，李冰清的心情就一直有些烦躁，她也不知道自己纠结的是啥，反正就是不爽，想到自己竟然拒绝了等了三年才等来的文杰的陪伴，她烦躁，想着张茉莉和杨一辰共度良宵，她也烦躁，一个人在圣诞夜独享寂寞和感受埋葬爱情的创伤，她更烦躁。她想发泄，想倾诉，她需要一个出口，她需要一个朋友陪她度过这难挨的时光，不然她怕自己会憋疯，会熬不住回头。思前想后，只有他最合适，因为他已经知晓了这秘密，所以她决定给他发个短信。

杨一辰按高军军的要求，午餐请他吃了韩国烤肉。杨一辰甘当奴仆，殷勤地为高军军一片片将肉烤熟，蘸上酱，包上生菜，再放入他碗中，就差亲自喂进他嘴里了。正在炭火上翻来覆去忙忙碌碌的时候，他收到了李冰清的短信："晚上有空吗，我想和你解释下上次的事情。"

你为什么不早点来约我呢，唉，杨一辰心里暗叹一声，他对高军军说："衙内，

第三十五章　爱情撞友情

相亲

老奴回个短信，您自己先动动手行吗？"

高军军一挥手，不耐烦地说："少啰唆，我等你，快点。"

杨一辰假想自己抽了高军军两个耳光，嘴里却"是是是，衙内稍候"。手上不敢耽搁，快速回了李冰清"有空，时间地点"。

杨一辰给高军军又烤了两片肉，李冰清的短信来了："晚上我加班，晚饭自理，8点浦东滨江大道入口等。"

杨一辰回了个"好"字，李冰清便再无回复。

"是张茉莉吗，不就谈个恋爱吗，有必要盯这么紧吗，真缠绵。"高军军酸溜溜地表示了不屑。

"不是，诈骗短信。"杨一辰出口即谎。

"诈骗短信你还回复？"

"我劝他改过自新，顺便问候他全家女性。"

"杨一辰，你现在撒谎的水平越来越差，神态倒是越来越自然，人面兽心的东西。"

"衙内要不要再来盘牛舌？补补你的语言能力，你好继续深入批判我。"

"要，当然要！化悲愤为食量，吃穷你个猪，拼了自己胃疼也要让你丫的心疼。"

"服务员，再加盘牛舌。"杨一辰高兴地叫唤着加菜，他知道他的好兄弟高军军又活过来了。

杨一辰下班后在单位附近随便对付了一顿晚饭，然后溜回单位，洗个澡，上会儿网，算算时间差不多了，出门赴约。

第三十六章　江边夜倾诉

到了约定的地点,李冰清已在那里等着了,清瘦的身姿在路灯下的光影里静静站着,有种能让人的心渐渐裂出缝隙的美。四目对视,杨一辰先开了口:"等多久了,你应该迟到的,在这里等多冷啊。"

李冰清恬淡地笑,"先到江边走走吧。"走两步,复又转身,指指路边的一个袋子,对杨一辰说:"这个袋子你提着,挺重的。"

"里面啥宝贝啊?"杨一辰好奇地问,提起袋子,随着李冰清朝江边走去。

李冰清没有答话,默默朝江边走,杨一辰也只能默默跟着。冬夜的黄浦江边没有什么人,只有三三两两的游客,江对面浦西外滩的景观灯看上去都有点凄凉,绿莹莹的像鬼火。杨一辰将脖子往衣领里缩了缩,说:"这么冷的天,咱们是不是找个咖啡馆或者甜品店坐坐啊?喝西北风是不要钱,也不能这么省啊。"

李冰清还是没答话,沿着江边往前走,江边有一张张的长椅,供游人休憩,天冷,只偶尔有几对情侣零散地坐着。杨一辰的提议没得到李冰清的回应,干脆闭了嘴,只跟着。

走着走着,李冰清止了步,"我们就坐这里吧。"说完便在一张长椅上坐了下来。

杨一辰在李冰清身侧坐下,将那个有些沉的袋子放在脚边,不发一语,等着李冰清开言。

"我和他是从这里开始的,就从这张椅子上开始的。"李冰清静静看着江面,慢语如水,"所以,我也想在这里结束,在这里告别过去。"

李冰清转头朝向杨一辰,淡淡一笑,"我就是传说中的小三,你应该已经猜到了吧。"

虽然早有心理准备,听到李冰清本人亲口讲出这个事实,杨一辰还是不免怅然,嘴上故作轻松,"嗯,以前只是听说世上有此物,现在是见到活的了。"

李冰清再一笑,"愿意在冷风中做一回听众吗?"杨一辰点点头。

李冰清指了下杨一辰脚边那个袋子,"把这个给我吧。"

杨一辰依言递了过去,眼见着李冰清打开袋子,从里面拿出个小纸箱,拆开,竟是6罐装的一小箱啤酒。

李冰清拿了一罐递给杨一辰,说:"故事说完,酒喝完,咱们回去。"

杨一辰有点犹豫,"这么冷的天,坐在冷风里,还喝啤酒,你想让自己冷静也不能这样自虐啊。"

李冰清没有言语,缩回手,将这罐啤酒打开,直接往嘴里灌去。杨一辰有点心慌有点心疼,自己不喝的话,那这6罐啤酒李冰清就要承包了,他不再多想,从纸箱里也拿了罐啤酒,打开喝了一口,入胃,人不由一抖,真凉。

李冰清不停歇将整罐啤酒一气喝完,空罐扔入袋中,又从箱里拿了一罐打开,杨一辰急了,"你慢点喝啊,又没人跟你抢,难道你这酒是偷来的啊。"

"我和他在一起三年了。"李冰清没有继续豪饮,脸朝江面,眼神渐渐虚幻,"那天我们一起看电影,我觉得电影里演的就是我自己,我的酒量都和女主角一样,在寂寞的等待中成长。电影院里别人都在笑,而我的心却在一点点地碎。"

李冰清停下来,转过脸问杨一辰:"你还想得起我们看到哪里离场的吗?"

杨一辰摇摇头,"没印象了,当时光惦记着你的健康问题了。"

李冰清灌了口酒,又望向江面,"当我听到女主角偎在那个男人怀里说了一段话,我崩溃了,再也撑不住了,那段话我现在都能背出来。"

李冰清顿了顿,缓缓念起,"你要我等你三年,我等了,你不会要我的,但我会好好疼你,一直到我们说好的那一天,我以为可以爱你一辈子的,没想到剩下的日子,已经屈指可数了。"

李冰清仰脖又将第二罐啤酒喝尽,两行清泪已潸然而下。

杨一辰的心好痛,为什么会痛呢,他发现原来这个女子依旧住在他的心里,并没有走出去,她的眼泪就是泼在他心头的硫酸,烧得他生疼,蚀出一道道痕。忽然间他似明白了一件事情,自己原来真的是可以不在乎她的过去,只要她愿意和他有将来。只是自己早上已给了另一个女子承诺,现在连想着给她擦拭泪水的资格都没有了,一念及此，身无力，心更痛。

李冰清抹去眼泪，手上换了第三罐啤酒，杨一辰不再拦她，反正拦不住，今日且让她发泄个够吧，他问："你们……是怎么开始的？"

李冰清反问他："杨一辰，你觉得我算是漂亮的吗？"

杨一辰由衷地答："好看，真心好看，你是我见过最美的容颜。"

"我知道我的美丽，从高中到大学，身边就没缺过追求的，一堆堆的，可是他们的幼稚表白和矫揉造作的年少轻狂都无法在我眼里停留，直到我遇上他。"李冰清开始缓缓讲述，"他的成熟睿智，涵养风度，在我心里渐渐有了一个轮廓，让我知道了自己喜欢的男子原来是这样类型的。不过当时我对他连暗恋都谈不上，只是把他当成了自己未来择偶的参照物。"

"那你是怎么落入魔爪的？"

李冰清朝杨一辰笑笑，继续说："女人是很敏感的，后来我发现他对我越来越照顾，工作上指点迷津，生活上嘘寒问暖，可以说是无微不至，而我，选择了照单全收。我知道他家庭幸福美满，他桌上就放着他一家三口的全家福，我每天去他办公室都能看到。我从没想过习惯被人众星捧月的我会去做他的情人，我只是享受被自己喜欢的类型的男人照顾的感觉，我以为能控制界限，事实是我在玩火。"

"嗯，终于引火烧身了。"听众杨一辰有些愤懑。

"那是个秋天的夜晚，作为下属，我跟着他在这附近招待客户，业务谈得很顺利，饭后他说来江边走走，然后我们就坐在了这张椅子上。"李冰清仰头看着夜空，深深吸了口气，"当时，空气中飘着淡淡的甜香，仿佛是诱惑的味道，我们就这样坐着，看着对面浦西外滩的夜景，突然他不经意地说了那句话，'我喜欢你'，我懵了，很紧张，很惶恐，又有些许惊喜，感觉竟好像自己一直在等着这句话。"

"你就这么从了？这是情投意合啊，我不满意，应该是他以权谋私仗势欺人强抢民女，这样听众的心理才能好受些。"杨一辰更愤懑了。

"你咋就这么贫啊，不想听就算了，我不说了。"

"我听我听，我安静，从现在起我就是个植物人，啥时候醒你说了算。"

"神经，我像是那么浅薄得被人一句话就拿下的人吗。"李冰清声音转低，"其实我真的是个浅薄的人，当时他接着对我说，他每天不能见到我，甚至不能听到我的名字，听到我的名字都会让他怦然心动，他还说他每天夜里都会想我，想着我睡去，早上睁开眼的第一件事还是想我。我不明白为什么这么肉麻的话，从他嘴里说出来是这么平静，让人感觉是真情流露。我被打动了，女人难以招架一个男人说夜里想她，所以我投降了，我忘记了他的家庭，忘记了所谓的道德，忘记了世间万物，我心甘情愿了。"

第三十六章　江边夜倾诉

"流氓！色狼！斯文败类！衣冠禽兽！"植物人被怒火烧醒了。

"从此，我开始享尽幸福，也沦入万劫不复。"李冰清没有理会杨一辰的表演，继续她的回忆，"他给过我许多快乐，每次和他在一起我都很快乐，可是他走后又会陷入深深的寂寞，快乐之后是寂寞，寂寞之后才能体会更快乐，更快乐之后是更寂寞，周而复始。"

"你这是在吸毒。"

李冰清朝杨一辰笑笑，"是吸毒，毒瘾越来越大，直到有一天，再大剂量的毒品都不能让我感到愉悦，我发现自己终于落了俗套，和寻常女子一样，我想要那样东西了。"

"什么东西？"

"名分。"李冰清停顿了下，"我想拥有他的全部，转正是所有小三的梦想，是所有男方的噩梦。我逼，我闹，我作，我温柔，我哭求，他就一个字，拖，然后是变本加厉地对我好，甚至给我买了辆车，甚至顶着压力提拔我做了最年轻的部门经理。"李冰清问杨一辰："你那天晚上说小三大多也是真爱，掺了这许多的物质利益，我对他的感情还算是你所说的真爱吗？"

杨一辰想了想说："我觉得算，这些不是你讨来的，是他主动给你的，他要买自己的心安理得，他要赎回对你的愧疚。再说了，位置要坐上去才知道自己能不能做，人需要的是机会，他给了你机会，能坐稳这个位置还是要靠你自己的能力。"

"看来你对小三持宽容理解的态度是真诚的，对了，差点忘了向你道歉，我生日那天让你尴尬了，对不起。"

"没事，你忘了我的法号'几多厚'了啊，不过话说回来，我觉得哦……做小三这事毕竟是不道德的……个人意见，仅供参考，不要动怒。"杨一辰小心翼翼地说。

"我知道，不怪你，我自己都恨我自己，我愧对我父母给我起的这个名字，冰清，冰清玉洁，太讽刺了。"

李冰清拿起了第四罐啤酒，杨一辰连忙一气喝完手里那罐，然后取了最后一罐啤酒，他不想李冰清伤心又伤身。

"杨一辰，谢谢你，谢谢你撞破我的秘密，不然我也没勇气袒露心声，谢谢你听我倾诉，积压了三年的心事，今天一吐为快，也希望你替我保守这个秘密。"李冰清举着啤酒罐和杨一辰碰了下，以示敬意。

"自家兄弟不必客气，除非色诱，还得是人间绝色，否则谁也别想从我嘴里得到半个字。"杨一辰指天立誓，随后问，"那你呢，一吐为快以后打算怎么办？继续耗费你的青春等待可能永远也等不到的名分？非要搞得人家妻离子散？"

"前面我说了，从这张椅子开始，在这张椅子结束，我攒了很久的决心，生日那天已决意将过去埋葬，今天是告别仪式。"

第三十七章　脚踩两只船

"希望你说到做到，我会监督你的。"杨一辰站了起来，开始在原地跑步，"李冰棍小姐，再坐下去，我也要成冰棍了，我严重怀疑你身上贴满了暖宝宝，你作弊，我耗不过你。"

"那我们走吧，酒差不多喝完了，故事也讲完了。"

一对男女离开了江边，沿来时的路朝外走去。

"你的车停哪了，今天喝了那么多啤酒，不能开车了，你怎么回去？"杨一辰问。

"我和你一起坐地铁吧。我没开车来，以后也不想开了，暂时先停小区车库里，怎么处理还没想好。这车是他送的，既然决定离开他了，我不想睹物思人。"

"嗯，那我送你到家再回去，我这人有强迫症，见不得美女孤身走夜路，不送的话今晚就别想睡着了。"

"你不怕累，那我也不客套，为了让你晚上睡得香，就受累让你送一程。"李冰清微笑着接受了杨一辰的提议。

"杨一辰，我想求你件事。"两人默默走了一小段路，李冰清突然开口。

相亲

"又是什么艰巨任务？首长请指示。您可千万别用这个求字，折煞小生我了。"

"你这段时间……可以经常陪陪我吗？"见杨一辰有点发愣，李冰清继续说，"你别想多了，我的意思是我刚和他分手，这段时间人很痛苦，情绪无常，我想有个人在我难受的时候，陪我喝喝酒，聊聊天，让我宣泄下苦闷，不然我怕自己熬不过去，又回头找他。选中你也是没办法，谁让你是唯一的知情者呢。"

"哦，你的意思是你需要一个让你倒倒苦水的情感垃圾桶？"

"那你愿意做这个垃圾桶吗？"

"我愿意。"杨一辰斩钉截铁，掷地有声，他有种幻觉，好像正在婚礼的场景上，朝着对面的人儿说着这三字，这梦挺美。婚礼？梦突然醒了，杨一辰想起自己已经是有女朋友的人了。

"我就知道小杨同志是信得过靠得住的，我没看错人……"李冰清还在那厢夸着杨一辰。

"李冰清，我也想告诉你一个我的秘密。"杨一辰打断了李冰清的表扬。

"有啥猛料要爆？"李冰清笑着问。

"我和张茉莉谈恋爱了。"

李冰清的神情有些惊讶，"啊？你们什么时候开始的啊，保密工作做得很好啊。"

"就昨天晚上才确定的关系，新鲜出炉，还热乎的。"

"那恭喜你们终于狼狈为奸了，预祝你们百年好合。"李冰清脸上洋溢着笑，藏着的那一丝勉强被夜色遮去，"对了，既然你和张茉莉谈恋爱了，那前面答应我的事就算了吧，你不用陪我了，免得影响到你们恩爱，你还是把时间都用来陪茉莉吧。"

李冰清用了"答应我"这三个字，那杨一辰就不可能说不，"你这是侮辱我，我杨某人一诺千金，既然答应你了，就今生无悔，再说了，谁让我撞上了你不可告人的秘密呢，我有义务帮助你从良，不能眼看着你耐不住寂寞又重回火坑。"

"你才从良，你才耐不住寂寞，你们一家都从良，你们一家都耐不住寂寞。"恬淡娴静的李冰清突然翻了脸，飞起一脚，从背后狠狠踢中杨一辰的膝弯，杨一辰猝不及防差点跪倒。

"你你你，你居然打人？出手如此狠毒，练过的啊。"杨一辰指着李冰清，惊恐万状，"你这个女魔头到底还有多少秘密啊，你你你，就是你从良，就是你耐不住寂寞！"话音未落，杨一辰撒腿就跑。李冰清也不追，笑吟吟，依旧优雅地走，她知道杨一辰不会跑了去，定会在前面驻足等着。

两人并肩说笑着到了地铁站，杨一辰径直走到闸机口，掏出钱包在闸机上一照，闸机感应了钱包里的公交卡,"嘀"一声,杨一辰过了闸,回头发现李冰清并不在身后,过了一会儿李冰清才走来进了闸。

杨一辰说:"你去哪了,刚才还在我边上,怎么突然消失了,灵异事件啊。"

"灵异个头,你自己不注意我,我去买票了。"

"买票啊,你不用公交卡的吗?"

"我平时都开车的,偶尔坐次地铁,不需要啊,放包里也占地方,不过我是该去办一张了,以后我也要成为地铁上班族了。"

"嗯,你要下决心彻底告别过去,那中年流氓送的车不能开了。"杨一辰又掏出钱包,抽出自己的公交卡,递给李冰清,"我以实际行动支持你加入地铁一族,环保出行。"

"给了我,那你自己不也要再去办一张吗?"

"我家里还有好几张公交卡呢,客户送的,里面都充足钱的,给你的已经用得差不多了,你得自己充值。"

"里面没钱啊,我白高兴了。"李冰清不客气地接过了卡,一声谢谢也没有。

两个人下到地铁站台等车,杨一辰的手机响了,他看看来电显示,过了一会儿才接听,"我在回家的路上……今天陪行长和客户应酬,刚吃完饭……以后我会先向你汇报动向的……嗯,那到家再联系。"

李冰清看着杨一辰,笑说:"是张茉莉吧,大概这就是我的命,老是看着男人当我面撒谎。"

杨一辰有点尴尬,"我怕她误会,影响你们的姐妹情,这是善意的谎言。"

"我理解。"李冰清转过头去,不再看着杨一辰。

此后两人之间话语很少,杨一辰找了几次话题,李冰清都没有积极回应,杨一辰想自己刚才当面撒谎的行为可能刺激到了李冰清心里的痛苦回忆,也不知道该怎么抚慰她,便不再多话,就这么默默地陪她坐着地铁,默默地出地铁,默默地一直送她到了她家楼下,道了晚安,目送她上楼,然后默默地返家,恋人张茉莉还在QQ上等着呢。

翌日上班到了单位,杨一辰便将高军军叫到单位的茶水间密聊,他昨晚想了半天,这事只有找自己的狐朋狗友帮忙。

"衙内,我们是不是同生共死患难与共的兄弟?"

"是,你患啥难了,说出来让我开心一下。"

"衙内,我们是不是有福同享有难同当的兄弟?"

139

第三十七章　脚踩两只船

"是，你把张茉莉让给我吧，我想同享点艳福。"

"衙内，兄弟有难，是不是应该仗义相助？"

"是，我没钱。"

杨一辰咬咬牙，决定如实相告，"我现在在和张茉莉谈恋爱。"

"这个我知道了，你不用炫耀，故意刺激我是吗？"

"我没有炫耀，也没有刺激你的意思，你听我说下去。"杨一辰组织了下语言，"出现了点新情况，李冰清最近遇到点烦心事，很烦的烦心事，我可能要偶尔陪她消闷解愁，我……我不想张茉莉知道这事，我怕她会误会，所以我想你在必要的时候替我遮挡遮挡，比如我说和你在一起，或者加班应酬啥的，你给提供个在场证明，对对口供啥的，你明白我的意思吗？"

高军军严肃地凝视着杨一辰的脸好一会儿，"我不明白，你原先说喜欢的是李冰清，昨天你告诉我和张茉莉好上了，等我接受了你和张茉莉恋爱的现实，今天你又和我说要陪李冰清，杨一辰，你到底何德何能，居然也有资格玩上脚踩两只船的娱乐项目了啊，你供奉了哪路神仙才走了这狗屎桃花运啊。"

"事情不是你想的那样，我和李冰清真的没什么，我也没有做对不起张茉莉的事，事关别人隐私，我也不方便和你讲得太细，是兄弟你就帮我，行不？要吃要喝要杀要剐，随你。"杨一辰苦苦哀求。

"知道了，懒得打听你的破事，卖友求色的事情我是不会做的。"高军军愤愤然回自己的座位，去游戏世界里奋战了。

"谢谢谢谢，好人有好报，好人有好报。"杨一辰拱手相送。

新鲜热恋的男女总是恨不得一天能有25个小时都在一起，午休的时候杨一辰接到张茉莉的电话，给他两个选择，晚上一起看电影或者陪她逛街，正常的男人都怕陪女人逛街，所以杨一辰选了看电影，没想到张茉莉约的电影院竟也是徐家汇那里的柯达影城，张茉莉选择的理由是这里正处于她家和杨一辰家地理位置的中点，看完电影各自回家的话，基本上两人可以同时抵达，不耽误上网继续说些体己话。

虽然杨一辰对那家影院有些心理阴影，不过也找不到劝服张茉莉换地方的合理说辞，便言听计从了。下了班，杨一辰早早离开单位，就赶去影院门口候着他的野蛮女友了，因为张茉莉没有约具体时间，只说先到先等，杨一辰非常清楚迟到的恶果，自是不敢怠慢。

第三十八章　挚友落魔窟

杨一辰守候了半个多小时，张茉莉姗姗来迟，见面第一句就是"等了多久"。

"才等了半个小时。"杨一辰刻意将"才"字重点突出了下。

"有怨言吗？"

"有，我怨你来得太早了，我还没过足等女朋友的瘾。"杨一辰使劲皱着眉。

"死贫嘴，这么会讨好女孩子，怎么就单身了那么多年，令人怀疑啊。"

"我单身那不是为了等你吗。"杨一辰讪讪赔着笑脸。

张茉莉很满意杨一辰的对答，开心地牵起了杨一辰的手，拖着他来到影院的排片表前。将排片表审视一番后，张茉莉拿主意了，"我们就看冯小刚冯导的《非诚勿扰》吧，听说挺搞笑的，咱们轻松下。"

杨一辰心里咕咚一下，这话咋这么耳熟了，娘的，这不是几天前自己对李冰清说的吗，看来自己和冯导有缘，梅开二度，心里老大不情愿，嘴上却重复了当时李冰清的话，"行，今天啥都迁就你，那就这部电影吧，我去买票。"

"嗯，买时间晚一点的，买完票我们先去吃饭。"张茉莉又下了指示。

杨一辰去售票处排队买票，不一会儿又拿着手机边走边看，跑回来了。

张茉莉不解，问道："怎么了，票卖完了？"

杨一辰说："不是，高军军给我发了个短信，说他遇难了，要我去救他。"

"遇难？你别吓我，他被人抢了还是出车祸了啊。"张茉莉花容失色。

相亲
XIANGQIN

"他遇到传说中的酒托了,让我速度想办法去解救他。"杨一辰将手机递给张茉莉,给她看高军军发来的短信。

"那我们还等什么,快走吧。"侠女张茉莉比杨一辰还着急,拽着他的手就走。

两人打车赶到了高军军短信上写的遇难地点,这是条窄窄的小街,没有车辆来往,只有少量的行人走过,街上开的都是些小的商铺店家,两人在街口下了车,沿街边细细寻找。没一会儿,居然隔着街直接就看到了高军军,那是一家门面不算大的咖啡馆,招牌很有特色,从左往右念是"我日",从右往左念便是"日我",高军军坐在沿街靠窗的火车厢式座位上,左顾右盼抓耳挠腮,他对面坐着个女孩,正举着个杯子在劝他酒。

张茉莉就要往马路对面的店里冲,杨一辰一把拉住她,"冲动是魔鬼,你这样冒失闯进去没用的,你没看过新闻吗,酒托都是团伙作案,我们势单力薄,不交钱别想走人。"

"那怎么办?"

"先观察清楚情况,我来想办法。"

杨一辰搂着张茉莉,像普通路过的情侣一样,先过了街,再从咖啡馆的窗前缓缓走过,眼睛迅速打量着店里的情况,店深处的灯光昏暗,看不清里面的详情,只有临窗的座位略为明亮。杨一辰先是看到一个男子的背影,那是高军军,然后是一桌子的零食小吃、水果拼盘,还有一瓶红酒,杨一辰心想这一刀宰得高军军可够狠的啊,没有个上千元人民币他是别想身体健全地走出这个店了。

高军军对面坐着的女子此时又举杯在劝高军军酒,等她放下杯子,杨一辰看到了她的脸,长发,南瓜子的脸形……悠子?悠子小姐!天哪!人生何处不相逢,芝麻掉进了针眼里。杨一辰迅速将脸扭过去,不敢再朝那里望去,让网络交友的悠子小姐看到他就完了,万一她热情地招呼泥人先生,正牌女友张茉莉正在身边,这复杂的男女关系就不是用人类的语言能解释清楚的了,高军军没救出来,别把自己再搭进去。

杨一辰搂着张茉莉紧走几步,走过街角,他心里已经有了主意,他如此这般那般向张茉莉讲了他的行动方案,随后又把方案简化后短信发给高军军,解救行动正式开始。

高军军如坐针毡,给杨一辰发了求救短信都过去半小时了,救兵还没到,对面的女子像饿死鬼投胎,居然又要了一客牛排一碗面,高军军已经心如死灰,做好了等下买单大放血的准备,花钱消灾吧。

短信提示音响起,高军军摸出手机一看,心中大喜,悟空来了!我悟能有救了!

他主动端起劣质红酒,敬了对面的酒托女郎一杯,并关切地问:"几天没吃饭了?看把这孩子饿得,还想吃点啥,你尽管点,别客气。"暗里已经在酝酿情绪,为等下的表演做准备。

酒托女郎嘴里塞着食物,对高军军的关心有些莫名其妙,自己做这份坑人的工作没几天,今天是第一天钓到猎物,原以为是个有所企图的色狼,怎么就钓了个善良的傻子,自己已经完成了黑心老板交代的点单任务,要不要再多宰一点呢,她有点于心不忍。

正在这时,突然有人重重敲着临街的窗玻璃,咚咚咚,高军军和酒托女郎被惊到了,同时转过头去看,一张愤怒的女人的脸贴着玻璃,恶狠狠的眼神在高军军和酒托女郎脸上来回地扫,愤怒的女人用手指了指高军军,又指了指酒托女郎,嘴唇快速地翻动,应该是在咒骂什么,随后转身就跑。

"啊!我女朋友!"高军军一声惊呼,站了起来,"这下麻烦了,我去解释下。"

"你网上不是说你单身吗?"酒托女郎被这突发状况砸得不知所措。

"感情破裂了,等下和你细说,你等我,我马上回来。"高军军满脸焦灼,直接朝店外奔去。

"哦,那你快去快回啊。"缺乏工作经验的酒托女郎眼睁睁看着高军军跑了出去。

高军军出了店门,朝刚才捉奸成功的张茉莉的方向跑去,张茉莉在远处向他招了下手,转身又跑,高军军加速奔跑,奔到街口,一辆出租车停着,后排车门打开,张茉莉站着等在那里。见高军军奔来,张茉莉钻了进去,高军军跟着也上了车,坐在前排副驾驶位置上的杨一辰连忙让司机开车,出租车载着三人逃离是非之地,解救行动成功。

车里,夺命狂奔的高军军大口喘着气,张茉莉咯咯笑个不停,坐在前排的杨一辰看不到表情,估计也在偷笑。

"我说你们两个给点同情心好不好,刚才吓死我了,我跑出来的时候,已经被他们发现了,两个人喊着'别走,还没买单呢',也不知道他们有没有追出来,我都不敢回头,这一路跑,心都要跳出来了,你们不给我压惊还笑话我,你们还有点人味吗?"高军军很郁闷。

张茉莉好不容易止住笑,兴奋地说:"杨一辰你刚才是没看到,高军军你说,我的演技怎么样,有没有演出一个遭背叛的怨妇的愤怒和哀伤?"

"嗯,演得太好了,简直就是本色表演,你迟早会真有这么一天的。"高军军恶毒地说。

张茉莉大怒,"高军军你个恩将仇报的东西,竟敢咒我,找拧啊。"一招拧耳闪

第三十八章 挚友落魔窟

相亲
XIANGQIN

电手，高军军捂着耳朵嗷嗷直叫。

"你们别闹了。"前排的杨一辰看不下去了，"高军军，你怎么会掉进这个魔窟的，是不是在网上不检点，和陌生人聊天起了邪念啊？"

"我没有和陌生人聊，今天加的一个QQ交友群，是群里面认识的，聊了一下午，她说和我聊得很投机，一见如故，才约了见面，我哪知道现在酒托会花那么长时间和你套近乎。"高军军辩解着，"我是有警惕性的，如果一见面她就拖我上酒吧，我肯定不会上当，我们是见面后一直散步走了很长一段路，才到了刚才那地方，她说累了饿了，要找地方坐坐，这附近就这一个咖啡馆，一切都很自然。我是拿到菜单才感觉不对了，一个水果盘就200，小吃零食都是50起，不知道啥牌子的红酒500一瓶，这才知道掉坑里了。"

"现在酒托的业务水平确实是提高了，又耗脑力又费体力，不过我还是要用那句老话批评你，只怪你自己春心动，就休怨别人把你弄了。"杨一辰继续幸灾乐祸。

高军军火了，"我呸，只许你丫的左拥右抱，我就只能单吊苦熬？"

一旁看他们兄弟斗嘴的张茉莉警觉了，"左拥右抱是啥意思？"

杨一辰心里咯噔一下，暗叫一声坏了，不知道该怎么接茬。好在高军军及时弥补了错误，"气昏头了，用词不当。"

高军军心中之气难平，"妈的，算计老子，我要报警，端了他们的老窝，抓走这个狐狸精，免得她再祸害人。"

杨一辰为上次用卑鄙手段甩脱悠子小姐是心存愧疚的，不忍她身陷囹圄，他觉得悠子姑娘本性还算纯良，走上犯罪道路肯定有难言之隐，"算了，你又没损失，我觉得那个女子也不像是个坏人，也许是被黑恶势力胁迫的，你就放过她吧。"

这回没等张茉莉开口，高军军先觉得奇怪了，"你怎么替她说话啊，你怎么知道她不是坏人，你们认识？"

杨一辰牵强地解释："我向来是不惮以最坏的恶意来推测中国人的，一个小姑娘干这个，肯定也是为了糊口，你就别计较了。"

不等高军军再质疑，杨一辰忙扯开话题，"高衙内，今天晚上我们替你省了这一大笔冤枉钱，还耽误了我和张茉莉看电影，你总得补偿下吧，到现在我们饭还没吃，你看是不是按人均三百的标准安排一下啊。"

"随便，你看着办吧，老子只当这钱已经被坑了。"

杨一辰想了下哪家店是平时自己一直想吃又一直没舍得吃的，然后很欢乐地对出租车司机说："师傅，现在去南京西路！"

第三十九章　第一次风月

　　荡气回肠的生活暂时告一段落，杨一辰过了两天平静日子，每日里和张茉莉卿卿我我恩恩爱爱腻腻歪歪，说不完的知心话。李冰清这两天也悄无声息，并没有来找他陪伴、倾诉，他却时常会想起她，想着她是否能捱过失爱的痛苦，担心她是否会重返那男人的怀抱，他忧心忡忡。

　　他知道爱着一个人的时候又想着另一个人，这样做是不对的，也许自己就像高军军说的，何德何能却妄想脚踏两船，但他不愿意承认自己是这种道德败坏的人渣，那和文杰有什么区别，所以他每次想着李冰清的时候，就反复暗示自己，这只是出于对朋友的关心，如果换了高军军做了某富婆的小三，自己一样也会如此关爱他的。

　　爱情已经收获，事业上也该上点心了，信贷部副经理的职位让杨一辰夜不能寐，成为年轻中层干部的目标一直在激励着他。大地科技公司的项目评审报告上报分行已经一周了，杨一辰费心费力和分行的审贷部门沟通、解释，一天几个电话盯着，今天终于批下来了。杨一辰赶忙屁颠屁颠地去付正那里邀功，自从上次迟到被付正不点名地批评后，心里一直憋闷着，这次要抓住机会改变领导对自己的看法。

相亲
XIANGQIN

如杨一辰所愿，付正大大地表扬了他一番，肯定了他积极的工作态度，鼓励他抓紧和客户联系，推动下一步的工作进程，并再次暗示了提拔他为信贷部副经理的意思。

付正一手大棒一手胡萝卜的策略，让杨一辰肝脑涂地的心都有了，他出了付正办公室的门就给大地公司的吴总打了电话，告诉他项目已经通过分行审批的好消息，想约个时间商讨下一步合作事宜。

电话那头的吴仁信吴总很高兴，说择日不如撞日，就今天晚上，请杨一辰和付正行长一起吃个饭，一是感谢，二是商榷今后合作。

杨一辰又去向付正汇报了吴总的想法，付正欣然应允，表示是应该和客户增进下感情。于是杨一辰再和吴总那边联系了一下，确定了晚上见面的时间地点等事项。

下了班，杨一辰先给张茉莉打了个电话，汇报了晚上要陪领导出去应酬客户的动向，张茉莉叮嘱他要少喝点酒，注意身体。等到时间差不多了，付正出了办公室，叫上杨一辰，驱车前往吴总定的酒店，这次仍旧没带上姚静，杨一辰心想领导是真心要栽培自己了，很是兴奋愉悦，思忖着等下酒桌上一定要好好表现。

到了酒店，进了预订好的包房，吴总和下属财务部经理已经等在那里，宾主双方热情客套地寒暄，随后入座开席。酒过三巡，菜过五味，酒桌上的气氛开始热烈起来，银企双方频频举杯，互致敬意，互相感谢，互相吹捧。鱼翅，龙虾，茅台酒，杨一辰想吴总这回可真下血本，民企按国企的标准来招待，这份诚意真是扑面而来啊。几盅白酒下肚，杨一辰飘飘然也放开了，一会儿和吴总称兄道弟，一会儿向付正表忠心，好似已经提前进入了年轻中层干部的角色，自我感觉相当良好。

把酒言欢也没耽误谈正事，付正告诉对方年底信贷规模控制，等过了元旦就让杨一辰尽快操作贷款发放的事情，吴总再次表示了感谢，并表态明天就让财务过来开户，划三百万的资金进账，作为存款支持。这顿饭的时间并不长，喝完了一瓶白酒，吴总觉得意犹未尽，又盛情邀请付正和杨一辰找个地方去唱歌，继续喝酒联络感情，付正微笑首肯，杨一辰自是唯领导马首是瞻。

付正的车跟着吴总的车，一路而行，杨一辰原以为去的就是寻常的量贩式KTV，到地方下车一看，霓虹闪烁，"花都夜总会"，杨一辰紧张了，这应该就是传说中有小姐三陪的不良娱乐场所吧，自己从未涉足过风月，人生的第一次就要交代在这里了啊，他很紧张。杨一辰偷偷观察付正，付行长神态自若，信步而入，杨一辰暗想，常听人说一起嫖的交情是最铁的交情，领导今天能带自己来这种地方，这是拿自己当嫡系了，绝对的信任啊，士为知己者死的热血又沸起，死都不怕，失个身又算啥。

一进夜总会的门，杨一辰就被震撼了，金碧辉煌的大堂里，迎门处夹道站着两排亮丽的年轻女孩，齐弯腰，同声道："欢迎光临。"

一眼扫去，女孩们大概有近20个，统一的黄色上装蓝色短裙，玉腿玉臂全都露在外面，招你的眼，杨一辰突发奇想，看这装束的颜色搭配，这家夜总会的老板兴许是巴西队的球迷。这时过来一个服务生小弟，引着一行四人，穿过美女人墙，往里走去，搭乘电梯上了楼，然后进了一个包间。包间比寻常的KTV包间要大了不少，内设倒是差不多，电视墙，点歌器，转角沙发，超大的茶几，只是格调更显富丽堂皇。

包间里已经有一个女孩候着，一样的黄色上装蓝色短裙，一样的年轻靓丽。女孩见客人到了，连忙上来招呼，倒水，拿烟缸，拿纸巾，询问点些什么，吴总征求了下付正的意见，然后点单。

杨一辰进了包间后，更加紧张了，他找了个沙发一角坐着，手心里已经满是汗水，他先是偷偷往自己裤子上擦，再往沙发的布面上擦，无奈这两种纺织品都不怎么吸水，他只能不停地拿纸巾擦拭。

不一会儿，吴总点的东西送来了，一个大的水果拼盘和两套洋酒，杨一辰虽没进过夜总会，对酒倒也熟悉，认出是百龄坛的15年威士忌，酒吧里一般都兑上绿茶和冰块喝的，果然，短裙的女孩拿着两个大玻璃壶开始调酒了。

杨一辰正看着女孩调酒，包间的门开了，呼啦啦一下进了一群人，杨一辰抬头，又给震撼了，进来的同样全是年轻女孩，装束换成统一的白色拖地礼服长裙，看上去是典雅的美。杨一辰不敢多看，忙低下头去，只不停偷偷地瞄。

白礼服女孩们在杨一辰他们坐的沙发前一字排开站定，门外又进来一个年轻女子，日常的打扮，既不是上黄下蓝，也不是全白。该女子一进门，就朝着吴仁信风情万种，"吴哥，又来捧小妹的场啊。"

吴总一副熟客的派头，"嗯，今天招待两位兄弟，你给安排两个好点的啊。"

"知道了啦。"风情女子转向那一排白礼服女孩们，"美女们，先自己报一下。"

杨一辰正疑惑着她们要报什么，难道是三围？就听到一片莺声燕语响起，"湖南"、"四川"、"江苏"、"东北"、"湖南"……原来是报产地。

"付兄先请，呵呵。"吴总满面春风。

付正端坐着，将这一排女孩来回扫视一圈，朝其中的一个招招手，那个女孩笑着走到他身边坐下。

第三十九章　第一次风月

相亲

XIANQIN

"小杨，你也挑一个吧，呵呵。"吴总又招呼起杨一辰。

杨一辰对这个场面极度不适应，在他心里，漂亮女孩是远远站着昂着头，等着男人去追的，怎么变得像《汤姆叔叔的小屋》里挑黑奴一样，可以肆意选择，这太不尊重妇女了，太资产阶级腐朽，太不健康，太……太让人心动了。他羞涩得就像初夜，只胡乱地扫了一眼，本来就是近视，根本看不清女孩的容貌，只凭自己平时的喜好，挑了个个子最高，长发披肩的，用手指了一下，那个女孩便也笑着走了过来，在他身边坐下。

大地公司的财务经理也挑了个女孩，吴总没有要，挥挥手直接让剩下的女孩都出去了，然后对风情女子说："圆圆在吗？"

"知道你就喜欢她，我已经通知她了，她正在来上班的路上，等下直接叫她进来陪你。"风情女子对着吴仁信媚眼如丝，"吴哥，你们先玩起来，我去安排下别的房间哦，等下过来敬几位大哥酒。"

"去吧去吧，不耽误你发财。"吴总挥挥手，风情女子飘然而去。

选美完毕，房间里开始热闹起来，付正和财务经理各自与身边的白礼服女孩喝酒、聊天、搂搂抱抱，吴总则吩咐着穿上黄下蓝的女孩给他点歌，拿起话筒开唱了，出口即不凡，高歌一曲《我爱人民币》，"……我爱人民币，没有商量的余地，坚挺的人民币，我爱它到底……"

杨一辰保持同一个姿势已经三分钟了，他眼睛直视前方，根本就不敢侧脸去看边上的女孩，两只手像被焊住了一样，一直放在自己的大腿上，手心里的汗已经渗透了裤子，腿上的皮肉都感到了湿润。

第四十章　小姐的工作

边上的女孩实在无趣，开始主动了，"哥哥，我敬你一杯酒。"

"我不会喝酒。"杨一辰直视前方。

"那你想喝什么，我帮你点。"

"菊花茶。"杨一辰依旧直视前方。

"哥哥，你吃块西瓜吧。"女孩从果盘里叉了片西瓜，递给杨一辰。

"我不会吃西瓜。"杨一辰继续直视前方。

"哥哥你真幽默。"边上的女孩笑了，"哥哥你别紧张呀。"

杨一辰羞愧得想钻地了，妈的又不是面对李冰清，自己咋这么丢人呢，现在就算面对李冰清都能谈笑风生了，何况一个娱乐业工作者，自己紧张个毛毛啊。他要捞回面子，强自镇定，转脸对着女孩，面部抽搐自以为在笑，"美女芳名啊？"

"哥哥你叫我悠子吧。"

悠子？天哪，杨一辰赶忙定睛细看，天哪，天哪！悠子小姐！如假包换的悠子小姐！人生处处偏相逢，芝麻第二次掉进了针眼里……杨一辰心里各种恨啊，恨自

相亲

己视力欠佳看不真切，恨自己看不真切还羞怯不敢细挑，恨悠子小姐精妙绝伦的易容术，恨这拖地连身长裙掩住了倒黄金分割的身材，他甚至有点恐惧了，难道这是上天刻意的安排。

"啊，泥人先生！我们真有缘！"悠子小姐也认出了梦里时常想起的一见钟情人，"你刚才一直低着头，要么就侧着脸，我都没认出你来。"悠子猛地在杨一辰大腿上拧了一把，一腔哀怨涌出，"死鬼，我一直在等你的电话，你不是说约我看电影的吗，为什么这么长时间你都没联系过我啊？"

"我工作忙……不是，我手机被偷了，换了个新的，原来的通讯录都没了。"杨一辰急中生智的修为实在是太高，随口就归咎于社会治安问题了。

"这样啊。"悠子小姐很失望，一口喝尽一杯酒，然后说，"那我再留次给你。"杨一辰没理由推托，只能当面存下悠子小姐的手机号码，想着留就留吧，我还是不会打的。

欺骗女孩的行为让杨一辰心里有些不好受，他扯开话题，"你怎么在这种地方上班啊？"

悠子小姐冷笑笑，"你是不是觉得我做这行有些低贱？我要吃饭，要租房，我没学历，没技能，只好来卖笑喽。你可以看不起我，我家里没有要看病的父母，也没有要上学的弟妹，我就是贪图享受来干这个的，行了吧。"

既然遇到的是熟人，杨一辰的紧张状态烟消云散，谈吐恢复正常，"你误会了，我没有看不起你的意思，我尊重每一个自食其力的劳动者，你这也是劳动，社会分工不同。"杨一辰想了想，决定说实话，"但你做酒托坑人，这总是不对的吧？"

"啊，你怎么知道我做酒托，难道你一直在偷偷跟踪我？"悠子小姐又惊又喜又羞。

"碰巧而已，你昨天的猎物是我兄弟，是我来搭救他的。"杨一辰实话说到底。

悠子小姐扑哧一笑，"原来是你这泼猴坏我好事啊，害我被老板一顿臭骂，差点让我埋单那些吃的。那个来搅局的女人是谁啊？你真的叫了你朋友的女朋友来？他回去没挨骂啊？"

"那个女的是我女朋友。"

"哦，原来你有女朋友啊。"悠子小姐有些消沉，随又展颜，"其实我本来就不想做酒托，昨天是第一次也是最后一次，我老乡介绍我去做的，我想多挣点钱就答应了，去了才发现这事挺伤天害理的。"

"唉，都是叫万恶的金钱给害的，我最恨钱这东西了，恨不得把全世界的钱都抓起来，关在我家里，不让它们出去害人。"杨一辰转而又问，"你很缺钱吗？在这里做小姐挣得不多吗？我怎么听说小姐挣钱很容易啊，新闻里经常有抢小姐的案子。"

"坐次台小费三百。"

"靠，那你一个月有近万收入了啊，比我挣得多，你们这里招不招男的，我来兼职。"杨一辰真心羡慕。

"多什么呀，又不是每天都能坐到台，开不了工吃白板是经常的事，再说在上海的生存压力很大啊，租房吃饭买化妆品买衣服打车，每个月剩不下几个钱。"悠子小姐抱怨着，"妈咪赚钱才多，刚才招呼你们的萱萱姐就是妈咪，每个房间她都有小费，还有酒水提成。小姐要想多赚钱，只有靠出台，一次可以多挣一千多。我从不出台，自然挣得少啊。"

"出台是啥意思？"杨一辰隐隐猜到个大概。

悠子小姐害羞地低头，"出台么……就是你们男人都想干的那事喽。"

"额……喝酒喝酒。"

和悠子小姐也算是老相识了，杨一辰不再拘束，在她的教导下，学了几个骰子游戏，两人边玩边喝酒。

过了会儿，又有一个白礼服女孩进了包间，直接走到正在高歌的吴总身边坐下，吴总一手拿着话筒，另一只手直接搂住了女孩的腰，两人甚是亲密，杨一辰想这个女孩大概就是妈咪刚才提到的圆圆吧。

悠子小姐见杨一辰的眼光在刚进来的女孩身上停留，便说："这是圆圆，是我的好姐妹，我们俩现在在一起合租的。"

"哦，我看她和这个吴哥很熟啊，老相好了吧？"杨一辰随口一问。

没想到悠子小姐来劲了，开始详细介绍，"我来这里做没多久，圆圆告诉我这个吴老板是这里的常客了，一个月前看中了她，每星期都要来两三次，每次都点她，也不知道吴老板是做什么生意的，挺发财的，他和圆圆说最近在操作个大项目，做成了能赚上千万，到时候要带圆圆出国旅游，只要圆圆跟了他，还答应给她买个车呢。"

"这么大方啊，他的钱是偷来的抢来的还是骗来的，是人民币，不是橘子皮也，随便许诺就买个车，不会是玩具车吧。"杨一辰有点仇富。

悠子小姐的脸上挂着不屑，"人家是有钱老板，见过大世面的，哪像你呀，紧张得像个活体雕塑，唐僧遇到蜘蛛精的时候都比你要生动活泼。"

"我那是作风正派，一身正气……"

相亲

"去去去，来这里的男人就没一个正派的。"悠子小姐对杨一辰更鄙视了，"对了，吴老板边上那男的也常和吴老板一起来的，我来这里上班时间不长，没有自己的客人，圆圆就通过吴老板让我坐了两次台，就是陪这个男的，这个男的应该挺有本事的，吴老板对他很客气，有时候他们在这里聊些事情，吴老板好像都是听他的。"

杨一辰知道悠子小姐说的是付正，他的思想又天马行空了，悠子陪过付正行长几次，现在又陪自己，那自己和领导在某种意义上说，算不算亲戚呢？应该是叫连襟吧？他正在胡思乱想的时候，那个叫萱萱的妈咪推开房门，朝悠子小姐招招手，悠子和杨一辰打了个招呼，就出去了。

只一会儿，悠子小姐就回来了，她坐回杨一辰身边，脸羞红着不说话。

杨一辰发现了她的异样，禁不住问："你怎么了，脸怎么那么红啊，妈咪拿开水烫你还是给你喂了春药啊？"

"你讨厌死了。"悠子小姐捶了杨一辰一下，"妈咪刚才问我今天晚上愿不愿意出台，她说吴老板关照要让你玩得开心，出台的钱他已经付掉了，如果我不肯出台的话，她就另外安排一个小姐。"悠子小姐停了停，羞着说："我和她说我愿意的。"说完竟勇敢地看着杨一辰。

这下轮到杨一辰慌乱了，"这个这个，要从长计议，从长计议。"

"你是不是嫌弃我，我虽然是做小姐，但我只坐台，从来不出台的，因为你才答应了妈咪。"悠子小姐委屈地说。

杨一辰凌乱地编着理由，"我没有嫌弃你的意思啊，我们可以那个，但不是今天，今天这种环境下那个的话，感觉很不好，像买卖，我怕我到时候没能力那个，我们改日再那个，好吗？"

"你真没有嫌弃我的意思啊？"

"真没有，我向党和国家领导人保证。"杨一辰说的是真话，他心里想的是我不和你那个，不是嫌弃你是小姐，而是我根本就不想和你那个。

"那你保证你今天也不找别的小姐出台，因为出台的钱吴老板已经给了，你不要我，也可以偷偷让妈咪给你另外安排的。"

"我保证。"杨一辰想这算什么事啊，我要保证也该是向张茉莉保证啊。不过杨一辰这个保证依旧是真心的，他骨子里还是无法接受自己会获得一个嫖客的称号，他有他坚守的道德底线。

悠子小姐得到了杨一辰两次保证，又高兴起来，和杨一辰继续玩起了摇骰子喝酒的游戏。

第四十一章　馅饼变陷阱

风月的时光总是短暂，很快就到了夜里 11 点多，付正提议早点回去休息了，明天还有工作。于是吴总叫来妈咪买单，给房间里所有的女孩都发了小费，杨一辰看着吴总数着钞票塞给一个个女孩，心里感叹一声"这就是纸醉金迷啊"，随后一行人便离开了花都夜总会。

悠子小姐还是不放心杨一辰会找别的女孩出台，一直勾着他的手送到楼下门口，付正坐着车先走了，吴仁信上车之前朝被悠子小姐勾着的杨一辰暧昧地笑了笑，随后也走了。杨一辰目送他们离开后，拦了个出租车，和悠子小姐拥抱道别，便打道回府了。

杨一辰深夜到家，洗了澡，酒劲有点过去了，躺在床上烙烧饼，翻来覆去睡不着，脑子里一直想着悠子小姐说的那些话，曾经有过的那种不安又冒了出来。吴仁信最近在操作一个大项目，做成了能赚上千万？他一个搞大蒜的怎么能赚这么多，自己写评审报告的时候测算项目的收益率是 20% 多，已经算很高了，也就几百万的利润，要么他是在和小姐吹牛摆阔？还是他有别的大生意？难道他把贷款当成了他的赢利？吴仁信特意安排小姐和我出台，莫不是要拖我下水，吃人的嘴软，嫖人的鸟软，杨一辰心里愈发地不安，又想起了大地公司拖欠DE货款的事情，这家公司真的有点不靠谱。

悠子小姐还提到付正和吴仁信最近经常在一起，他们的熟悉程度完全超出了自己原先的认知，杨一辰突然想到自己刚向付正汇报大地公司拖欠DE货款，大地公司就把欠款给还了，这么巧合，难道……无间道？里应外合？杨一辰为自己这个大胆的假想感到不寒而栗，如果假想成真的话，那领导给的就不是馅饼，而是陷阱了。

杨一辰彻夜难眠，第二天很早就赶到了单位，把大地公司的所有资料、报表都翻出来重新核查，原先因为急于立功表现，为了尽快做成项目，写评审报告的时候主要是发掘闪光点，有些风险点并没有重点关注，现在是要自我保护，自然要细细梳理，看看有没有疑点。

杨一辰首先直接找企业的纳税材料，企业的利润可以在报表的数字上造假，但是有收入、有利润就要交税，税收是要真金白银交给国家的，只要交了税，这收入和利润就应该是真实的。杨一辰翻出了大地公司提供的所有纳税凭证，增值税、所得税企业都依法缴纳，又核了一遍纳税的金额，与报表上的销售收入以及利润总额也基本能对拢，和国家规定的税率出入不大。

杨一辰长出一口气，也许自己虚惊了一场，大地公司缴了上百万的税款，如果是骗子公司的话，哪有一分钱还没骗到，先给国家财政贡献个上百万的雷锋式骗子啊。心稍定，杨一辰又开始核对大地公司提供的所有销售发票的复印件，将汇总金额和报表上的销售收入比对，和企业的收款凭证以及应收账款的余额比对，这些数字也基本相符，企业没有虚报收入。

杨一辰将审核凭证和对账的工作重新又做了一遍，和前次结果一致，心里基本确认了大地公司的收入和利润都是真实的，紧张了许久的心情终于放松下来。

一夜难眠，一大早又赶来核查资料，杨一辰身心俱疲，他正想休息下，这时大地公司的财务经理找上门来了，按昨晚酒桌上的约定，他是来开户的。杨一辰陪他办完开户手续，他直接将一张三百万的支票入账，兑现了吴总给予存款支持的承诺，此举更是打消了杨一辰对大地公司的疑虑。

杨一辰热情洋溢地送走大地公司的财务经理后，终于躺倒在自己的座椅上，闭目养神，因为之前过于投入，用脑过度，虽然眼睛闭着，但那些纳税凭证和销售发票仿佛仍在他眼前跳跃，跳着跳着，他总感觉有哪个地方不太对劲，他好像抓住了什么，他起身重又将大地公司的资料翻了出来，再次浏览，他找到了症结所在，大地公司的下游客户只有一家公司，所有的销售发票都是开给一家名为"肯尼迪贸易发展有限公司"的企业，大地公司生产的大蒜油精是交由专业的贸易公司出口海外的，但这种独家代理的模式存在很大的经营风险，如果肯尼迪公司倒了，大地公司的货款就可能血本无归。肯尼迪，坑你爹？听这名字就不像好鸟。杨一辰的心里又笼罩了一层阴影，有种强烈的危机感，他决定得做些什么，不然自己很可能会被"坑你爹"了。

午餐时分，杨一辰拖着高军军又去了韩国烤肉店，高军军对杨一辰的再次宴请有些茫然，"杨一辰，你没事献殷勤，又做了什么对不起我的事了啊？"

杨一辰为高军军烤了两片肉，开口道："衙内，我可能遇到麻烦了，一个很大的麻烦。"

"是不是你勾搭李冰清的事情被张茉莉发现了啊？"高军军很高兴，"多行不义必自毙。我可没有揭发你哦。"

"不是的，是工作上的事情，我担心我要被人坑了。"

"啊？怎么回事，讲讲，我给你分析分析。"

杨一辰开始向高军军讲述整件事情的经过，从付正带他去拜访大地公司，让他独立完成项目讲起，讲了大地公司拖欠DE的货款，讲了吴总请去夜总会，安排小姐为他提供过夜服务被他一身正气地拒绝，讲了他了解到的付正和吴总关系非同一般，讲了他早上仔细研究资料发现的问题，讲了他对大地公司和坑你爹公司之间交易的担心。

听完这些，高军军也开始思索了，"我好像也有不好的感觉，这事听上去确实让人不太放心，但你也没确凿的证据说这就是个坑，大地公司一切都是合法经营依法纳税，也没不良记录，这项目分行审批都通过了，人家存款也支持你了。"

"是啊，目前是挑不出啥毛病，我就是心里有种空落落的感觉，不踏实。"杨一辰想了想，干脆向高军军和盘托出，讲了付正要提拔他为信贷部副经理的暗示，讲了他看到的付正和姚静之间的暧昧。

"啊！办公室恋情，不对，办公室奸情啊！这么香艳刺激的事情，你到现在才告诉我。你到底有没有当我是你兄弟。"高军军完全忽略了杨一辰要被提拔的事情，只盯着付正和姚静的那档子事，眉飞色舞，仿佛捏着姚静手的人不是付正，而是他高军军。

"他们当时很镇定，我以为他们真的是在看手相呢，乱传领导的绯闻不是一个好员工。"杨一辰辩解着。

"你懂个毛，没有绯闻的领导不是个好领导。"高军军啧啧品味了一会儿这新鲜八卦，平静下来，"杨兄，这事是不太对，如果付正和姚静真有一腿的话，那他让你独立做大地的项目，并不是要提拔你，而是保护他的小情人姚静，到时候出了事，黑锅就你一个人背了。"

"我也这么想过，但是就算姚静没责任，放贷款又不是我一个人的事，他付正作为行长，最后的签字审批必须是他啊，如果大地公司骗贷，他也脱不了干系啊。"杨一辰说出他的疑惑。

高军军伸手就在杨一辰的头上敲了个爆栗，"我说你傻吧，你业务能力是强，人情世故上就是个白痴，你工作生活在什么国度？在天朝，出了事，你就是第一责任人，付正担的是领导责任，啥叫领导责任，最多就是用人不慎，给他换个部门继续做领导就算是处罚了，你这个第一责任人才是真正的首恶必惩。"

杨一辰被高军军吓得说不出话来，高军军见杨一辰这个手足无措的样子，很是愉悦，"说吧，需要我怎么帮你，不能白吃你这顿烤肉，兄弟有难，见死不救不是我的风格。"

杨一辰再次为高军军以德报怨的品质所折服，"你没有落井下石已经让我很感激了，现在能仗义相助更是让我感动。是这样的，衙内你老爸老妈在政府部门里也算身居要职，能不能动用下他们的资源，替我仔细查查大地公司、肯尼迪贸易公司的背景和真实的经营情况，如果没有问题那最好，我就赌一把自己的前途，按付正的意思去做，要是确实是个坑，那再另想对策。反正现在年底没有贷款规模了，要给大地公司放贷款也得过完元旦假期，我再拖一拖，这几天就拜托你尽快调查吧，兄弟我的小命就托付给你了。"

"嗯，在大是大非面前，我会认真对待，尽力而为的。"高军军郑重承诺。

"再次表示感谢，向你全家致谢。"杨一辰苦笑一下，"但愿我是杞人忧天吧。"

"好了，别想了，是福不是祸，是祸躲不过。"高军军一指烤盘，"再给本少爷烤几片五花肉，对了，再加盘牛舌。"

第四十二章　路狭偏相逢

忐忑的一年终于过去了，更忐忑的一年来了，元旦假期的第一天，杨一辰在家里百无聊赖，可乐、薯片、沙发三件宝，手机、电视、电脑过一天。恋人张茉莉回了青浦自己家探望父母，杨一辰一整天都窝在沙发上，边看电视，边用手提电脑上网，还要用手机陪张茉莉短信聊天，隔空缠绵。

下午时分，亲爱的女友说要陪父母出去逛超市，等回来了再短信，陪聊了大半天的杨一辰暂获解放，唧唧歪歪过度的他正昏昏欲睡，又一条短信进来，"好几天没联系了，工作忙吗，今天放假，你和茉莉在一起吗？"

杨一辰顿时神清气爽，李冰清，这个自己一直挂念的人儿，她终于想起我了啊。他赶忙回复，"茉莉回青浦了，你没回去吗？最近过得好吗？"

李冰清："过得不太好，情绪一直很低落，所以没回家，怕父母看出异样，让他们担心。"

杨一辰有点心痛，他回："还没走出来啊，坚持住，千万别回头，时间会冲淡一切的苦痛。"

相亲
XIANGQIN

李冰清过了好一会儿才回:"嗯,晚上陪我看电影吧?"

杨一辰没有丝毫的犹豫,"好的,还是你定时间和地点,通知我就行了。"

杨一辰等了好久,李冰清一直没回复,等着等着,竟在沙发上睡着了。等他被活生生冻醒的时候,捡起掉在地上的手机一看,已经傍晚五点了,有七条未读短信,他一条条看来,两条是李冰清发来的:

1. 六点,人民广场的和平电影院见吧;

2. 我已经出门了,待会儿见。

五条是张茉莉发来的:

1. 我回来了,你在干吗?

2. 猪;

3. 死猪!

4. 臭死猪!!

5. 臭烂死猪!!!

李冰清约了六点?现在已经是五点了啊,要迟到了,杨一辰一个激灵,从沙发上跳将下来,匆忙收拾收拾赶着出门,他一边穿衣穿鞋一边给李冰清回短信:"我也出来了,可能会迟到,你受累先到先等。"

短信刚发出,杨一辰突然愣住了,他做了件蠢事,一件很愚蠢的事,忙中出错,他把回复李冰清的短信发给了张茉莉!这下要了卿卿小命了。

耶稣上帝,真主穆罕默德,释迦牟尼,观音大士,变形金刚,奥特曼……杨一辰快速思索着现在谁能救自己,高军军!他是人民的大救星!

杨一辰连忙拨打高军军的手机,"衙内救命啊!"

"你又怎么了,你哪来那么多事啊,我上辈子走路不小心踩你鸡巴了啊,欠你的怎么着。"

杨一辰不理会高军军的矫情,直接说事,"李冰清约我晚上看电影,我把赴约的短信不小心发给张茉莉了。"

"你丫的活该,让你劈腿,劈太开,扯到蛋了吧,蛋疼不?"高军军幸灾乐祸。

"现在只有你能帮我了,等下我会和张茉莉解释说是你约我晚上吃饭、泡吧,她不找你就算了,万一来问你,记得和我统一口径。"

"张茉莉这么好的一个姑娘,我帮你骗她真是为虎作伥丧尽天良,今天是第一次也是最后一次我为你两腔插刀,算我报了你酒托事件的救命之恩。"

"太感谢了,好兄弟,对了,你该补习下文化了,是两肋插刀,不是两腔。"

158

"就是两腔，你只配插腔，人渣。"高军军愤然挂了电话。

杨一辰按了挂机键，一看手机上有条新进来的未读短信，心知是张茉莉的，点开看，果然，"什么意思，你要去哪里？谁在等你？"他定了定神，给张茉莉打了电话过去。

"喂，请问您是杨一辰先生的女朋友吗？"

"别贫，说，是不是发错短信了。"

"是，我太想念你了，不由自主收件人就选了你。"

"少花言巧语，老实交代，短信啥意思，你约了哪个狐狸精，得意忘形误发到老娘这里了，抓你个现行反革命通奸犯。"

"我有罪，求宽大，我没抵御住诱惑，答应了高军军这个狐狸精，和他一起吃饭泡吧看美女。"

"真的是和高军军？"

"不信你现在打电话问他。"

"我才不问呢，那是傻女人俗女人干的事，这是我们之间的事情，就算你骗我，我也不想别人知道我们之间缺乏信任。"

"老天眷顾啊，赐了你这么一个通情达理的仙女给我。"

"知道是仙女就好好珍惜，对了，去酒吧别乱和美女搭讪，野花哪有家花香。"

"明白，家里的饭菜卫生，我不会吃野食的，我没这个消化能力。"

"死相，你去吧，早点回来休息，拜。"

杨一辰知道这一劫算是躲过去了，按张茉莉的性格，她应该不会再去找高军军对口供的，杨一辰安心地出门坐地铁去见李冰清了。

因为睡到五点才醒，临时又出了发错短信这个变故，杨一辰迟到了，他赶到人民广场的和平电影院时，李冰清已经在售票处等着了。

杨一辰扁嘴，做欲哭状，慢声说："我又来晚了。"还作势要去握李冰清的手。

李冰清笑着打开他的爪子，"你就缺德吧，国家领导人的玩笑你也敢开。"

杨一辰正式道歉："没想到你会约我看电影，幸福得晕过去了，睁开眼夕阳西下，匆匆赶来还是迟了，对不起，有怨言吗？"

"有，电影票你请。"李冰清佯怨。

"应该的，我们看啥片子，上次《非诚勿扰》没看完，要不补补课？"

"你怎么这么讨厌啊。"李冰清的无影脚蓄势待发。

"我这是为你进行心理脱敏治疗，多刺激刺激你，等麻木不仁了，你才能早日康

第四十二章　路狭偏相逢

复。"杨一辰警觉地退到安全距离。

李冰清真要怒了，"你烦死了，快去买票，我要看《喜羊羊和灰太狼》。"

"好好好，我这就去，对了，那我们晚饭怎么办啊，我买当场票还是买晚点的，我们先去吃饭？"杨一辰问。

"买当场票吧。"李冰清举着手里提的一个塑料袋，朝杨一辰晃了晃，"我在家里做了三明治，还买了饮料，等下先吃点，看完电影我们再找地方定心吃饭，不用那么赶时间。"

"你还会私房料理啊，张茉莉的厨艺也不错，你们这些单身租客是不是都擅长烹饪，看来还是独居生活锻炼人啊。"杨一辰感叹了下。

李冰清的脸黯淡了，"不是，我是为了他，我曾经天真地相信那句话，'要留住一个男人的心，先要留住他的胃'，我错了。"

"额，他没这个福分享受美食，这些供品就便宜了我老猪吧。"杨一辰见勾起了李冰清的伤心往事，慌忙打岔，伸手去接李冰清手上的袋子，"你提着挺沉的，还是我来拿。"

杨一辰的手拿到了食品袋，一扯，李冰清竟没松手，再一扯，还是没松手，杨一辰有点诧异，"啥宝贝，舍不得撒手。"

李冰清没有声响，杨一辰抬头，见到的是她怔怔的眼神，他扭头顺着李冰清的视线看去，一家三口自十米开外正走进来，两个大人中间搀着个约莫六七岁的小女孩，左首那男子赫然便是 DE 的财务总监文杰，其余一大一小两个女人的身份就不消猜了。

杨一辰不知李冰清会做何反应，他默不做声，只想着如果等下有啥激情碰撞，自己决不能让李冰清吃了亏去。

杨一辰怎么也没想到，李冰清竟是挽了他的臂，笑着迎了上去，"文总，这么巧啊，和家人来看电影啊。"

杨一辰见文杰也是怔了一怔，挤出了笑容，"是啊，女儿吵着要看《喜羊羊和灰太狼》，正好放假，就带她来了，小李你也是来看电影的吗，这位是？"文杰朝向杨一辰明知故问。

"这是我男朋友小杨，文总你应该见过的，是和我们公司有合作的银行的信贷员。"

杨一辰知道自己又扮演了戳向文杰心头的标枪角色，那就好好演吧，他也笑着很有礼貌地向文杰打招呼，"文总，你好。"

文杰看向杨一辰的眼里似要冒出火来,转又成了不见底的深潭,平淡地回了句"你好。"

"你女儿长得真可爱,真漂亮。"李冰清弯下腰来逗弄小女孩,"小妹妹几岁了啊,叫啥名字啊。"

文杰的女儿倒是一点也不怯生,嗲声嗲气地说:"我叫囡囡,今年6岁,阿姨你也很漂亮啊。"

"谢谢囡囡,囡囡长大后会比阿姨更漂亮的。"李冰清直起身来,做出一副仿佛刚刚才发现的表情,朝向在场的另一个女子,"您是文总的夫人吧,常听文总提起你,在文总的桌上一直能看到你们的全家福,真是幸福美满啊。"

这女子只是朝李冰清客套地笑笑,并不答话,脸上也不见多余的热情。

在场的两个男人都不说话,只看着李冰清一个人表演。

"文总,那我们不打扰了,你们快去买票吧,我和小杨先去吃饭了,再见。"

"再见。"文杰强笑着回应。

"阿姨再见。"文杰的女儿很有礼貌地朝李冰清摇摇小手,而他的夫人依旧在边上客套地笑,没有说话。

"囡囡真乖,再见。"李冰清伸手摸了摸小女孩的头,然后故意又做了个将杨一辰的臂挽得更紧的动作,便朝电影院外走去。

杨一辰任由李冰清挽着,他很享受,走过文杰一家身边几步后,他突然回头,夸张地朝文杰摇着手,"文总再见!"

扭回头去,身后隐隐传来一个女人的声音:"这女的是谁,怎么没听你说起过有这么一个漂亮、会说话的下属,你离她最好远点……"

161

第四十二章 路狭偏相逢

第四十三章　酒泪葬过往

出了电影院的门，李冰清放开了杨一辰的臂，"对不起，又利用你了。"

"没事，这种利用让我很受用，下次再有需要，记得还是叫我。"杨一辰讲完就觉得自己这玩笑不合时宜。

李冰清的脸色有些难看，人很消沉，默默地低头在人行道上走，也不说去往何处。

杨一辰跟着李冰清身后，他明白刚才一家三口其乐融融的画面刺激到李冰清了，她可能又陷进去了，得想法让她走出来。他没话找话，"唉，想看个电影咋就这么难呢，人家孙行者三次还打死了白骨精，最近我三进电影院，愣没看上部电影，第一次和你看了半部，第二次和张茉莉才到电影院就碰上高军军遇难事件，今天又遇到你同事，唉，无缘哪。"

杨一辰想着李冰清也许会问起高军军遇难事件是怎么回事，自己便能扯开话题，但李冰清依旧沉默地走着。杨一辰不再跟在后面，他和李冰清并肩走着，走了一会儿，他忍不住了，"李冰清，考考你历史知识，你知道二战时盟军诺曼底登陆的暗号是什么吗？"

李冰清被杨一辰突然的提问唤醒，不明白他为什么要问这个，"啊？我不知道啊，女孩子历史知识都很差的。"

"暗号是句诗，'单调消沉的气息伤我的心'。"

李冰清明白了杨一辰的意思，"不好意思，刚才走神，失态了，冷落了你。"

"我委屈惯了，不介意。那我们现在怎么着？是换个电影院看电影，还是找地方吃饭？"杨一辰询问。

"我想喝酒。"李冰清答得很干脆。

"找个饭店还是去酒吧？"

"不想吃饭了，直接去酒吧吧，你要是饿的话，有三明治。"

"那去安静点的还是吵闹的，要不你带路？看你的酒量就知道你没少去这种地方。"

"那你跟我走吧。"李冰清伸手招了辆出租车。

李冰清带着杨一辰去的酒吧居然建在地下室内，迷宫式的走廊，木制的圆桌，高脚椅子，墙上桌子上满满的全是涂鸦，应该都是顾客的作品。两人到的时间很早，这个时点还没有人会来酒吧，两人是唯一的顾客，酒吧里的服务生还在做营业前的准备工作。李冰清带着杨一辰找了迷宫角落的一张小桌坐下，过了会儿来了个年轻的服务生妹妹，朝李冰清笑笑，李冰清也朝着她笑，开口道："一打哈啤。"服务生妹妹又笑着走了，没多久端着个托盘来了，托盘上面放满了小瓶装的啤酒，李冰清从包里掏出钱包，数了几张钞票给了小妹。

杨一辰数了下桌上的啤酒，12瓶，一打，"看来你是这里的常客，熟悉得很，刚才的妹妹都认识你了吧。"

李冰清笑着不说话，拿起服务生妹妹特意留下的起子，先开了2瓶啤酒，递给杨一辰一瓶，然后自己又开始咣当咣当吹喇叭，杨一辰对李冰清的海量牛饮已经能熟视无睹泰然观之。

李冰清很快就干掉第一瓶，杨一辰主动替她开了第二瓶递过去，忍不住还是关照一句："慢点喝，这都是钱哪。"

"这里的酒很便宜，我找到这个地方也不容易。"李冰清笑着说。

这句话后，两人竟无话说，李冰清不再开口，只喝酒，速度倒是慢了。杨一辰也不知道该说什么，他既不能提到任何与李冰清过往沾边的话题，恐引起她的伤心，也不想说自己和张茉莉的事，怕这恩爱幸福刺激到她，所以一张贫嘴一时也找不到

第四十三章 酒泪葬过往

话题。

杨一辰把脑汁来回绞了几遍，想起了在夜总会悠子小姐和他玩的游戏，当时自己可吃了闷亏，现在用这个来耍弄下李冰清，也能引导下欢乐的气氛。

"冰冰，刚才考你历史知识算我欺负女孩子，现在我给你做道智力题吧，考考你的智商如何？"

"好的呀。"李冰清表现出了兴趣，抬头看着杨一辰，等着下文。

杨一辰把语速放慢，一字一字说得很清晰，"这道题是这样的，我先讲四个小故事，四个小故事看似没有关联，但内有玄机，你要听清并记住这四个故事，然后我再出题目，答案就在刚才的四个故事里，看你的记忆和判断能力了。你听清楚我的意思了吗？"

"听清楚了，你快出题吧。"

"好的，那我开始讲四个小故事了。"杨一辰喝了口酒，回忆下悠子小姐当时是怎么说的，然后改编了下，开始绘声绘色，"先讲第一个小故事，有一对夫妻，这一天是他们的结婚纪念日，男人对女人说，今天我们出去玩吧，你想去哪里呀，女人说我们去公园走走吧，于是男人开车带女人出去了，到地方下车，女人一看竟是墓地，就问男人你不是说去公园吗，怎么来墓地了，男人'啪'地打了女人头一下说，是我开车还是你开车啊。"

"好了，第一个故事讲完了，你记住哦，下面开始讲第二个故事。"杨一辰又喝口酒，继续装神秘，"第二个故事接着第一个故事，女人挨打后不高兴，就和男人回家了，到了家，女人问男人午饭想吃什么，男人说下面条吧，于是女人去厨房，过了一会儿端着午饭出来，男人一看是饺子，就问女人，不是说下面条的吗，怎么下了饺子，女人'啪'地打了男人头一下说，是我做饭还是你做饭啊。"

杨一辰停顿了下，"第二个故事讲完了，下面开始讲第四个故事。"

李冰清打断他，"应该讲第三个故事，怎么第四个了。"

杨一辰等的就是这句话，他突然伸手在李冰清的头上轻轻拍了一下，"是我讲故事还是你讲故事啊。"设了圈套占了李冰清便宜的他嘿嘿直笑。

杨一辰原以为李冰清会恼羞成怒和他嬉闹，或者破口大骂，可李冰清却是怔怔看着他，然后趴在桌上，把头埋在手臂里，嘤嘤呜咽起来。

杨一辰这下慌了神，难道自己失手打重了？不会啊，这出手的分量就是清风拂面啊，李冰清也不像开不起玩笑的女孩啊，以前自己说了过分的话她都一笑置之，这怎么就哭了。杨一辰手足无措，"这这这，这从何说起啊，女人的泪，男人的罪，姐姐你别哭啊，都是我的错，求求你，别哭了，你再哭我都要哭了。"

李冰清渐渐止住了抽泣，她拭干眼泪，"不关你的事，其实我早知道你会打我那一下，我故意配合你的。"

"那你……"

"他以前也和我玩过这个游戏。你让我想起从前和他在一起的时光了。"李冰清泪眼婆娑，楚楚可怜。

杨一辰心里是无限的各种后悔，无限的各种郁闷，为什么全世界的巧合都会发生在自己身上，去KTV遇到悠子，去看电影遇到文杰，玩个游戏还能和她前男友撞车，自己干脆改名叫巧儿算了，不知道还有啥巧遇在等着自己。

杨一辰在这里胡乱想着，李冰清又大口大口灌起酒来，猛一下她把瓶子在桌上一顿，"我不甘心，我真的很不甘心。"

杨一辰吓一跳，"你想做什么，你不会又想要回头了吧?"

李冰清不理他，自言自语："太欺负人了，凭什么所有的苦痛都要我一人承受，他倒全家幸福秀恩爱，视我为路人。"李冰清一气喝完一瓶，语气竟狠辣起来，"我就是不甘心，都是他逼我的，他不让我好过，他也别想好过。"她又朝向杨一辰，"杨一辰，谢谢你，谢谢你刚才在我头上打那一下，打得我开窍了，我知道该怎么做了，从今天起，我不搞得他妻离子散就是对不起我自己!"

杨一辰又气又急，"你失心疯了啊，想什么呢啊，我啥时候让你开这个窍了，我抽自己两个嘴巴行吗，你就忘了我打你的那一下吧。"说完，他就作势要抽自己的耳光，看向李冰清的眼神带着哀求。

李冰清突然平静下来，笑了，"耍人很好玩吧?"

杨一辰愣了，"你刚才……在耍我?"

"哼，只许你耍我，就不许我让你着急啊。"李冰清难得地做了一个调皮的表情，"我还是心太软，应该等你那两个嘴巴抽完了再喊cut的，出戏太早了。"

"你不考中央戏剧学院太可惜了，我真被你吓到了，以为你要和他鱼死网破呢。"

"怎么会，虽然还有痛，但不允许回头，今天的事让我更看清了他，他没有那么爱我，至少不是像他说的那样爱我，为这样的男人整天以泪洗面不值得，不值得。"

"那你刚才还哭那么伤心。"

"我是在哭我逝去的青春，哭那三年光阴。"

"哦，那我就放心了，喝酒喝酒。"

第四十四章 领导很敬业

在杨一辰的提议下,李冰清找服务员妹妹要了两副骰盅,杨一辰开始卖弄在夜总会里新学来的技艺,和李冰清玩着骰子游戏赌喝酒,哪知李冰清扮猪吃老虎,十次里杨一辰倒要输个七八次。

两人正玩着,有手机铃声响起,杨一辰看着李冰清,这铃声不是他的,李冰清拿出手机看了下,直接按了挂机键,继续招呼杨一辰玩。

"是他?"杨一辰试探着问。

"嗯,不理他,现在我和他只有工作上的接触,我不能给他动摇我决心的机会。"李冰清手机铃声又响,这次是短信,李冰清看了下,"他问我是不是真的和你谈恋爱了。"李冰清笑笑,干脆直接将手机关了。

"这个黑锅我愿意背,让他早点死了这条淫心吧。"杨一辰对李冰清的表现很满意。

一打啤酒喝了大半的时候,酒吧里的客人渐渐多了起来,一张张桌子边上陆续坐了人,也有些不愿坐的,拿着酒在走廊里窜来窜去与人搭讪。杨一辰和李冰清坐的角落比较偏，周围还有桌子空着。

杨一辰换了三种游戏的玩法，依然连输了十八把，李冰清甚至怀疑他是故意的，想骗酒喝，只有杨一辰知道自己真的是努力想赢的，因为他的膀胱已经超负荷了，啤酒这玩意太利尿了。

第十九把，还是杨一辰输，李冰清不干了，"杨一辰，你不用这么讨好我吧，你这样放水是侮辱我。"

一听"放水"这两个字，一阵尿意直窜神经中枢，杨一辰感觉膀胱就要爆了，他勉强站起来，还得装得特绅士，"女士，我失陪一下。"

杨一辰正要尿遁，转头看见服务生妹妹又带着一男一女来到了他们边上的一张桌子，杨一辰的尿意转瞬跑到了九霄云外。杨一辰真的变成了杨巧儿，上天再次赐了段巧遇的缘分给他，这次邂逅的是他的两级领导，姚静和付正。

这么狭小的空间，要再装彼此没有看见对方，就是侮辱所有观众的智商，所以两个男人很热情地打起了招呼。

"呵呵，小杨啊，真没想到在这里能遇到你。"还是付正老练，先开了口，丝毫没有尴尬的样子。

"是啊老大，真是太巧了。"杨一辰知道接下来领导肯定会主动解释的，他只需要表现得自然，表现出相信领导的谎言就行了。

"呵呵，刚和姚经理一起谈定一个合作客户，所以大家过来庆祝下，客户在停车，等下就来。"

谈你妹的客户啊，今天是元旦，放假，哪个客户像你们这样"敬业"，杨一辰心里鄙视着付正这个拙劣的掩饰，嘴里说的却是"老大，你的能力和干劲真是太让属下敬佩了"。

李冰清看到杨一辰正和人说话，也认出了是付正，便站起走到杨一辰身边，和付正打招呼，"付行长，你好。"

付正这才发现李冰清也在场，做出一副仿佛猜到了什么似的暧昧表情，"是DE的小李吧，哈哈，不错不错，我们小杨是个好小伙，你们很配啊，金童玉女，以后我们银行和DE的合作就能更紧密喽。"

李冰清对付正的误解只是笑笑，没有纠正。杨一辰见李冰清不说话，他也就不解释了，他突然想起刚才付正说客户正在停车，等下要进来，立刻明白这是个台阶，他马上对付正说："老大，我们在这里坐了很长时间了，小李还想看夜场电影，我们正准备走，我就不留下来和你们一起陪客户了，你不会怪我对工作不够积极吧？"

第四十四章　领导很敬业

"嗯，去吧去吧，当然是个人生活问题要紧，呵呵。"付正又扮出一副体恤下属的表情。

"那我们走了哦，老大再见，姚经理再见。"杨一辰慌忙拖着李冰清快速离开了这是非之地。两个男人结束了这全是谎言的对话，彼此都知道对方没一句真的，还都希望对方相信自己说的是真的，这就是人类的无耻。

杨一辰走出地下室，大口呼吸了下清冷的空气，长叹一声："今天是个好日子，不该遇到的全遇到了。"

李冰清问："付行长边上那女的也是你们单位的？这时候一起来酒吧，不像是单纯的工作关系啊。"

"她叫姚静，是我们信贷部的经理，算我的顶头上司吧，付正一手带大的，关系么……你懂的。"

李冰清明白了，她自嘲地笑笑，"懂了，又一个文杰和李冰清的故事，不过老付还算个男人，至少还敢带着她招摇过市，这点比文杰强。"

李冰清的脸色略阴暗了下，旋即又灿烂了，"杨一辰，你惨了，人家老付都躲到地下室了，还被你撞破好事，你也太背时了，你要被灭口了。"

"无所谓，反正老付本来就打算挖坑埋我了。"

"此话怎讲？"李冰清不解。

杨一辰想了想，就把大地公司的事情原原本本又和李冰清讲了一遍，李冰清听后不免也为杨一辰生了几分担心，叮嘱他等高军军那边的调查有了结果后，一定要记得告诉她，大家一起再商量对策，杨一辰对李冰清的关心表示了感谢。

"酒喝够了吗，不尽兴再换地方？"杨一辰问。

"挺晚了，回去吧，我知道你有送女孩子回家的强迫症，等你送我到家再回去要很晚了。"

此处离李冰清住处不算太远，杨一辰打算叫个出租送她回去，然后自己再地铁回家，这样最经济划算。

出租车上，李冰清又抛了一个新任务给杨一辰，"还有两天假期，我们一起出去郊游一次吧，我想和大自然亲近一下，散散心。"

杨一辰正有些迟疑该怎么瞒过张茉莉，李冰清又说："你叫上张茉莉和高军军，说了要集体活动的，还从没组织过呢，再说我可不能老占着你的业余时间，影响你和茉莉的感情升温，茉莉可是我的好姐妹。不过先说好，你们两个在我面前可不能表现得太恩爱太肉麻，我现在是失恋综合征的病人，不能太受刺激。"

"嗯，那我来安排，不过我只能保证我不肉麻，张茉莉要是挡不住我的魅力，激情了，不干我事啊。"

"你滚一边去吧，以前怎么就没看出来你是个臭不要脸的呢，被你羞涩的假象蒙骗了那么久。"

"我都告诉你了，老衲法号叫'几多厚'……"

杨一辰将李冰清送到家，在回家的地铁上就给张茉莉打了电话，冒充乖宝宝，"报告，我已经在地铁上了，安全返航。"

"嗯，真乖，酒吧里美女多吗，看过瘾了吧。"

"都是些庸脂俗粉，怎么能和芬芳典雅的茉莉比，根本就没法入我的眼。"

"少来了，我都能想象出你歪嘴直眼流口水的样，就你这歪瓜劣枣，入不了别人的眼倒是真的，也就我不幸被你用了强，才被迫跟了你，流氓。"

"你是没看到我受欢迎的样子，多少目光在我身上流连，光找我要手机号码的就应接不暇，幸亏我走得早，再晚点，扒衣服留念的惨剧就要发生了。"

"杨一辰，你有不吹牛会死症啊。"

"好了好了，茉莉妹妹，咱们说点正经的，高军军提议大家后天一起去郊游一次，上次在新农庄吃饭约了大家一起集体活动，还从来没组织过呢，你意见如何？"杨一辰使了个诈，栽赃高军军。

"好啊好啊，郊游我喜欢，那我明天赶回市区。"

"你先别急，等我和高军军商量安排好再通知你和李冰清。"

杨一辰落实了张茉莉的参游意向后，又致电高军军，这次换成是说张茉莉提议郊游了，顺便把组织活动的重任也扔给了他，高军军自是一力应承，还慷慨承诺负担所有的活动经费，他说他就当花钱买票看杨一辰脚踩两船当场落水的惨剧。杨一辰自是严正警告他的阴谋是不会得逞的，要他管住自己的嘴，不要搬弄是非，并再次重申自己一身正气，清者自清，和张茉莉是恋人，和李冰清是朋友，火星永远撞不了地球。

第四十五章　郊游兴未尽

高军军是个靠谱的好小伙，他没辜负杨一辰的期望，第二天就把郊游的事安排得妥妥帖帖，并把行程计划列好，短信发给杨一辰征求意见，杨一辰略做修改后定稿，阅示高军军照此执行。随后杨一辰就电话通知了张茉莉，告诉她出游相关事宜，他又耍了个心眼，特意让张茉莉去通知李冰清，以避嫌疑。

时间到了出游这天的清晨，高军军驾着他的 A4 先后接了杨一辰和李冰清，再一路驶往青浦张茉莉的家接上她，四个小伙伴终于齐聚一堂，欢声笑语，体验着儿时学校春游的快乐，车窗外阳光和煦，车内小鸟喳喳。

为了遵守不让李冰清受刺激的承诺，杨一辰上车伊始就刻意坐在了前排副驾驶的位置上，避开了和张茉莉同坐后排的可能，不过最后一个搭乘的张茉莉似乎根本就不在意这个，一上车就和闺蜜窃窃私语，间或还打打闹闹，女孩间的亲密大抵如此。

"张茉莉，你能不能安分守己些，我又要竖着耳朵偷听你们的悄悄话，又要在后视镜里偷窥你们嬉戏，我还怎么安全驾驶啊，太分心了。"高军军忍不住要嘴贱了。

"哎呀，哎哟，哎呀哟，居然有人教育我要安分守己，不知道是谁安分守己地坐在酒托姐姐对面，喝着500块一杯的红酒，吃着200块一片的西瓜。"

"哪有那么夸张，你不要哄抬物价，是500块一瓶的红酒，200块一盘的西瓜！"高军军面红耳赤。

李冰清好奇地问："什么酒托姐姐，这么贵的红酒和西瓜，高军军你也舍得吃？"

张茉莉味味笑着，附着李冰清的耳朵开始说起来。

高军军气急败坏，"不许说！"

"若要人不知，除非己莫为。"张茉莉不理高军军的抗议，继续与李冰清耳语。

李冰清听张茉莉讲完后也乐不可支，"高军军，怎么春天还没到，你就春心乱动呢。"

"老杨，你快给兄弟我正名一下，她们不能这样诋毁一个老实人。"可怜的高军军向杨一辰求救。

一直在边上看戏的杨一辰出场了，"我证明，高军军是个老实孩子，有事实为证的，前两天他约一个聊了两个多月的女网友见面，女网友答应了并问他'见了面你想干吗？'，他很老实地回答'想干的'，然后女网友就默默地把他拉黑了。"

两个女孩先没听懂，琢磨了下，待明白了杨一辰对汉语的活用后，顿时笑做一团。

"杨一辰！你再和你的两个女人合伙欺负我，可别怪我管不住自己的嘴。"高军军忍无可忍发出了终极威胁。

杨一辰被人捏了蛋，立刻噤声，李冰清笑看窗外云起，托腮观景，只有张茉莉不依不饶，对全车人的生命安全不管不顾，照高军军的耳朵只一拧，"我先来管管你的嘴，我们家冰冰这样的大美女岂是你可以随便指给你兄弟这夯货的，再乱说话，撕了你的耳朵炸一炸下酒吃。"

四个小伙伴一路欢歌来到了青浦乡下的某鱼塘，高军军安排的第一项活动是钓鱼。两位姑娘自小只吃鱼，第一次持竿垂钓很是兴奋，呼三喝四，这厢钓一会儿不见动静，立马换地方下钩，杨一辰也跟着后面转，没多久已绕着鱼塘晃悠了一圈，仍无收获，三人直骂高军军是骗子，硬说这塘里并无鱼。可怜高军军只装充耳不闻，耐心守候，只等事实来证自己清白。皇天不负有心人，一条一寸长的小猫鱼让高军军挺直了腰板，说话的声音也响亮了，"这冬日里钓鱼本就难事，尔等心不静、意不诚，安能有所得乎？"

三人这才消停，各自找了个阳光普照的地方安心独钓，杨一辰左顾右盼，李冰

第四十五章　郊游兴未尽

相亲

清不知从何处摸了本书出来看,懒懒地晒着太阳,张茉莉则是眼睛死死盯着浮漂,嘴唇微动念念有词。杨一辰很是好奇,慢慢绕到她后面偷听,才发现是她自编的诱鱼咒,"鱼儿鱼儿快上钩,清蒸红烧任你挑,鱼儿鱼儿快上钩,清蒸红烧任你挑……"

正钓着,只听高军军一声大叫,"张茉莉拉钩,有鱼了!"边喊边冲过去帮忙。

等杨一辰跑过去看时,高军军已经帮着张茉莉手忙脚乱将鱼提出水面,按住在岸上草丛里,竟是条有半尺长的鲫鱼,杨一辰眩晕了,封建迷信还真管用啊。

张茉莉高兴得又蹦又跳,摆了好几个姿势和她平生第一条钓到的鱼合影留念。张茉莉的咒语煞是灵验,没多久她又钓上一条,在她的带领下,高军军和杨一辰也相继有所斩获。等到张茉莉钓起第三条鱼的时候,只剩李冰清那里还一直没有动静。

杨一辰沉不住气了,他却似比李冰清还着急,跑过去提起李冰清的竿来看,原来饵早就被吃了。"你当代姜太公啊,指望着鱼被你的诚意感动自愿上钩是吧。"他替她换了饵,过一会儿水面微动,提起看时,饵又被吃了,于是再换饵,再被吃,周而复始,杨一辰竟无法脱身,一直在李冰清的身边伺候着。

李冰清笑看杨一辰忙碌着,钓鱼倒与她无关了,杨一辰终于哀叹一声,"邪门了,这哪是钓鱼啊,洒家就是来喂鱼的嘛。"

就在这当口,鱼塘另一边的张茉莉突然扔了竿,发话了,"我觉得钓鱼没劲了,不玩了,高军军,接下来的活动是什么?"

高军军看了看时间,"快中午了,吃饭去,安排了农家菜,吃完休息下,下午有高雅贵族活动。"

"啥贵族活动?"张茉莉又来了兴趣。

"到时候你就知道了,肯定不是化装舞会。"高军军卖了关子,搭足架子,捞回早晨车上丢的面子,任张茉莉盯着问,就不肯说。

几个人收拾好东西,将钓的鱼交给鱼塘老板,照理是要按斤算钱的,不过应该是高军军家里的面子,某方面打过了招呼,所以老板分文未收,高军军他们也没将鱼带走。

四个小伙伴驱车离开鱼塘,到了镇上某个饭馆,据向高军军推荐的人说这里的农家菜很是地道,菜品新鲜无公害,公仆们也经常在这里设个便宴的。实践证明所言不虚,这原生态农产品和城里人日常吃的化工食品果然是口味大不一样,四人大快朵颐,**饕餮**一番后,沐浴着午后的阳光,在镇上转悠,看看古镇老街,体验乡间淳朴。

逛街的时候，张茉莉好几次像情侣似的挽起杨一辰的臂，都被杨一辰以指路、取物，甚至是手指天空"看，灰机！"等方式自然地给悄悄甩脱了，因为他心里恪守着"不能太刺激李冰清"的约定，不敢与张茉莉有太过亲昵的举动。

待四人肚中的积食初步消化，高军军便带他们去进行下一场贵族活动项目了。杨、张、李三人在车上一致猜这活动是打高尔夫球，到地方一看，原来是个马场，三人均猜错了，高军军安排的贵族活动是骑马。

专业的教练给四人按各自的身高体重，选了相适应的马匹，讲了基本要领和注意事项，便让他们上马溜达了。先是有人牵着马，绕着场地走，等四人骑马的身姿熟悉了，再换了人骑马带着慢慢小跑。

四人中只有高军军原先还玩过几次，其余三人都是菜鸟新手，这也是高军军为什么安排骑马的一个原因，为了给自己一个装帅摆酷和嘲笑他人的机会。当另三人还在绕场走的时候，他便开始练跑了，每次经过另三人的身边，总是要刻意大声爽朗地笑上几下，嘴里喊着"驾驾驾"，好像他已经在策马奔腾似的。

杨一辰被人牵着走了两圈，又被人带着慢跑了两圈，就不想再玩了，他自认没有运动天赋，身体协调能力太差，总是合不上马的节奏，坐在马背上颠得骨头架子都要散了，两个胯也磨得生疼，敢情装个贵族要遭那么大的罪，还是老老实实做平民吧。

杨一辰下马休息，不多会儿张茉莉也不玩了，撇着两条腿走到他身边，抱怨着："我都不会走路了，骑马一点都不好玩。"

杨一辰指指场内正策马跑得欢的李冰清说："大家都是地球人，为什么李冰清第一次骑就骑得这么好呢。"

张茉莉道："冰冰她从小就好胜心强，对新事物的领悟力也强，一张漂亮的脸配的倒是外柔内刚的性格。"

杨一辰叹道："是个巾帼英雄啊，早生个一千多年，就没花木兰什么事了。"

两人正聊着李冰清，李冰清竟不需要教练带着，一个人骑着马慢跑到他们面前，还停住了马，笑着问他们，"你们怎么都不玩了？"

杨一辰答："我和张茉莉都骑成了鸭子腿，正恢复人形呢。"

"好吧，那我也休息休息，第一次骑，人紧张就容易累。"李冰清说完就要独自下马。

"你小心啊，还是等教练来扶你下来吧。"杨一辰话音刚落就出事了。

虽说看马场里的骑师下马潇洒又轻松，但人家是熟能生巧，轮到自己模仿则是另一回事，毕竟第一次，李冰清的右腿刚翻下了马，左脚还在马镫子里，人突然就

第四十五章　郊游兴未尽

相亲

失去了平衡,往后倒去,她这一倒等于往后拽了马,那马便有点受惊,竟拖着倒地的她慢慢往前跑了起来。

"啊!"张茉莉一声惊叫,花容失色。

说时迟那时快,一个人影从张茉莉身边窜出,直朝惊马奔去,凌波微步,几步赶上,这好汉朝着李冰清挂在马镫里的左脚一个饿虎扑食,再使一招无相劫指,用力将玉足解脱了出来,而那马再度受惊,尥起后蹄,只一踢,结结实实砸在那好汉身上。

"啊!"张茉莉又是一声惊叫,面无人色,朝倒地的两人跑去。而高军军在见李冰清坠马的那一刻,便已下马朝事发地跑来。

马场里的工作人员此时也已飞奔而来,抓住了肇事马,再赶来看伤者情况。

待众人渐围拢过来时,却见场内正上演真情一幕。

焦灼的女子:"恩公,恩公,你怎么了,你没事吧?"

皱眉的男子:"被小马驹踹了个窝心脚,大腿沟子痛。"

关切的女子:"啊,踢到哪了,要紧吗?"

羞涩的男子:"幸甚,若上移三寸,下半身的幸福毁矣。"

微安的女子:"你真勇敢,当时我脑子一片空白,连害怕都没来得及。"

微笑的男子:"当时我脑海里闪过欧阳海拦惊马,罗盛教救落水,小赖宁扑山火。"

真诚的女子:"恩公救命之恩,真是无以为报啊。"

垂涎的男子:"学雷锋,做好事,留全名留手机留 QQ 留地址,要不……以身相许吧?"

佯怒的女子:"我的原则向来是涌泉之恩,滴水相报,干脆不报。"

画外音大起,张茉莉愤怒的声音,"杨一辰!演戏演够了吗,是不是我不说话就当我不存在,我一说话就特希望我不存在啊。"

戏终人散,各自验伤,李冰清除因惊吓导致心跳略快,无其他肉体伤,牛仔裤臀部位置磨损未破,杨一辰去厕所脱裤检查后,据其自述,大腿内侧有乌青淤血一片,形状酷似马蹄。

出了意外,大家也没心思继续玩下去了,于是返城。车上只高军军逮着杨一辰的伤势大做文章,就其可能对杨一辰男性功能的影响极尽揣测、担忧和嘲讽,杨一辰偶尔回两句嘴以示抗争,李冰清一直朝向窗外观景,也不知在看些什么,至于张茉莉,上车后就闭目养神,再也没睁开眼过,也许是睡着了。这车上的气氛便不如来时的那样欢娱了。

第四十六章　酒醉很伤身

自那日郊游后，张茉莉对杨一辰的态度起了微妙变化，爽直如她竟玩起了藤缠树的把戏，每日里短信、电话、网聊不停，早中晚三次查岗一次也不能少，只要不加班，晚上必找杨一辰约会，吃饭逛街看电影，花前月下总缠绵。

其间还诱杨一辰去她住处恩爱一回，此等美事，杨一辰自是勇往直前。事毕，茉莉娇羞枕着杨一辰的胸口，先谈些近期计划，说还有一个多月就是情人节了，问杨一辰打算怎么策划两个人的第一次情人节之夜，杨一辰回她："这不是情人的节日，是商家哄人钱财的节日，其实情人节和清明节是一样一样儿的，都得送花、送吃的，然后说一大堆哄鬼的话，咱不当这冤大头。"

接着张茉莉又展望起美好远景，说些结婚打算办几桌，去哪里度蜜月的话题，竟为是去马尔代夫还是欧洲四国游犯起愁来，随又盯着杨一辰问是喜欢男宝宝还是女宝宝，直把杨一辰给惊得委婉了，"我们还年轻，应该把精力放在事业上……"话未说完便被一脚给踹下床去，可怜见的大冬天只穿一条内裤，站在床边做保证"只要茉莉一朵，不理群芳吐艳"，翌日即咳嗽流涕。

这几日，李冰清也没了动静，没提再让杨一辰作陪的要求，只来过几个电话，询问他大地公司的事情调查得如何了，言辞间甚是关切，杨一辰回她暂时还没有眉

相亲

目。关于大地公司一事,杨一辰也问过高军军,高军军说已经发动了他所有的社会资源在查,他和父母谎称这是他在做的项目,两位老人家对不肖子突发的上进心备感欣慰,也为宝贝疙瘩恐遭人陷害深为担忧,所以自是不敢怠慢。

高军军这里没有结果,杨一辰就只能拖着大地公司放款的事,付正倒也没催,只问了他一次进展如何,杨一辰编了个正在为客户争取优惠利率的理由对付了下,付正也没多说什么。杨一辰心中既已认定付正是幕后大 boss,便想着他不催更说明他老奸巨猾,哀叹自己这关难过。杨一辰这边事业陷入危机,张茉莉那里倒传来飞黄腾达的喜讯,她升职加薪了。小妮子苦熬数年,恰巧策划部主管拿了年终奖后跳槽另谋高就,老板见她一贯勤恳,干脆就提了她做主管,工资也大涨一截。

张茉莉连夸杨一辰是她的幸运福星,让她得到了爱情也收获了事业,她如范进中举般地喜悦,并急着要将她的喜悦与人分享,单位里的同事一人一杯星巴克咖啡,至于李冰清、高军军这样的密友则被一一电告"晚上升职宴,规格很高,一定要来啊。"

所谓规格很高的宴席,也就是每人168元可以敞开肚子吃的日本料理。张茉莉今天情绪非常饱满,话也非常多,一杯一杯地喝着日本清酒,对满桌的美食却不怎么碰。起先是接受大家的祝贺,说些天道酬勤事业有成雏鹰展翅的吉利话,接着感叹宝剑锋从磨砺出梅花香自苦寒来,慢慢气氛有些变了,好端端的喜宴办成了忆苦思甜会。

张茉莉诉说自己一个个通宵熬夜的加班历史,诉说着周六休息不保证周日还休息的企业文化,诉说着以往对李冰清职场成就的羡慕,诉说着因为工作无暇经营感情生活的凄苦,动情处竟搂着杨一辰的脖子在他脸上啄了一口,感谢他的到来改变了这一切,自己一切的付出都有了回报。

杨一辰觉得今天才真正认识了自己的女朋友,以前一直以为她开朗乐观无所欲求,其实她的内心一直充满着渴望,对成功的渴望,对情感的渴望,有李冰清这样出色的闺蜜,对她来说是种无形的压力。杨一辰又想,只是她并不知道李冰清的秘密,若是知晓了又该做何想呢,都市里的青年男女,人人心中都有个魔魇啊。

杨一辰不想再让张茉莉诉苦下去,其他人都不敢说话了,得换个快乐的话题,他问张茉莉:"张主管,俗话说升官发财,你升了官,工资加了多少啊?"

杨一辰这话问得张茉莉舒心,她扬着下巴说:"当然加了,老板说加薪幅度高达百分之四十呢!姐现在也是月薪上万的白领了。"三个听众一片啧啧声,高军军谦卑地给张茉莉满上一杯酒,说:"真是不容易,恭喜你的月薪终于达到了我的周薪水平。"

"滚一边去,你这个寄生虫,我们茉莉是劳动所得血汗钱,那是你能比的吗。"杨一辰呵斥完高军军,又觉得有点不对,转问张茉莉:"茉莉你是不是算错了啊,我记得你和我说过现在的月薪是6000，加薪40％的话应该是8400啊，你怎么说上万了呢。"

"没算错啊，我现在月薪6000，加4000到1万，1万的40％不正好是4000吗，我好不容易才推算出来的。"

"额……你这个数学是哪个老师教的啊，你要是当老板，员工一定很拥戴。"杨一辰对张茉莉的智商也有了新的认知。

因为是按人头收费的无限量畅吃，当四人算算已经连本带利都吃回来时，三个人已经连站起来都有些困难，只有张茉莉还在那里喝着小酒畅所欲言，杨一辰提议埋单走人，再找个帮助消化的活动，大家商量了一下，决定去KTV唱歌。于是做东的张茉莉结了账，众人相扶着出了门，打车找了家最近的歌城。

进了唱歌的包房，高军军瘫倒在沙发上揉肚子，张茉莉和李冰清挤在电脑前点歌，杨一辰挣扎着唤来服务员，为大家点些饮料，张茉莉一见杨一辰在点单，便又叫喊着"酒酒酒"，杨一辰知道她真心喝得有点多了，嘴上答应着，却是阳奉阴违了。

张茉莉是今天的绝对主角，每当有歌的前奏响起，她就喊着"我点的，我的歌我的歌"抢过话筒去唱，唱着唱着还脱了鞋，跳到沙发上挥着手喊"上海的朋友们，你们好吗"，另三人就配合着嘘声一片。

张茉莉一气儿唱了六七首歌，终于打算歇一下了，她将话筒甩了，就在沙发上一路跪爬到杨一辰身边，勾住他脖子，媚眼如丝，"亲一个。"

杨一辰的脸瞬间红了，"你喝多了，乖，群众看着呢，影响不好。"

"不嘛不嘛，就要亲，亲一个。"

"咱们回家亲，他们没花钱，不给他们看激情戏。"

"不嘛，就要在这里亲，都是好朋友，请他们看白戏。"

"我这人含蓄……"

"杨一辰！你是不是不爱我了？"

"好好好，我亲我亲。"杨一辰鸡啄米似的迅速在张茉莉的脸上亲了下，然后憨笑着朝另两位看客打招呼，"今儿个咱老百姓真呀真高兴，喝高了，失态失态，平时我们俩在一起可严肃了。"

高军军回以长时间的嘘声，李冰清只是微笑着，而张茉莉只当他俩不存在，紧紧依偎着她的恋人，脸上的笑是满足，是娇羞，是炫耀。

李冰清看着张茉莉小鸟依人的幸福模样，心里不知为什么突然涌起一阵浓浓的酸楚，竟一刻也不想再在这个地方待下去，仿佛这空气里的幸福感再多一分的话，就能让她停住心跳，她脱口而出："茉莉，杨一辰，高军军，我大概刚才清酒喝多了，后劲上来了，头很痛，我先回去休息了，你们继续玩，不要因为我扫了兴。"

"啊，你这就要走啊，再玩会儿嘛，难得大家一起开心。"张茉莉还想挽留。

"我还是先走了，头真的很痛，得回去躺着。"李冰清边说边起身整理衣物，走的态度很坚决。

"那好吧，你好好休息，明天电话联系。"张茉莉无可奈何。

杨一辰突然开口："我送你回去吧。"

李冰清还没回答，酒醉的张茉莉恢复了暂时的清醒，"为什么你要去送她？"

"让女孩子晚上独自回家，这种没风度的事不是男人所为，我们每次约会我不也都送你回家的吗？"杨一辰反问。

"那为什么不能是高军军去送李冰清呢？"

"高军军要是也去送的话，那谁陪你啊，就剩你一个人在这里了，我也不放心啊。"

张茉莉的智商又不够了，"好吧，你说的好像有点道理，那你去送吧。"

"嗯，我快去快回，你们等我。"杨一辰交代完，转对李冰清说："那我们走吧。"

一直没插话的李冰清点点头，"那麻烦你了。"

送李冰清回去的出租车上，两人一直无话，许久杨一辰迟疑着问了一句："是不是刚才有点刺激到你了？"

李冰清勉强笑笑，"没事，我哪有那么脆弱，送我到家你就快点赶回去照顾茉莉吧，她今天喝得太多了。"

此后两人再也无话，送至李冰清家楼下，道了晚安，杨一辰再打车赶回歌城。进了包房，发现茶几上多了两个空啤酒瓶，张茉莉躺在沙发上闭着眼睛，高军军守在她边上，房间里弥漫着人体呕吐物才有的气味。

杨一辰皱着眉头问："她吐过了？"

高军军冷冷地看了他一眼，"你们刚走，她就又吵着要喝酒，我不理她，她就自己叫来服务员点酒，我拦也拦不住。"

杨一辰看着醉得不省人事的张茉莉，有点心痛，他过去轻轻替她理整齐凌乱的头发。

"没见过像你这样当人男朋友的，把喝醉的女朋友一扔，倒去送别的女人回家，张茉莉真是瞎了眼。"高军军继续倾吐着不快。

杨一辰没有反驳，没有辩解，他收拾好张茉莉的东西，对高军军说："你去埋单，等下帮我把她弄回去。"这一夜，杨一辰不敢合眼，将张茉莉送回家后，就一直守在她床边，准备了毛巾、热水、接呕吐物的盆，尽心尽力地照顾了她一夜。

第四十七章 男人的交锋

　　李冰清想不起有多久周末没和张茉莉一起逛过街了，工作后张茉莉周末经常要加班，而自己的周末则一直是为文杰留着的。所以这次收到张茉莉周末逛街的邀约，大学时代两个女生不知疲倦一路扫街的美好时光又浮现在眼前，于是她很高兴地答应了。

　　无数男人都曾思索过一个世纪难题，为什么女人逛街从来不感到累？有的说这是女人的天性，有的说逛街于女人是享受，也有的说是因为女人的衣柜里永远缺一件衣服。不管是什么原因，反正李冰清和张茉莉用事实印证了这依然是颠扑不破的真理，两个女孩约在徐家汇，在那里耗了一下午，逛了几个大型商场，竟无所斩获，心有不甘，一致同意转战淮海路附近支马路上的时尚小店。

　　"冰冰，你今天开车来了吗？"

　　"我已经有一阵不开车了，没告诉过你吗？"

　　"怎么了，加不起油了啊？"

　　"我们只有一个地球，低碳出行，环保从我做起。"

　　"我怎么觉得你说话越来越像杨一辰那个死贫嘴了……以后不能再让你们接

相亲

触了。"

两个女孩朝最近的地铁入口走去,下到站厅,各自过闸机口,张茉莉先进了站,见李冰清拿着钱包正在闸机的感应区反复照,就说:"你把公交卡拿出来照,可能钱包太厚了,感应不出来。"

李冰清依言将公交卡从钱包里掏出来,"嘀"一声过了闸。

张茉莉心间的血液仿佛凝固了,那朵洁白的茉莉花刺痛了她的眼,那是她换给杨一辰的卡,现在却在李冰清的手里。她没有点穿这件事,稍一愣神,就像什么也没发生过,开心地勾着李冰清一起走去站头候车,边走边聊。

"冰冰,你觉得杨一辰这个人怎么样啊,靠谱不?"

"怎么现在问这个,你们都公开'亲一个'了,还来问我觉得他怎么样。"

"不是,我是想我很可能会就嫁给他了,又怕自己被爱情蒙蔽了双眼,所以想听听客观公正的意见。"张茉莉期待地看着李冰清。

这小妮子这便决定要嫁他了吗,才几天啊,就认定了终身,李冰清的心里忽然有了一丝惆怅,脸上还是挂着笑,"人是个好人,热心,也没啥不良嗜好,就是嘴太贫,老让人有想抽他的冲动。"

张茉莉笑得很开心,"我也也这么觉得的,人真的好奇怪,有时候就是因为觉得讨厌才那么喜欢,是不是这就叫又爱又恨啊?"

"嗯,你已经中了情毒了,还没解药。"李冰清心里想着自己又何尝不是中毒至深呢,无怨无悔地跟了文杰三年,即便现在醒了,看到他依旧是一丝恨意也没有,这些天他一直没放弃过要挽回自己,自己真是咬着舌头攥着心在扛啊。

"冰冰你知道吗,其实这家伙表面上的害羞都是装出来的。"张茉莉的脸突然绯红了,附着李冰清耳语了几句。

"啊,这么快就让他推倒了啊,你也太把持不住了。"李冰清笑着捶了闺蜜一下,心中的那份惆怅却是更浓郁得化不开了,这小妮子这就要嫁他了吗,原来找一个归宿是这么简单的事,为什么自己苦熬了三年的青春却是一无所有,蹉跎了这精致的容颜。

地铁来了,上下客的嘈杂遮蔽了张茉莉虚弱的辩解:"我是被他强迫的……"

张茉莉和李冰清去了淮海路逛街,立志不丰收不进食,而此时杨一辰正在离她们不远的地方。

杨一辰怎么也没想到周末下午会接到这个人的电话,当他看到一个陌生的来电号码,起先还以为是诈骗,没接,这个手机号执著地打来了三次,杨一辰接了,对面开口第一句便是"我是文杰"。

两人之间的对话很简短，文杰约杨一辰晚上吃饭，想和他谈谈，杨一辰猜得出他想谈什么，虽然不明白他为什么要破费请自己这个"伪情敌"在这挺高档的地方美餐一顿，但自己没理由退缩，就算为了李冰清，也要去听听文杰想说什么。

杨一辰到了文杰定的那家以经营高档海鲜为特色的酒家，文杰已经等着了，他要了一个小的包房，适合两个人的密谈，桌上已有两三个冷菜摆着。

杨一辰落座后，文杰先开了口，"想喝点什么酒？"

"我不喝酒，我就喝茶水吧。"杨一辰拿过桌上的茶壶，给自己斟上。

文杰笑笑，喊来服务生，要了瓶白葡萄酒，然后对杨一辰说："这里的奶油焗龙虾做得很好，我和冰清常来吃的，吃海鲜要配白葡萄酒。"

杨一辰也笑着说："不知道我哪里讨了文总的欢心，你要请我吃这么高贵的奶油龙虾。"

"你当然没有做过什么让我高兴的事情，请你来这里吃，只是想让你明白冰清需要的是什么样的生活，而你，有这个能力满足她吗。"文杰直接点燃了导火索。

"你的意思是李冰清跟着你就是为了贪图物质享受，你不觉得你是在侮辱她吗？"杨一辰针锋相对。

这时服务生送来了文杰点的白葡萄酒，暂时驱散了空气中的火药味，两人装作无事，看着服务生开了酒又退了出去。

文杰没有延续刚才的咄咄逼人，他给自己倒了杯酒，"你和冰清真的是在恋爱？"

"你都亲眼看到了，还想质疑自己的视力？"杨一辰下定决心要让文杰死了心。

文杰笑着摇摇头，"我了解冰清，我们在一起三年了，她这是在耍你，拿你当气我的工具呢，你还当了真。今天约你来，就是想让你认清事实，我对她的影响力是你永远翻不过的墙，趁早撤了吧，免得空欢喜一场。"

"就算她耍我，我也乐意，至少她和我在一起了，时间长了我有信心把你留给她的阴影都抹个干干净净。"

"三年的感情是你说想抹就能抹的吗？我对她的好，是你给得了的吗，你拿什么给她幸福？"

"你给她的是幸福吗？你让她永远活在见不了光的角落，这是幸福吗？我是做不到每周带她来吃奶油龙虾，但我能牵着她的手吃遍上海所有的路边摊，你能吗？"杨一辰鄙夷地看着文杰，"你哪怕是和她在一起吃龙虾的时候都要四处张望，提心吊胆生怕遇见个把熟人吧，是不是心里还预备着不知道什么样的借口，做着应急预案呢，累不累啊，文总，这样还能尝出龙虾的美味吗。"

"年轻人，说话不要这么尖刻。"文杰涵养再好也有点绷不住了，杨一辰说的话和李冰清那夜的发泄如出一辙，戳得他无语可驳。

杨一辰乘胜追击："你凭什么说我给不了她幸福，幸福是什么，幸福就是一个人得到她最想要的东西，我现在的物质条件是差你很远，但李冰清最想要的是什么，名分！我能带她去中华人民共和国的民政局，去领那张证，你能吗？"

文杰有点恼羞成怒了，"年轻气盛，你别忘了你们银行还求着和我们 DE 合作呢，注意你的言行。"

杨一辰笑了，"文总，您这样的成功人士怎么会说出这么幼稚的话，DE 和我们银行的合作，是谁牵的线，是给谁的面子你很清楚，你把私人恩怨和公司利益混为一谈，和你高管的身份很不配啊，需要注意言行的应该是你吧。"

文杰被堵得胸口一阵闷，他没想到杨一辰这样一个根本就不在他眼里的小角色如此犀利，竟让他一时无力反击，幸好此时服务生又进屋来上菜，给了他喘息之机。

服务生将端来的菜肴置于桌上，道一句"奶油焗龙虾，请慢用"便又退出了屋。

文杰转瞬间与刚才判若两人，脸上又挤出了笑，他拿起勺舀了一块龙虾肉，放进自己面前的碗里，又伸勺舀了一块龙虾肉，竟朝着杨一辰面前的碗递去。杨一辰有点莫名其妙，这文杰莫不是被自己刺激得大脑短路了，怎么还给对头夹起菜来。

文杰的手在快要递到杨一辰碗前时，不知为何一抖，那块龙虾肉从勺里滑脱，掉到地上去了。"不好意思，手滑了，我来捡。"文杰一边说一边放下勺，弯下腰去，从地上捡起了那块龙虾肉，然后竟直接将它放在了杨一辰的食碗里。

杨一辰看着面前碗里沾了灰尘的龙虾肉，脸变了色，"这什么意思？"

文杰笑着拨拉着自己食碗里的龙虾肉，用筷子夹了咬一口，边品边说："美味啊，就像我的冰清一样。"他放下筷子，指指杨一辰面前那块脏污了的龙虾肉，"这是你的李冰清，还要不要尝一下？"

杨一辰刹那间怒火焚身，这畜生竟如此比喻，心中替李冰清一万个不值，怎么就跟了这样的人渣。他入戏太深，恍惚自己真成了李冰清的男友，已然怒极，脸上却保持着平静，"文总，以你的高寿，应该看过革命电影《平原游击队》吧？"

文杰不明白杨一辰为什么要说这么句不相干的话，他没搭腔，等着下文。

"送你句《平原游击队》里的台词，文总。"杨一辰顿了顿，模仿记忆中电影里的语气，"老天爷白给你披了张人皮啊。你还是积点德吧，免得下辈子投胎为畜。"杨一辰撂下这句话，拂袖而去。

并行的时空，李冰清和张茉莉各自拎着四五个袋子，勾着手，带着满载而归的快乐，在霓虹闪烁的淮海路上走。

第四十八章　专业的阴谋

周一的早晨总是让上班族忧郁，一早到了单位，高军军就对杨一辰说："杨兄，等下陪我去跑个客户吧，资料你车上看下。"说完拿起个档案袋冲杨一辰晃了晃。

杨一辰心领神会，交给高军军的任务他完成了。于是两人一起和主管领导姚静说了下要去开发新客户的动向，便离开了单位。高军军开车寻了附近一个茶室，上午店里还没有顾客，两人找个角落，点了茶水，进入主题。"都查清楚了？"杨一辰问。

高军军拍了拍档案袋，表功："查到这些资料很不容易，我家老头老太三亲六眷全发动了，等于是全套政府机构在为你服务啊。"

"我是人民，政府公仆为人民服务是应该的，我和自己的仆人有啥好客气的。查出来的结果怎么样？"杨一辰有些急切。

"我个人感觉不太好，应该是个坑，具体情况还得你自己分析，我先给你汇报一下。"高军军边说边解开档案袋，拿出里面的资料。

连高军军都能看出是个坑，那基本就是坑了，杨一辰心凉了半截，等着高军军详述。

高军军将资料整理了一下，抽出一叠，开口道："我先讲下你最担心的那个坑你爹公司的情况吧。这家肯尼迪贸易发展公司，是一家外资贸易公司，注册资本10万美金。"

相亲 XIANGQIN

"才10万美金?它就能代理销售大地公司几千万人民币的货?"杨一辰心凉了大半截。

高军军继续说:"第二件奇怪的事,你说大地公司的货都是卖给肯尼迪贸易公司的,大地公司都开了销售发票并依法纳税,但是肯尼迪贸易公司从未有过任何对外销售记录,没有开过发票,税务局那里查不到它的纳税记录。"

"这坑你爹公司要么是来学雷锋的,买了货都捐赠了,要么就是全走私出境了。"杨一辰透心凉了。

高军军酝酿了个神秘的表情,"下面讲第三件神奇的事,通过我爸外经贸委的关系,我查了肯尼迪公司的祖宗三代,它的股东,股东的股东,股东的股东的股东,最后的实际控制人是——"高军军卖了下关子,等杨一辰露出期待的眼神后才说:"美籍华人,吴——仁——义。"靠,杨一辰差点站起来,吴仁义,吴仁信,无人义,无人性,傻子都明白这是一母同胞了。

高军军看够杨一辰震惊的样子后,才拿起另外的资料,继续说道:"下面我们讲讲大地公司的创始人,吴仁信老总的故事,和他百折不挠的创业精神,这些是通过工商、法院、公安等途径弄来的。"

高军军喝了口茶水,开始讲述:"吴仁信,男,汉族,现年43岁,其配偶卫珍珍。"

"你说他老婆干吗?"杨一辰不解。

"别打岔,听我说下去。"高军军有些不满杨一辰打断了他的表演,"卫珍珍女士于三年前创办苍天生物科技公司,产品为高纯大蒜粉,以外销为主,后因销售代理商卷逃货款,企业破产清算,为苍天公司提供贷款的某银行坏账损失500万元。我又顺便查了下那家卷款的销售代理商祖宗三代,它的实际控制人是加拿大籍华人吴仁伟。"

杨一辰彻底绝望了,无人性,无人义,现在又出个无人味,这一家是组团专业挖坑的,高纯大蒜粉,大蒜油精,苍天啊,大地啊,真是大蒜一家亲啊。

"对了,杨兄,我有一事不明白,这吴仁信的老婆办了公司破产,让银行损失500万,怎么这吴仁信还能另起炉灶重新创业呢?"

"人家是按我国的公司法,办的都是有限责任公司,公司的钱赔完拉倒,除非她抵押了个人的财产,不然追索不到的。他们夫妻两个各自办公司,我们评大地公司项目的时候哪想到他老婆还破产过一个苍天呢。"杨一辰解答了下。

高军军又说:"杨兄,我还额外调查了件事,我在学习你写的评审报告时,记得大地公司的生产基地在山东,正好我有个叔叔在当地也是有头有脸的人物,就请他帮忙过问下这事，他去找了大地公司提供的那家加工厂。"

"这加工厂应该也是虚构的吧，要是我当初去山东做个现场调查，就不会掉进这个坑了。"杨一辰很是后悔。

"你猜错了，这加工厂是真实存在的，生产设备、厂房规模在当地都属于名列前茅，而且大地公司也确实和他们签过委托加工意向协议，还付过一些意向金，不过正式的加工委托还没有。"高军军把刚才拿出来的资料都推给杨一辰，"我调查的情况都汇报完了，杨兄你自己整理整理，我虽然肯定这吴氏家族是骗子，只是有些地方还不太明白，他们搞得太复杂了。"

杨一辰接过厚厚一叠资料，一边翻看一边感叹："衙内啊，你这本事真是了得，才一个多星期就差点连人家的祖坟都能刨了，兄弟齐心其利断金啊，以后谁再敢说我们的政府部门效率低下，我就掌他的嘴。"

杨一辰看会儿资料，进入了思索状态，高军军就在边上喝茶，也不打扰他。过了没多久，杨一辰长叹一声，"高，实在是高，人家这坑挖得，专业啊。"

"杨兄你想明白了？给我讲讲，咱开拓下思维，以后也能提高警惕。"

杨一辰理了理思路，慢慢给高军军分析讲解，"首先，大地公司在这个局中扮演的角色并不是个骗子，而是被骗的，是受害者。它证照齐全合法经营，报表真实，销售收入高速增长，税款一分也不拖欠，信用记录良好，这样的客户来和银行合作，银行当然不会拒绝。申请贷款的时候，所有的书面材料都没问题，你要是想做现场调查，人家也预料到了，先说生产基地在山东，遇到轻信的不去看就算了，你非要去看，人家也不慌，加工厂已经签了意向协议了，随时可以让你去，加工企业什么活都没干就先收了大地公司的意向金，当然会配合他应对银行的调查。"

杨一辰继续说："好了，到目前为止，财务报表、销售发票、纳税凭证全是真实的，生产基地也看了，然后再支持你三百万的银行存款，这样的客户你会拒绝贷款吗？"

高军军想也不想就说："不会，这明显是可以长期发展的潜力客户。"

"嗯，接下来的一步是我的猜测。"杨一辰喝了口茶，"如果大地公司得到我们银行的2000万贷款，他不会挪用这钱，肯定会按约定的用途去收购大蒜，这样就符合了银行对贷款资金用途的监管要求，我们就没理由压着这笔贷款不让他动，这钱一旦离了我们银行，后面就随吴仁信玩了。"

高军军有点迷糊，"他不是要骗钱吗，要大蒜干吗？"

"笨，他不买大蒜就拿不到这钱，他买了大蒜再转手呗，打个折低价抛售还不行啊，九折不行就八折，2000万贷款打个八折还能拿到1600万现金呢，落袋为安慢

第四十八章 专业的阴谋

慢花。"

"那他把钱占了,不还贷款,我们银行就不能追索他告他诈骗吗?"高军军问。

"你有啥证据说他把钱占了,他买了大蒜怎么变现我们不知道,但是我知道这变现的钱肯定不会回到大地公司,吴仁信可以说采购的大蒜都委托加工了,我也知道他一定还会编出所谓的大蒜油精来卖给肯尼迪公司,也会正儿八经地开销售发票,而肯尼迪公司肯定会赖掉大地公司全部的货款,最后大地公司成了受害者,血本无归,破产清算,我们银行贷款也就烟消云散了。"

高军军若有所悟,"我有点明白你的意思了,就是说大地公司打扮成好孩子来套取贷款,然后把钱给转走,又假装被坏孩子肯尼迪公司给坑了。"

"对的,差不多就是这意思,其实整个流程全是些书面材料,财务报表、销售发票、纳税凭证、委托加工协议、采购大蒜的合同、销售大蒜油精的合同,根本就没有任何生产过程,也没有大蒜油精这产品,肯尼迪公司也只是张营业执照而已,说不定正躺在吴仁信的办公桌抽屉里呢。"

高军军又有点不明白了,"我搞不懂他们为啥要弄那么复杂,要整个坑你爹公司。"

"第一,大地公司制造虚假销售收入本就需要一个交易对手;第二,大地公司如果直接骗了贷款就跑路,那他吴仁信就是诈骗犯,逃脱不了法网恢恢,现在多了一道肯尼迪公司卷逃大地公司货款的流程,大地公司就成了受害者,按正常程序破产,银行贷款的损失也就没地方追索了,而吴仁信老板只不过是个失败的创业者,何罪之有,有的只是同情的目光。"

"为什么我们银行不能追索坑你爹公司这个骗子呢?"高军军插了句。

"因为银行是大地公司的债权人,大地公司才是肯尼迪公司的债权人,只有在大地公司的破产清算程序中,才能去追讨肯尼迪公司的应收账款,你觉得这时候还能找到坑你爹吗?就算知道他是骗子,难道出动国际刑警去抓美籍华人吴仁义啊,再说要不是你这样有政府资源的,谁能查到坑你爹的祖爷爷是吴仁义。"

"真是滴水不漏,高智商啊,骗了钱还能安享太平。"高军军由衷地佩服。

"其实设这么个复杂的局,最好有个前提,那就是银行那边得有具备话语权的人,因为设局的成本很高,大地公司要打扮成好孩子,就得做真报表,做实收入和利润,要先给国家白白缴上百万的税,还有租高档写字楼的投入,这些都是沉没成本,万一骗不到贷款,这些钱就白扔了,所以……你懂的。"杨一辰的声音低沉了。

第四十九章　斗争初阶段

"啊，付老大……"高军军也沉默了。

杨一辰过了会儿，又补充一句："接你前面的话，为什么要设个肯尼迪公司，还有第三点，同样是给银行贷款造成损失，大地公司破产给银行的相关人员造成的责任，要比骗贷的责任小得多，破产坏账是正常经营，骗贷就有渎职嫌疑了，所以就算是某人只承担领导责任，也是最好让大地公司走破产这条路。"

高军军点点头，"我总算恍然大悟了，这些人真是煞费苦心啊，不过人家也是有成功操作案例的，吴仁信老婆搞的那个苍天公司就是排练，对吧？"

"嗯，那次搞了银行五百万，怎么说利润也该有个三四百万，和这次大地公司设局已经投入的一百多万以及划进来的三百万存款数字基本碰拢了。"

搞清了真相，明确了这是个深坑，杨一辰的情绪很低落，高军军问他："现在打算怎么办，直接和付正挑明，回绝了这个项目？"

杨一辰想了想，摇摇头，"怎么回绝？我现在没有任何直接证据说大地公司是骗子，难道我把你给我的资料全都摊给他看？"

相亲

"为什么不可以,你只要不说你怀疑他和大地公司是一伙的就行,只说大地公司费尽心机来骗贷。"高军军不明白。

"问题是我们知道付正和大地公司确实是一伙的,如果我把事情说绝了,把大地公司的皮给揭了,付正当面肯定表扬我防范了信贷风险,暗里怀恨在心,过几天找个借口砸了我的饭碗,我又不像你有好爹好妈罩着,我就得去街道领失业救济金了。"

"那要不你就向付正表忠心,然后申请入伙,把这些资料都给他看,这就算你交的投名状。"高军军又出了个馊主意。

"哪凉快哪待着去,我都在火里烤了,你还给我送香油。"

"我是为你着急啊,这也不行那也不行,那你说怎么办,难道等死啊?"

杨一辰咬咬嘴唇,"不管怎样,既然明知是坑,反正我是肯定不会跳的,回去我先和付正委婉地说一下,他放过我最好,要是还逼我,就再另想对策,我们先回去吧。"

杨一辰和高军军回了单位,独自想了会儿,自认为已做了最充分的准备,就去了付正的办公室,要和幕后黑手刺刀见红了。

"老大,有件事挺让我担心的,想跟你汇报一下。"杨一辰的脸上变换着谦卑、忧心、严肃的表情。

"什么事情,小杨?"付正还是从容地笑。

"是这样的,早上接到分行风险控制部门的电话,提醒我们注意大地公司项目可能发生的潜在风险,建议我们增加担保措施。"杨一辰先使一招借刀杀人,撇清自己的干系,不与领导直接冲撞。

"大地公司有什么风险?"付正的眉头皱了起来。

"分行那边说大地公司的下游客户只有一家,是独家销售代理,存在较大的经营风险。"杨一辰小心翼翼地组织着语言,"我后来把大地公司的资料又仔细看了遍,分行的提醒是对的,大地公司的产品全部由肯尼迪贸易发展公司一家销售,而且是先发货后收款,中间有一定的账期,确实有较大的资金回笼风险。"

"小杨,你是具体经办,谈谈你的想法。"付正看向杨一辰的眼神闪过一丝锐利。

"我觉得可以按分行的提议增加担保措施,我的想法是让董事长吴仁信为项目提供个人无限责任担保,将他的个人信用、资产和企业捆绑在一起,那他在企业的经营决策上就会更审慎,我们的贷款也多一重保障。"杨一辰抛出了他的撒手锏,既然他们精心设局要让吴仁信脱身,自己就提把他捆死的方案,好让他们知难而退。

付正的眉头皱得更深了，他进入思索状态，杨一辰隔着老板桌坐在他对面，静静候着。

没多久，付正的眉头舒展开，发话了："小杨，这事这么办，首先分行的风险提示我们要重视，得增加担保措施，业务要开展，风险也要防范；其次，你提出的让大地公司老总提供个人无限责任担保的措施虽然好，但是过于苛刻，容易影响客户和我们的银企关系，客户会觉得我们对他缺乏信任感，不利于今后的合作，不过我支持你的想法，我们可以变通下，要求大地公司在我们银行的三百万存款和我们的贷款捆绑使用，而且要先于贷款投入项目，这样的话同样能促使他们谨慎经营；第三，关于大地公司可能出现的贷款资金回笼风险，我们可以要求大地公司和它的下游客商肯尼迪公司配合，签订应收账款质押合同，在我们银行开设资金质押专户，所有的货款全部打入专户，由我行监管。"

付正笑笑，"如果做到以上几点的话，既落实了分行要求增加担保措施的指示，也切实防范了贷款风险，还不会得罪客户。"

杨一辰心里哀叹一声，姜还是老的辣啊，大地公司的三百万和贷款捆绑使用，就是捆绑买大蒜，捆绑套现，一样会被转走，开贷款资金质押专户，肯尼迪不往里面打钱就是个空户，两条措施全是逗你玩，妓女贴个膜就想冒充处女，他要做最后的斗争，"我觉得吴总要是对自己的企业有信心的话，就不会拒绝承担个人无限责任担保……"

"不要再多说了，小杨，这个项目时间拖得够久的了，客户那里已经有所不满，就按我说的去做吧。"付正摆摆手，不让杨一辰再说下去，"提拔你的事情我已经和分行人事部提过了，这时候你应该拿出更积极的工作态度和更出色的工作能力，抓紧点，这周完成大地公司项目的放款手续。"

付正已经发了狠话，退路被堵死，杨一辰无话可说，只能点头答应后退出了付正的办公室。

杨一辰叫上高军军一起出去吃午饭，一出单位的门，高军军就问："看你垂头丧气的样子，事情不妙？"

"嗯，不妙。"杨一辰点点头，"再优秀的猎人也斗不过狡猾的狐狸啊，我有张良计，他有过墙梯，我想的招都被他给挡了。"杨一辰将他想出的对策如何被老付瓦解讲了一遍，"他现在命令我本周完成大地公司的放款手续，等于是把我推到坑边，见我挣扎不肯下去，只能在屁股后再踹一脚了。"

"干脆撕破脸吧，大不了不在这里干了，我陪你一起跳槽，换家银行混饭吃。"

相亲

高军军义薄云天。

"你的恩情我衷心感谢,还没到这地步,容我再想想对策,既然帝国主义亡我之心不死,那就和他比比谁先死,我的原则向来是宁愿死了没坟坑,也不愿意活着被人坑!"杨一辰咬牙握拳也发了狠。

时间匀速地流淌,到了第二天的上午,过了八点半的上班时间,杨一辰没来,高军军想他可能愁得失眠迟到了。到了九点半,杨一辰还没来,高军军想他所谓的对策不会是吓得不敢来上班了吧。到了十点半,杨一辰来了,他一进办公室的门,高军军就惊得嘴张成了鸡蛋形,只见杨一辰右上肢的小臂上打着石膏,用三角巾吊挂在脖子上,一路走一路用痛苦的笑容和同事们打着招呼。

高军军快步上前,挽着他健全的左臂,低声说:"你对自己也太狠了吧,这种高强度的苦肉计也使得出啊,又不是战争年代我党需要你打入敌人内部。"

杨一辰低声回他:"没办法,舍了一条臂,要把祸来避,先争取时间,再谋反攻大计。"

杨一辰别了高军军,径直去了付正的办公室,他一进门,见到的也是付正张成鸡蛋形的嘴。

"老大,早上出门匆忙,踩了缺德的香蕉皮,尺骨骨折了。"杨一辰用还能活动的左手费劲地从背包里取出病历卡递给付正,"医生说我这就算基本丧失劳动能力了,给我开了两个月的病假在家养伤。"

付正接过杨一辰的病历翻看。

杨一辰用几乎快哭出来的声音,难过地说道:"我真倒霉,当时用左手撑地就好了,那现在还能用右手工作,或者我是左撇子也行啊,我手头一堆活呢,领导这么器重我,我却关键时候掉链子,这多耽误事啊。"杨一辰的脸上换了对可能失去升迁机会的担忧。

"你先安心养伤,别想太多,工作上的事我会安排的。"付正将病历还给杨一辰,关切的表情中还是被杨一辰看出了夹杂着的一丝烦躁。

"老大,我现在最急的是大地公司项目放款的事情,这事是拖得久了,不能因为我的骨折就影响到业务,你看我现在出去是把项目暂时移交给高军军呢,还是直接移交给姚经理?"杨一辰表现得很焦虑。

"这事等我想想再定,你先养伤,去人事那里先把请假手续办了吧。"付正将杨一辰打发出去。杨一辰朝高军军抛了个"搞定"含义的媚眼,又去主管领导姚静那里汇报了下伤情,再办完请病假的手续后,就痛并快乐着地回家静养去了。

第五十章　密室议对策

杨一辰吃罢晚饭，正窝在沙发上津津有味地看着儿女情长家长里短的狗血电视剧，忽闻敲门声响起，起身开了门，张茉莉、李冰清、高军军三人行鱼贯而入。

"你们怎么来了？"

张茉莉不理杨一辰的发问，直接扑了过来，小妮子捧着杨一辰的断臂，眼泪已经在眼眶里打转了，"过儿，你怎么就独臂了呢，这么不小心啊，多大的人了，走路还能踩到香蕉皮，眼睛长着干什么用的，不看路啊。"

"咳，姑姑，当时正好有一绝色女子走过，过儿不由自主……咳。"

"你个贱男春，怎么不再摔断你一条腿呢。"张茉莉在杨一辰完好的胳膊上狠狠拧了一把，杨一辰痛得一声惨叫。

"好了别闹了，茉莉，这是在别人家里，小心被你未来的公公婆婆看见，你这悍妇就没人要了。"李冰清善意地提醒。

张茉莉吓得吐了吐舌头，紧张地四处张望。

"别看了，我父母不在家，我爷爷病了，他们一起回老家去照顾了，要过完春节才回来。"杨一辰走回沙发躺下，"你们几个自己倒水，自己找地方坐，别客气，就当在自己家，一切自助啊。"

李冰清在沙发边找了张椅子坐下，笑骂："有你这么待客的吗，又不是两只手都残了。"

"冰冰你别说他啊，他都这么可怜了，我来给大家倒水，好歹我也是这家未来的女主人。"张茉莉进了厨房。

"我来帮你，他家我熟。"高军军也跟着进了厨房。

"疼吗？"客厅里就剩两人的时候，李冰清轻声问，透着真挚的关切和怜意。

"不疼，水泥地面是水泥铺成的，贫嘴党人的意志是钢铁铸就的。"

"我对你真是很无语，不知道哪一天你真有机会面对屠刀的时候，尚能贫否。"

"能贫。"

"早上高军军打电话来说你手摔断了，约了一起来看望你，我就有种不好的预感。你告诉我，你是不是壮士断腕以全质，故意把手摔断的？你怎么事先都不和我商量的，不是说好大家一起商讨对策的吗？"李冰清一脸的不悦。

"什么故意把手摔断？杨一辰你为什么要故意把手摔断，你疯了啊，你要和李冰清商量什么事？"端着茶水回到厅里的张茉莉正好听到刚才的对话，脸上满是惊愕。

杨一辰苦笑着说："你还当了真，你们都当了真啊，其实……我是真的踩了香蕉皮……"

张茉莉将茶水放茶几上，气呼呼地坐到杨一辰身边，"那你给我讲讲清楚，到底发生了什么事，为什么高军军和李冰清都知道，只有我不知道，我还是不是你的亲人。"

杨一辰于是将付正以提拔为饵，以大地公司为坑，要活埋自己的事从头到尾说了一遍，讲完补充了一句："我没告诉你是怕你担心，我想自己处理好这事。"

"怎么这么倒霉啊，遇到这么大奸大恶的人，把你都逼成独臂大侠杨过了。"张茉莉听完竟掉了眼泪，可怜巴巴地问，"那现在怎么办，你手都摔断了，这事算躲过去了吗？"

"嗯，暂时算躲过去了，我可以病假两个月，我伤的是右手，大恶人没法要求我带病坚持工作，何况我还向他推荐了接替我工作的人选，一个是我的部门经理姚静，一个是先进青年高军军。"

"我靠，杨一辰！我一片冰心在夜壶般地对你，你倒恩将仇报卸磨杀驴，不对，我不是驴，你才是驴，驴心驴肺的东西。"高军军跳将起来。

杨一辰还未辩解，李冰清先开了口："高军军你冤枉他了，杨一辰不可能害你的，他这么说也是为了向付正表示下伪忠心和他对工作的伪焦虑。"

"怎么讲？"高军军气略消。

"杨一辰推荐的两个接替人选，付正都不会选，姚静是付正的……"李冰清说到这里有些艰难，"是付正的小三，付正一开始让杨一辰独立做这个项目就是不让她陷进来。"

张茉莉插话："你怎么知道这个姚静是付正的小三？"

"杨一辰告诉我的。"

张茉莉小声低语："他怎么什么都告诉你却不告诉我。"

李冰清没有理会张茉莉，继续对着高军军说下去："付正也不会让你接手的，他还要倚重你这个镇行之宝拉业务，坑了你，他这个行长的位置就少了业绩支撑，再说了，就算他真的头脑发昏让你接手，你也可以推说不懂业务，婉拒他，他不敢拿你怎么样，衙内你当得起'有恃无恐'这四个字。"

"对的，这倒霉的事最后还得摊在我头上，部门里剩下两个新进的大学生，还在试用期，没有独立从事信贷业务的资质。"杨一辰有些黯然地接过话来。

"啊，那怎么办，我还以为你没事了呢。"张茉莉又着急了。

杨一辰无可奈何，"没办法，坐以待毙，反正有两个月的病假，但愿付正和无人性这两位掘墓人迫不及待另寻替死鬼，放过我这可怜的人，要是他们真愿意耐心等我两个月康复，那我也只能自谋生路了，高衙内，到时候你可得提携我。"

高军军在两位美女面前自是义字当头，"没问题，有我的肉吃，就有你的骨头啃，你不在了，我在老付这种阴谋家手下也讨不了好。"一时技痒，还哼哼了两句，"说走咱就走，你有我有全都有，风风火火闯九州。"

"为什么要等死，即便是死，也要咬下他两块肉来，让他吃痛。"李冰清幽幽冒出句狠话，屋子里一阵冷意。

"对，伟大领袖毛主席教导我们，人不犯我，我不犯人，人若犯我，我犯他全家！"杨一辰精神一振，"不知李参谋长有何高见？"

李冰清贝齿一露，吐出两个字："家变。"

杨一辰立刻明白了个中含义，"你是说让他后院起火河东狮吼？"

"嗯。"李冰清点点头，"他在事业上给你埋地雷，你就往他家里扔炸弹，大家不得安生，要是运气好，遇到个不明事理的女人，找组织怒铡陈世美的话，说不定你

第五十章　密室议对策

这一劫就躲过去了。"

"冰冰你真是个蛇蝎美人啊，啧啧，不过这一闹的话，姚静可惨了。"杨一辰心中感叹，家变这两个字，李冰清怕是惦记了三年了吧，等不到文杰家变，现在就在付正身上实践，只是若真要施此反间计，那姚静就要在人民群众雪亮的眼睛下现形了，会不会被正义的唾沫给淹死呢，唉，女人何苦为难女人。

李冰清白了杨一辰一眼，"我还不是为你好，才出此损招，再说了，那个姚静跟了付正也不少年了，难道就这么潜伏一辈子？说不定这一闹开，付正真离了婚娶了她，反倒成全了她的幸福。"

"一个做小三的有什么好同情的，你们的阶级立场都到哪里去了？"张茉莉明显带着怨气，硬生生截断了杨一辰和李冰清的对话。

"对的，不值得同情，要打倒，再踩上一只脚，游街，骑木驴。"高军军讨好地附和着张茉莉。

杨一辰和李冰清一时无语，李冰清的眼里是一丝自嘲，杨一辰的嘴角牵起一分苦笑。

四个人冷场了一会儿，张茉莉一语惊人："打算怎么策划原配去捉奸，要不要请私家侦探？"

杨一辰不想再继续这个话题了，张茉莉吐出的这些字眼太刺激李冰清，"这个事我再细想想，这是生活，不是TVB剧，私家侦探可以招之即来，现在骗子多，我得慢慢找个靠谱的办法。"

这时高军军又有了新想法，"杨兄，我有个主意可以再咬老付一块肉。"

待另三人的目光都投了过来，等着他口吐莲花，高军军才满意地轻启猪唇："老付不是说要让大地公司的三百万先于贷款使用以表诚意吗，我就让我叔叔找两家当地做大蒜生意的贸易公司把这钱挣了，宰他一刀，回头把提成分了，咱们再一起另谋高就。"

"主意不错，能成吗？"杨一辰问。

"这事你别管了，我来操作，要是办成了你就等着分钱吧。"高军军一副胸有成竹的派头。

"高军军，你要是真有本事从诈骗犯手里骗到钱，那我们结婚时候的红包你就不用另送了。"张茉莉闻钱眼开，"对了，亲爱的。"她又转问杨一辰："你父母要到春节后才回来，你这些天怎么办，手摔坏了，生活不能自理了，要不住到我那里去吧，我照顾你。"

杨一辰的脸瞬间红彤彤，他不明白张茉莉怎么当着大家的面突然这么豪放，他无视高军军"呦"的嘘声，健康的左手急速摆动，"不了不了，我能自己大小便，吃饭外面买，洗不了澡还能擦身，洗衣服有洗衣机，你甭担心我。"

"有人伺候你还不要，犯贱，让你过好吃懒做的生活还不好啊。"张茉莉还在坚持。

"我父母每天都要打电话到家里的，我住你那里他们找不到我，没法和他们解释，我也不想告诉他们我手骨折的事，免得他们担心赶回来。"杨一辰总算找到了理由。

张茉莉刚要开口，杨一辰赶忙堵她："你也不用住过来，你上班的地方离我家太远，每天来回路上你要多花两个小时，你又经常要加班，太辛苦了，再说被邻居看到你住过来也不太好，这些老头老太嘴很碎，我怕他们说你闲话。"

张茉莉想了想，无奈点点头，"好吧，那你自己一个人小心点，照顾好自己，我要是不加班的话周末就来看你，平时晚上可能就没时间了。"

"放心吧，我保证两个月病假结束后体重增加 10 斤以上，一定交给你一个健康活泼的杨一辰。"

结束了关于同居的话题，大家又絮叨了一会儿，天色已晚，除了杨一辰，明日都还要上班，探访病人的活动结束，另三人一起搭高军军的车来又一起搭高军军的车走了。

第五十一章　一碗报恩汤

高军军的办事效率这次出奇的高，和他叔叔联系过以后，第二天一早就去闯了付正的办公室。

"老大，有个事不知道该怎么和你说。"高军军有些扭捏。

"小高你有事就直接说，呵呵。"面对自己的台柱，付正一脸和气。

"是这样的，老大。"高军军先要作下铺垫，"杨一辰病假前和我说了他负责的大地公司项目的事情，他怕病假影响工作，所以向我详细交代了项目情况，他也真是的，我哪懂业务啊，老大你也知道的，我现在还在学习摸索阶段，所以这项目我是没法接手的。"

"嗯，虽然你最近进步很大，不过这项目小杨熟悉，我还是想等他恢复上班以后仍然交给他负责。"付正的回复和李冰清料的一致。

"有单生意想麻烦老大你撮合下。"高军军单刀直入了，"大地公司的生产基地在山东，需要采购原材料大蒜，我叔叔正好在当地做这方面的生意，老大你看能不能给牵个线，让他们合作下。"

"这事怕是有点麻烦，企业一般都有固定的客户，我只能试着去推荐下。"付正没想到高军军会提这种要求，一时有点反应不过来。

"老大您出马肯定没问题的，我也不是说要大地公司全买我叔叔这里的货，第一次合作数额可以小点，也不破坏大地公司原来的客户链，我们的二千万贷款还是由他自己支配，老大你说过要大地公司的三百万自有资金先于我行贷款投入，就让他们用这笔钱先从我叔叔这里采购大蒜就行了。"

"这样啊……"付正还在思索。

"大地公司现在向我们银行申请贷款，这点小要求肯定会满足的，这三百万的大蒜一买，既是为山东老区人民作了贡献，也符合了我们银行的提款先决条件，还给了老大你面子。"高军军干脆使绝招了，"再说了，这是我的亲叔叔，我老爸老妈一定会感激老大你帮这个忙的，再拉几个大客户给我们银行，咱这业务就蒸蒸日上啊，所以老大你要是促成此事的话，可是一举多得一箭好几个雕呢。"

"好吧，这事我努力去推动下，争取给你老爸这里一个交代，你父母对我们银行也没少关照，你小子以后可要再上进点，多拉点业务过来啊。"付正似是下了决心。

"那我就替我爸谢谢老大了，我先出去了。"高军军临出门的时候，回头又朝付正无耻地一笑，"老大，您也抓点紧啊，山东老区的人民等着钱呢。"

高军军出去以后，付正想了想，做了决定，拿起手机拨了出去，"喂，是我，老付，和你说个事……就这么办吧，这小子得罪不起，我还指着他拉业务，反正这货总要买，找谁不是买，这三百万早点买了货也可以早点套现回来，大地公司和肯尼迪公司之间的购货合同也得先准备好，等小杨病假回来我盯着他把贷款手续快点办了，这事拖的时间太久了，我心里不踏实。"

病假在家的第一天，杨一辰过得挺自在，上午睡个懒觉，赖在被窝里看看电视，下午出门晒晒太阳，在附近的公园里逛逛，看看老头老太跳舞，找了桌露天麻将，站在边上津津有味观了一下午，一天两餐都在外面随便对付了。这一天里接了张茉莉三个问候电话，都是问些生活起居吃喝拉撒的事，杨一辰让她把泛滥的母爱收敛些，自己摔坏的只是一只手，不是脑子，一切尚能自理。

中午时分高军军也来过个电话，这厮貌似取得了重大进展，电话里大肆吹捧自己如何神勇了得，步步为营，舌战老付，迫其就范。杨一辰顺势嘉勉了他一番，要他再接再厉真抓实干，早创佳绩早日见到钱。

杨一辰本以为李冰清也会来电慰问他一下，但是从日出等到日落，这心随着气温慢慢也就凉了，想想她又不是自己女朋友，昨天人也登门探望了，没道理天天都

相亲

要来嘘寒问暖，惦记你是人情，不惦记你是人之常情，心里对其虽已释然，难免还是有一丝莫名的失落。

晚上八点多的时候，杨一辰正津津有味地在电脑上看着一衣带水友好邻邦盛产的爱情动作片，在一阵阵"呀咩喋"的女主角叫喊声中，突然好像听到几下轻柔的敲门声，他凝神细听，又是几下敲门声，略重了些，他按了暂停键，又将视频窗口最小化，然后一边问着"谁呀"一边起身去开门。门一打开，映入他眼的是那熟悉的招牌恬淡笑容。

杨一辰愣住了，"没想到是我吧。"李冰清笑靥如花，"不欢迎我呀？"

"就算国家领导人来慰问我，都不如你受欢迎，盼星星盼月亮，盼来了亲人解放军，金珠玛米快请进。"杨一辰喜出望外，连忙将李冰清迎进屋来。

杨一辰注意到李冰清手上还提着个桶状物，"你说你来就来吧，咋还带东西呢，真是太客气了，下不为例哦。对了，这是啥玩意啊？"他好奇地问。

李冰清笑着将此物放于餐桌上，"俗话说吃啥补啥，早上去菜场买了点猪骨头，用电锅炖了一天的骨头汤，下班去买了个保温桶，回家装上汤就给你送来了，你趁热喝了吧。"

杨一辰此刻的心情实难用文字描述，他穿越到了20世纪70年代，化身成被搀扶过马路的老奶奶，公交车上被让座的孕妇，被交还了遗失公款的采购员叔叔，被送回家迷路儿童的父母，他激动地欲去握李冰清的手，"鲜艳的红领巾迎风飘荡，你真是个学雷锋的好孩子，哪个学校的，我要给你写表扬信。"

李冰清眉头微蹙躲了开去，"只剩一只爪子了还这么不正经，快去拿个碗来，把汤喝了。"

杨一辰依言去厨房拿了只碗，看着李冰清旋开保温桶的盖，倒出一碗汤来递给他，他便用左手托着碗，含着热泪咕嘟咕嘟喝起来，心里想着这喝的不是浓汤，是深情啊。

"汤还热吗？要是凉了我去给你加热下，味道如何？"

"咸淡可以，要是汤里再有几根鱼翅就好了。"

"德行。"李冰清不理他，在屋里随意走动看看，晃到杨一辰的电脑面前，像熟稔的好友间一样，随意地摆弄起鼠标来，"要死，你病假在家就看这种东西。"李冰清羞红了脸，立刻扭过身去。

"扑哧"一声，杨一辰刚喝进去的汤给呛得喷了出来，刚才起身开门，电脑上的爱情动作片只按了暂停键，并没关掉，画面是定格的一只白嫩肥美的小翘臀。

杨一辰慌忙连蹦带跳地扑过去，直接物理关机，虚伪虚弱地辩白："咳，平时工作太忙了，难得有闲，就抽点时间研究下东瀛文化，我可是带着批判的眼光的。"

"谁要听你瞎掰，快点喝汤，你今天是不是在家研究了一天的东瀛文化，喝完我陪你下楼走走，呼吸下新鲜空气。"屋子里的气氛因为爱情动作片搞得有些暧昧，李冰清羞于待在这里。

杨一辰三口并两口把碗里的汤喝完，李冰清过来又替他倒了一碗，不多不少，一保暖桶正好可以倒出两碗汤，杨一辰又是一饮而尽，心里充满暖意，这李冰清极是细心，汤竟是经了过滤的，一丝肉沫和骨头渣都没有。

李冰清收了桌上的空碗和空桶，又给了杨一辰一个意外，默不做声径自去了厨房冲洗，杨一辰倚着厨房的门框，看着弯腰在水槽前洗涮的李冰清，突然想起了唐代王建的那首《新嫁娘》，"三日入厨下，洗手做羹汤"，心神不禁有些荡漾。

"走吧。"李冰清打断了杨一辰的恍惚，她将带来的器物收拾好，抽了两张餐巾纸将手擦干，"下去走走吧，我把东西带上，等下就直接回去了。"

杨一辰穿上外套，跟着李冰清下了楼，两人在小区里随意地慢慢踱，月朗星稀，树影斑驳，空气是清冷的。起先两个人都不说话，只这么并排走着，杨一辰低头看着两人的影子，心里起了个古怪的念头，他慢慢移到了李冰清的身后，两人的影子叠了起来，看上去竟像是他搂着她，影子间亲昵了许多。

李冰清似是觉察到杨一辰的异样，一回首："你干吗走在我的后面，想暗算我啊。"

"哪敢，我在欣赏贝多芬呢。"

"没见你戴着耳机听音乐啊？"李冰清不解。

"我在欣赏你美丽的背影，背多芬。"

"讨厌，油嘴滑舌。"夜色掩了李冰清灿烂的笑。

"对了，文杰找过我。"杨一辰走回与李冰清并排的位置。

李冰清停下脚步，"他找你干吗？"

"还能干吗，软硬兼施要我这个伪男友离开你呗。"杨一辰撇撇嘴，"不过这人不地道，说出来的话那是相当的恶心，具体我就不和你说了，太恶心，我说不出口，冰冰你可千万不能重回这种人渣的怀抱。"

"是吗，也许我以前并不是真正地了解他吧。"李冰清的神色有些黯然，"他也一直在找我，想挽回，我告诉他除非他离婚，不然没有可能了，不过我这样扛得很辛苦，或许换个环境或者找个男朋友才能让我真正摆脱他的阴影。"

199

第五十一章 一碗报恩汤

李冰清要找男朋友了，杨一辰的心突然有种坠落感，他强笑着转开话题，"今天的汤是偶然的还是经常的呀？"

"怎么，还喝上瘾了？"李冰清笑问。

"上瘾了，如蛆附骨。"

"我欠你一个救命之恩，也不知道要多少碗汤才能还清呢。"

杨一辰顺杆就爬，腆着脸说："那就慢慢还，一碗一碗地还，等到我说还清了才算了账。"

"这样吧，只要我不加班，我每天都来给你送汤，骨头汤黑鱼汤鸽子汤，拿你当产妇伺候着，不过周末我就不来了，那是张茉莉照顾你的日子，我不想她误会什么。"

一说到张茉莉，杨一辰才又意识到自己是有女朋友的人，刚才竟因和李冰清相处的喜悦而忘了这身份，实在是不该。

因为提了张茉莉，两人间便有些冷场，默默走了会儿，看到了李冰清的那辆黄色甲壳虫，杨一辰有些惊讶，"你不是说不开这车了吗？"

"我不开车怎么给你送汤啊，我要上班，再赶回去拿汤，再给你送来，再回去睡觉，你让我全程地铁还是全程打车啊？我就这段时间用一下，等你伤好了再把这车处置了。"

"好吧，是我错了，我害你破了自己的承诺，勾起你伤心往事，你早点回去吧，路上小心点。"

李冰清坐进车，摇下车窗，和杨一辰挥手道别，随后启动车子，杨一辰目送着甲壳虫慢慢从身边驶过，突然间不知哪根脑神经短路了，冲着车的后影大喊一声，"李姐姐！记得常来报恩还债啊。"

车内人一只左手伸出窗外，拇指和食指围成一个圈，另三指伸直，做了个"OK"的手势，在空中迎风摇曳。

第五十二章　后院火将起

　　接下来的两个星期，杨一辰的生活很有规律，周一到周五，白天四处闲逛，晚上等着喝李冰清的报恩汤，李冰清硬气得很，除了有两三天因加班事先请假外，其余都满勤，汤的花样也经常变化，不过基本以猪骨为主料，辅料上推陈出新，补得杨一辰的体重以我国 GDP 的速度增长。

　　李冰清同样恪守着周末不来的约定，因为那是属于张茉莉的时间，而张茉莉因为升了策划部的主管后，工作上更要身先士卒，加班成了家常便饭，两个星期的周末只来了两天，来了就是替杨一辰铺床叠被，洗衣做饭，打扫房间，像个全日制的家政服务员，杨一辰很是心疼，因为这样她等于一天都没有休息过，劝她干脆别来了，别把身体累垮了，那是企业的损失国家的损失人民的损失，她反倒哭了，说是被杨一辰的体贴给感动了，检讨自己作为女朋友没有照顾好他，搞得杨一辰歆歟不已，自己到底是何德何能，两个女孩都拿自己当爹供着。

　　杨一辰生活上享着齐人之福，经济上也捞了笔横财。熟读毛主席语录的杨一辰记得主席有句名言"世界上怕就怕认真二字，共产党就最讲认真"，混世魔王高军军

相亲

无论从哪个角度来看,都与共产党人相差甚远,可他认真起来的办事能力还真让人毛骨悚然刮目相看。两个星期的时间,利诱、胁迫,王八咬人不松口,他先是给付正拉来一个存款大客户,作为回报,理直气壮地盯着付正落实了撮合大地公司从他叔叔那里采购大蒜的贸易合作,而且合作的条件明显有违市场公平原则,采购价格比市场价高了百分之二十,合同总额就是大地公司账上的那三百万,先付清全款再发货。

高军军的叔叔很是慷慨,他感谢上海小伙子为山东老区人民作出的贡献,所以高于市场价的部分全都归高军军和杨一辰,整整五十万人民币的一笔巨款。虽然整件事都是高军军一个人在运作,可情义无价的高衙内仍然按事先的约定要与杨一辰共享富贵平分秋色,就这样,杨一辰这个在家里混病假闲得蛋疼的无为青年被从天而降的二十五万给砸中了头,幸福得当场昏迷了过去。

此时此刻的杨一辰,心情相当愉悦,脸上的每一根汗毛如同秋天的麦浪,欢欣地起伏。他像这数日里一样,倚着厨房的门框,欣赏着李冰清劳作的模样,这已成了他每天的一种享受,心里竟有点念起付正的好,若不是他的构陷,自己怎有机会不劳而获凭空得了财富,怎有机会让李冰清为自己洗手做羹汤,一念及此,几乎忘了还要请私家侦探报仇雪恨的大事。

杨一辰正浮想联翩,敲门声坏了他的雅兴,快快地去开了门,进来的是送财童子高军军,立刻脸上堆了笑,"哪阵香风吹来的贵人,衙内喝点啥,你有两个选择,喝凉的白开水还是喝热的白开水?"

"上茶,上香茶。"

"要明前龙井还是武夷大红袍啊?"李冰清笑着从厨房闪了出来。

"她怎么在这?"高军军朝着杨一辰问,左脸惊右脸讶。

"探望病人呀,这病人既是我的朋友也是救命恩人,我来看看他,不过分吧?"李冰清主动回答。

杨一辰觉得李冰清的解释过于啰唆了,一般话多就是心虚的表现,他得把高军军的注意力吸引到自己身上来,"衙内深夜造访,是不是给我送钱来的呀,二十五万的现金应该也有很大一堆了吧,钱箱在哪儿?"杨一辰绕着高军军寻摸。

"找毛,你这辈子没见过钱啊,我叔叔还没把钱打给我,又不会少了你的,急个毛毛。"高军军抬腿将正嗅着鼻子找钱的杨一辰一脚踹开。

"那衙内光临寒舍有何贵干啊?"

"我来告诉你一件事。"高军军往沙发上大大咧咧一坐,"先上茶。"

杨一辰又假想抽了高军军两个耳光以后，不知从哪里翻出包陈年袋泡茶，忘了是哪年在哪家宾馆投宿给顺回来的免费货，用开水泡了，恭恭敬敬端到高军军面前。

这厮装逼地还品了品茶，皱着眉头说了句："不够香，凑合吧。"然后才开始说正题，"杨一辰，你不用请私家侦探去捉奸了，这事我已经替你办了。"

"啊？"这下轮到杨一辰惊讶了，"你已经替我请了人了，靠谱吗？"一旁的李冰清也是一脸讶异。

"不是，我没请人，不过效果应该差不多，事情的经过是这样的。"高军军又灌了口陈年茶水，开始娓娓道来，"今天一早我去付正的办公室，想向他转达我叔叔代表山东老区人民对他的谢意，毕竟咱们挣了人家几十万，虽说也算是睚眦必报并不亏心，可基本的礼数还是要周全的。"

"不用交代人物心理活动背景了，直奔主题。"杨一辰最恨高军军这吊人胃口的套路。

"我直接进了他的办公室，没见人，他的御用独立卫生间门关着，我就试探着喊了声'老大'，他果然在里面答应了我一下，原来在出恭呢，我心想就在外面等他一会儿吧，一瞥眼，看到他的手机扔在办公桌上，我突然想到你说要捉奸的事，艺高人胆大就把他的手机拿来看一下，想看看有没啥暧昧短信，结果一看……"高军军又止住不说装神秘了。

"你看不到啥内容的，这种找小三的男人可谨慎了，肯定会把短信删得干干净净的。"李冰清冷冷地说道。

"你猜对了一半，他确实应该是删了所有短信的，但是……"高军军猥琐地一笑，"他留了一条没有删，因为是早上刚收到的，他想不到在单位里也会被人翻看手机，短信是姚静发的，内容是'我上午不进单位了，这个月大姨妈还没来，不知道是有了还是不调，我很担心想去一妇婴检查下，你能陪我去吗'，真他妈的劲爆啊。"

"果然很劲爆，比劲爆还劲爆的劲爆。"杨一辰摇头咋舌，李冰清面无表情。

高军军接着往下说："我又翻看了他的已发短信，他回了一条'好的宝贝，10点一妇婴门口见'，你猜兄弟我接下来做了一件什么牛逼的事？"

"猜不着。"杨一辰乖乖地等下文。

"兄弟我从他的通讯录里翻了一个名字叫'老婆'的人，直接将这条已发短信给她转发了过去。搞定，收队。"高军军豪迈地将陈年茶水一饮而尽，"估计现在老付已经东窗事发，正在家跪搓板呢吧。"

"佩服啊，衙内，你是小母牛掉进了酒缸里，最（醉）牛逼。"杨一辰冲高军军竖

第五十二章　后院火将起

起了中指,"不过你这样很危险啊,老付一定会怀疑是你搞了鬼。"杨一辰又为自己的挚友深深担忧了起来。

"怕死就不做革命党人,我做了善后工作的,我把我转发的这条给删了,后来他从厕所出来,我又很镇定地和他聊了会儿才告辞,如果他在被他老婆逮到以前,把他发给姚静的短信也删了的话,那就更好了,他说不定会怀疑是自己大脑缺氧误发了短信给老婆。"高军军说到这里又猥琐地朝杨一辰一笑,杨一辰明白他是在嘲笑自己上回做的蠢事,狠狠地瞪了他一眼。

"好了小杨,你不用为我担心,就算付正认定是我坏他好事又如何,本来最坏的打算就是我们两个一起跳槽,反正我们遣散费也挣到了,是他先不仁,就别怪我们不义。"高军军反倒拍着杨一辰的肩安慰起他来。

杨一辰打心眼里觉得这辈子有高军军这样的朋友真是祖上积德,他兑现了"为朋友两腋插刀"的承诺,杨一辰用健全的左手握住高军军的手,郑重地说道:"你是一个高尚的人,一个纯粹的人,一个有道德的人,一个脱离了低级趣味的人,一个有益于人民的人。"

送走高军军和李冰清后,杨一辰打电话将最新的喜讯告诉了张茉莉,接下来要做的就是静候付正后院起火烧屁股了。这一夜,杨一辰睡得很香甜。

第五十三章　战胜大恶人

没几天就要过年了,牛年的春节来得比较早,节前杨一辰又意外得了笔小财,因为骨折病假两个月,得到了分行对家庭困难或重病员工送温暖活动的青睐,通知他带着病历去分行领取五百元人民币的困难补助,此等好事不容错过,杨一辰乐呵呵拖着残躯领补助去了。

到了分行大楼,杨一辰直奔28楼的行政办公室,一进屋,发现三三两两来领补助的人还不少,分行领导真是阳光普照促和谐啊。办公室里只有一个年轻的短发小姑娘在接待大家,看资料,对名字,发钞票。杨一辰四处打量了下,也没其他支行认识的熟人,便安安静静地排队等着。

总算轮到杨一辰了,他报了名字和所属支行,正要递上病历以供核查,突然有个人硬生生插到了他前面,他很不悦,抬眼看去,是个身材已显臃肿,穿着倒是艳丽,还顶着一头大波浪褐色卷发的中年女人。算了,这种一只脚已经踏进更年期的女人最难惹,杨一辰决定隐忍,让这奶奶先。

中年女人却不是来领补助的,她凶巴巴地对着办公室的短发姑娘问:"你们行长室在哪里?"

短发姑娘觉着来者不善,仍回以职业的笑容:"请问您是什么单位的,找行长什么事?"

中年女人的嗓门大了起来:"你只要告诉我你们行长室在哪里!"

短发姑娘的态度也强硬了:"行领导很忙,不是随便能见的,你有事可以先和我们办公室联系。"

"放屁,你们这些小狐狸精个个都是祸害,这种单位搞不好了,你不说我自己会去找!"中年女人转身冲出了办公室,来去如风,留下一屋子的惊愕。

短发姑娘没缘由地受了这突如其来的委屈,先是愣了会儿,然后当着一屋子人的面,竟趴在桌上抽泣起来,杨一辰很尴尬,因为正好排到他,他就站在短发姑娘的面前,他犹豫着是不是应该宽慰她几句,顺便替她擦擦眼泪啥的,他纠结了许久还是没有下定决心出手,面对陌生人的羞涩是他的本色。

短发姑娘终于停止了哭泣,擦干眼泪抬起头来要给杨一辰发钞票了,此时又一阵旋风刮进屋里,一直刮到小姑娘身边,"号外号外,泼妇大闹行长室,行长震怒拍桌子!"一个大眼睛的长发姑娘压低了声音向短发姑娘传达八卦,兴奋之情溢于言表。

此前还悲伤流泪的短发姑娘转眼像中了彩票打了鸡血,"快说快说,细节细节!"又把等着拿钱的杨一辰晾在了一边。

大眼睛绘声绘色:"我刚去行长办公室送文件,退出来的时候,一个老女人突然闯了进来,冲着行长就嚷'你是行长吧,你的下属生活作风有问题,这事你们领导管不管',我吓得连忙逃出房间,替行长关上门,但是我又心痒痒,就站在门口悄悄偷听了会儿,听了个大概,这个女人好像是下面哪家支行行长的老婆,她老公外面有别的女人被她抓到了,好像还是同一个支行的,男的不认错,还理直气壮说有本事的男人都这样,外面没点花头出去都嫌丢人,这老女人是来找领导主持公道的,要求把小三开除,还说如果领导不严肃处理的话,就是上梁不正下梁歪,说领导也看上了这个妖精,把行长气得拍桌子直说'成何体统',哈哈。"

"这种没素质的女人活该被男人甩,和她在一起过日子要短寿的,娶个窝头都比她强,我要是她老公也得在外面找红颜知己。"短发姑娘难消先前受辱之恨。

大眼睛继续说:"对了,你有兴趣的话查一下下面哪家支行的行长姓付……"

妖精?姓付的支行行长?津津有味听八卦的杨一辰听到这里算明白了,老付出事了,秦香莲来找包公,陈世美是死是活要且听下回分解了,一时心情大好,之后他便领了五百大洋快快乐乐地回家了。冬日的马路上多了道奇怪的风景，一个小臂上打了石膏吊挂在脖子上的年轻男人，在人行道上一蹦一跳欢快地前进，活像一个放学回家的一年级小学生。

新春佳节很快到了，张茉莉和李冰清都要回青浦自己的家和父母一起过年，杨一辰的父母还在外地老家照顾爷爷，张茉莉问杨一辰一个人在上海怎么办，是不是可以去亲戚家过年，杨一辰回答说原先是考虑过这个问题，父母和亲戚也都说好春节期间杨一辰可以去他的叔叔孃孃舅舅阿姨家轮流混吃，但是杨一辰现在手摔折了，他不想让亲戚看到再告诉他父母，免得二老着急在春节期间赶回来，就让他们过个太平年吧，所以他和亲戚们撒谎说临时决定和朋友出去旅游了。

张茉莉面对杨一辰成为留守男士的困境也束手无策，她只好买来速冻饺子速冻馄饨速冻汤圆塞满了杨一辰家的冰箱，又扔下一箱方便面，揣着一肚子的牵挂回了青浦的家。

万家团聚的春节成了杨一辰一个人的节日，街上的商铺也都关了门，每天只能吃张茉莉留下的粮食储备，他从没感觉过时间流逝得如此之慢，慢到仿佛你一伸手就能抓住它，他庆幸自己这辈子没走上过犯罪的道路，在铁窗里体验度日如年的折磨绝不是自己这种性格脆弱的废物能承受的，他也庆幸自己没有出生在战争年代，万一被敌人抓住，不用上刑也不用色诱，往牢房里扔一晚上，第二天肯定就得背叛革命。

从中央一台到九台，换着台看春晚的重播，网络上追了一部美剧，给张茉莉、李冰清、高军军累计发了三百多条短信，吃光了冰箱里所有的速冻食品和半箱方便面，这个春节长假，真正的长假，终于过去了。

今天是长假过后上班的第一天，芸芸众生重又开始忙忙碌碌，杨一辰早上醒来，躺在床上，眼神空洞地望着天花板，心里默念着新的混吃等死的一天又开始了，不知望了多久天花板，手机响了，是高军军。

高衙内的第一句话，就将杨一辰炸得来了个鲤鱼打挺，挺而未果，果不其然，然后又重重跌回床上，衙内说："老付被调走了。"

杨一辰的心间立刻响起了欢快、激烈的民族乐曲《北京喜讯到边寨》，"真的假的，你莫要哄哄哄我。"他的声音都因喜悦而颤抖。

"真真切切，老付一早就来单位收拾东西了，还挨个和员工道别，感谢大家以往对他的支持。"

"他是跳槽还是换岗？"

第五十三章　战胜大恶人

相亲
XIANGQIN

"据他说,分行领导因为看中他的业务能力强,所以调他去市郊区域筹建新的支行了,我们支行的新任行长明天就要到岗。老付这家伙贼精,他和我说,他本想向分行申请把我们这个团队一起带到新的支行去,便于拓展业务,但是分行领导没同意,领导说稳定压倒一切,新机构的设立不能影响老机构的经营,除了他本人调走,支行全体员工原地不动。"

杨一辰明白了分行领导的苦心,一来算是给了秦香莲交代,陈世美没有铡,但也在他和姚静之间做了物理隔断,至于八小时之外的地下活动,就不是组织能干涉的了;二来这次调动实质是将老付流放到苦寒之地重新创业了,也算是对他的惩罚,训诫他以后不要给组织添乱。

"喜讯,真正的喜讯,衙内啊衙内,你是电你是光你是我的super star。"幸福的花儿在杨一辰心中开放,"哇哈哈哈,我胡汉三又要回来啦,高军军同志,你是人民的功臣,我要向国防部为你请功。"

"晚上一起庆祝下,我带点酒菜来你家,咱老哥俩喝一盅,有日子没在一起鬼混了。"

结束了和高军军的通话,杨一辰澎湃的心绪始终无法平复,劫后余生,苦尽甘来,正义战胜了邪恶,蝼蚁绊倒了大象,老鼠强暴了老猫,他在屋子里来回逡巡,有着想砸点什么家什听个响的冲动,提心吊胆夜不能寐的日子终于结束了,自己可以挺直脊梁回去为社会主义建设添砖加瓦了。

幸福要和关心自己的人分享,杨一辰拨了李冰清的手机,告诉她自己已虎口脱险,李冰清在电话那头的声音并没有杨一辰想象中那样激动,她平静地表示了祝贺,并通知他今晚开始恢复送汤。杨一辰心里一暖,李冰清还真能持之以恒,今天是放完假的第一天,她都没忘了这事。他一转念,晚上高军军要来一起喝小酒,那他又得和李冰清撞上了,算了,撞就撞上呗,高衙内也不是个会嚼舌头根子的人,还是可以信赖的损友,最多被他鄙视一下羞辱几句,何况自己和李冰清之间真的是冰清玉洁的朋友关系,多思多虑反倒显得心虚。

心虚?为毛自己会心虚,对哦,自己都还没和正牌女友张茉莉分享喜悦,他立刻电告张茉莉,大恶人已被赶走,王子和公主重又过上了幸福快乐的日子。恋人喜极而泣,叮嘱他好好养身,周末过来给他烧桌佳肴,补偿对他已经淡出鸟来的嘴的亏欠。

高李张,三个电话打完,杨一辰打扮得油头粉面,哼着小曲,像个二流子似的晃悠着去公园看老头老太打麻将去了。

第五十四章　搂住她的腰

　　杨一辰原以为晚上第一个出现在他面前的会是提着酒菜的高军军，开了门迎进来的却是依旧提着汤桶的李冰清。"你今天怎么来这么早，现在才六点多，你比平时早了一个半小时。"杨一辰拿着手机看了看时间。
　　"下午去跑了次银行，然后就不回单位，直接回家了。"李冰清一边回答一边将汤桶放于桌上，熟门熟路地去厨房拿了碗，准备伺候他喝汤，"今天尝尝我的新产品，猪棒骨炖双鸽，我给它起个名字叫'棒打鸳鸯散'，创意私房菜。"
　　"你这名字起得……也太大吉大利吧。"杨一辰接过李冰清递来的汤碗，一边喝一边心里碎碎念"姜太公在此百无禁忌"。
　　敲门声又起，该是高军军来了，杨一辰放下碗，起身去开门。出人意料，出禽意料，出兽意料，出世间万物意料，门口站着的赫然是大地生物科技有限公司董事长兼总经理吴仁信无人性先生，吴总背后还站着两个黑西装戴墨镜的男子。吴仁信也不客气，趁杨一辰愣神的时分，未经允许直接擅闯了民宅，两个保镖跟着进屋，提包的一个随着吴仁信进了客厅，另一个关上门后就堵在了门口。

相亲

来者不善啊，镇定，必须保持镇定，杨一辰强压了心中的惊慌和恐惧，努力调动脸上的神经，抽搐出一个笑脸问："吴总光临寒舍，有何指教？"

吴仁信在厅里随意转了圈，在沙发上坐下，也挤了个笑容，"听说小杨你工伤在家休息，你为我们项目的事操了不少心，吴某心存感激，今天特来慰问。"

"吴总太客气了，小杨我其实没为你们做什么，本职工作而已。"杨一辰在沙发的另一边坐下。

"小杨，你觉得我们这个项目啥时候能放款？"吴仁信直截了当。

"就差一个担保条件了，分行要求追加担保措施，需要吴总你提供个人无限责任连带担保，再加两套个人房产抵押，落实这个条件也许就能放款。"杨一辰狮子大开口，假传分行圣旨。

"条件有点过于苛刻了，好像和你们付行长带给我们的信息有很大出入啊。"

现在提付正还有个鸟用，老子不怵了，杨一辰干笑一声，"吴总对自己的企业应该有足够的信心啊，只要企业经营得好，这些担保措施其实也就是个摆设。"

"呵呵，瞧我这记性，今天是来慰问的，怎么把最要紧的忘记了。"吴仁信做作地拍了一下自己的脑门，朝边上伸出了手，跟在他身边的黑衣保镖忙拿起提着的包在里面摸索，摸了几下没摸出来，吴仁信不耐烦地咳嗽了一下，保镖慌忙摘下墨镜低头在包里翻找，掏出一个厚厚的信封，放在吴仁信伸出的手上，随后又赶忙把墨镜戴上，只这刹那，杨一辰已认出这个保镖原是大地公司的财务经理客串。

吴仁信将这个信封放在茶几上，朝杨一辰推去，"一点点慰问金，买点补品，小杨你切莫推辞。"

凭银行工作的经验，杨一辰看出这叠钱应该是二万元人民币，他将钱推了回去，正色道："吴总的盛情我心领了，但这信封我是绝对绝对不会收的，我没有挑战中华人民共和国刑法的胆魄，吴总您别害我。"杨一辰心想这是利诱，等下该威逼了吧。

吴仁信似乎早就料到杨一辰会拒绝，他没有继续客套，话锋一转，"小杨，我不知道你的同事是不是告诉过你，我的三百万已经为这个项目投进去了，而且还给你同事的面子买了高价。"

"略知一二。"杨一辰明白真正的战斗开始了，该来的总要来，冷静。

"你觉得我现在该怎么做？"

"我刚才说过了，增加两条担保措施。"

"这做不到。"

"那我可能就爱莫能助了，吴总是不是再找找别的银行，看看能不能合作？"

"付行长刚调走,你们行的信贷政策就变化得这么快,小杨,有点让人寒心啊。"

"付行长调走了吗?我不知道啊,我病假在家,没人告诉我啊。"杨一辰故作惊讶。

"你会不知道?"

"真的不知道。"

吴仁信笑了,他眼睛四处扫了扫,在李冰清的脸上停留了一会儿,又转向杨一辰,"小杨,你的女朋友很漂亮啊,有这么漂亮的女朋友要爱惜,不小心摔破脸毁了容就太可惜了。"

无耻,居然拿李冰清来要挟,杨一辰又慌又怒,"她不是我女朋友,你认错人了。"

"呵呵,怎么可能认错,我的人在你家门口守了那么久,她每天晚上都来你家,她不是你女朋友,那谁是?"吴仁信感觉自己抓住了杨一辰的软肋,很是得意。

杨一辰刚想说话,一直安静坐在一边的李冰清突然开了口:"我是不是他女朋友不重要,吴总你想怎么做也无所谓,我只是想提醒你一下,你是求财的人,伤人害命不是你的特长吧,损人不利己恐怕不符合你这样高智商的人的行事逻辑。"

"这位美女倒是很镇定啊,说话也很有道理,那你说我被坑掉的三百万该怎么办,还我三百万,今天这事就当没发生过。"吴仁信摊了底牌。

杨一辰忽然注意到一个细节,吴仁信的两只手很不自然,一直在杨一辰家的沙发上蹭啊蹭,靠,敢情这老狐狸也紧张得满手是汗啊,原来也是个外强中干的货,就凭他拉财务经理来充保镖的手段,此人也就是个纯洁的诈骗犯,整个西装墨镜就想假装黑社会。

杨一辰也决定亮点底牌了,"吴总,你敞亮那我也不遮着,有些事大家心里都明白,没必要说透,说透了大家都没退路,你这三百万也不是你辛苦攒起来的血汗钱,我同事也就让你为老区人民作了点小贡献,大部分钱你还是有办法拿回来的,起码也有二百多万。至于大地公司项目的事情,我看就算了吧,你有本事再去别的银行发财我不拦着,我不是个多管闲事的人,我绝不会挡你财路,但我也不想被人逼上绝路。"

吴仁信盯着杨一辰的脸看了好久,终于笑着说:"看来你知道的真不少啊,我以前看错你了,我们都看错了你,人不可貌相啊。"

杨一辰明白他说的"我们"是他和付正,也跟着笑了,"吴总今天想必也没有抱着来灭口的目的吧,知道我和你这亲密关系的人不少,您要灭口还真忙不过来。"

第五十四章 搂住她的腰

相亲

"不会不会，当然不会，刚才你女朋友已经说了，我是个求财的人，讲究的是和气生财。"吴仁信收起放在茶几上的厚信封，起身告辞，仿佛刚才的刀光剑影都是幻觉，双方又重回客气的银企关系。

走到门口，吴仁信不放心地又关照一句，"希望小杨你遵守不管闲事的承诺，被你同事挣走的钱我就当庙里上香捐了功德。"

杨一辰点点头，礼送吴总出门，"小人物也有大智慧，这句话与吴总共勉。"

吴仁信带着两个假保镖走了，杨一辰整个人才松弛下来，感觉有些虚脱，刚才强自镇定，其实内心一直很紧张，这样的状态最耗心神。他坐在沙发上慢慢恢复体力和脑力，一碗热汤端到了面前，这李冰清竟像没事人一样，吴仁信刚走，她就将剩下的汤拿去厨房热了下，又给杨一辰端上来了。

"你刚才难道一点都不紧张吗?"

"有啥好紧张的，湛湛青天，朗朗乾坤，对方要真想对你动手还会跟你那么多废话吗，你是电视剧看多了，以为坏人出手前都要预告公示摆足造型哪。"李冰清扔个白眼给杨一辰。

"你……"杨一辰差点叫一口汤给噎死，原等着李冰清表扬自己临危不惧智勇双全，没承想反遭了奚落。

"快喝快喝，瞧你这点出息。"李冰清不耐烦地催。

杨一辰乖乖地喝完汤，李冰清照例洗刷干净后，收拾好器物，陪着杨一辰下楼去小区里散步。

杨一辰觉得今天的李冰清有些反常，话不如平时的多，不主动开口，都是杨一辰说一句才搭一句，往往还都是"是吗"、"哦"之类的，像是有什么心事，杨一辰想可能是刚才吴仁信闹了一出，坏了美人的情绪吧。

两人依惯例在小区里转了两圈，来到了黄色甲壳虫边上，往常这时候李冰清该道别了。

"杨一辰，我想和你说件事。"李冰清故作轻松，"可能过段时间我就不能给你送汤了。"

杨一辰的心脏停跳一秒，她果然有心事，心里顿时不安起来，"怎么了，什么情况?"

"我要出国了，去美国念书，一直有这个想法，现在基本落实了。"

"要去多久，还回来吗?"

"读书要两年，是不是回来再说吧，如果在那里找到工作或者爱的人，也许就不回来了。"

第五十五章　悲情大结局

杨一辰有种莫名的难受，那种心不停往下坠的沉痛感觉又出现了，他犹豫了几秒，轻声说："能不能不去？"

李冰清看着他的眼睛，也犹豫了几秒，"不能，我走了，你回去休息吧。"说罢转过身去欲开车门。

一双男人的手突然从后面搂住了她的腰。

"不要去，我不想再也看不到你。"

女人很平静，没有动弹，任由那双手搂着，也没转过脸来，背对着身后的男人。

"你的手……好了？"

"本就没坏，为了避祸找了我医院里的同学造了假。"

"你连使苦肉计都要作弊，还欺瞒我们这么久。"

"原想过两天戏瘾就告诉你们的，谁让你给我送汤来着，为了享受这待遇我只好一直装下来。"

"我怎么知道你现在不是演戏？"

相亲 XIANGQIN

"我对你的感情不是表演,从见你的第一眼,81天10小时若干分钟,我心里都有你。"

"你不介意我的过去?"

"我只介意和你没有未来。"

女人沉默了一会儿,"张茉莉是我最好的朋友。"

男人也沉默了,但是搂着女人的手没有松开。

"杨一辰!你们在干什么!"一个撕心裂肺的声音。

月光下,四个男女呆立当场。杨一辰李冰清站一边,张茉莉高军军并一排,中间隔着三公尺的距离。

"杨一辰,你的演技真好,瞒得我好苦啊,你可以把脖子上挂着的石膏给摘下来了,你也不嫌沉,摘了再抱啊,那样抱起来才舒服啊。"

杨一辰挂着个空的石膏模子,双手垂着,造型滑稽,面对张茉莉的挖苦,哑口无言。

"茉莉,你可能有点误会了,咱们大家换个地方说吧。"李冰清走到张茉莉的面前说。

"我都亲眼看到了,还有什么误会的,你们一个是我最好的朋友,一个是我的男朋友,这种狗血情节居然会真的发生在我身上。"张茉莉不理李冰清,仍是冲着杨一辰,"今天是高军军和我聊天说到晚上要来和你庆祝,我特意搁下手里的工作,搭他的车想来给你个惊喜,却让我看到了更大的惊喜。"

"其实……我和李冰清还没发生什么。"杨一辰想辩解,又不知道该怎么说。

"还没发生什么?好,我今天也不想藏着掖着了,既然大家都在,有些事就拿出来晒。杨一辰,我问你,我换给你的公交卡呢,为什么会出现在李冰清的钱包里?"

杨一辰这才想起自己和李冰清的滨江倾诉之夜,曾随手给过她一张公交卡,原来这个疏漏早就被张茉莉洞察了。

"没法解释吧。"张茉莉继续她的控诉,"我们四个人郊游的那天,你一直都围在谁的身边?她钓鱼的时候,你在边上像个太监似的伺候着,你搞搞清楚,谁是你的女朋友!还有,她从马上摔下来的时候,你连命都不要了就扑上去救她,换了是我坠马,你是不是只会拨打110和120?最过分的那次,我升职请客唱歌,她身体不舒服,你居然扔下我去送她回家,你就这么担心她吗?你以为我喝醉了,我是在你们走之后才把自己灌醉的!"

张茉莉惨然一笑,"杨一辰,我说的这些你都没法解释的,人无意中的行为才能反映他真实的心理，我知道你一直都喜欢李冰清，你不要否认，但我依然选择成为你的女朋友，我想靠我的努力让你最终爱上我，取代她，所以我一直都强迫自己允许你心里想着她，你心里可以有她，可现在你连手里都有了她……这个我接受不了，真的没法接受。"

杨一辰从没想到过张茉莉心中竟一直藏着凄苦，她隐忍了那么久，自己真的是太对不起她了，他想说点什么，"茉莉，我……"

"你别说了！你什么都别说了！"张茉莉完全陷进了苦女的境界，"杨一辰，我们分开吧，我不想继续自欺欺人了，我退出，我放弃！"

张茉莉哭着转身跑了，杨一辰呆立着不动，李冰清急了，"你倒是追啊，傻站着干吗！"

杨一辰摇摇头，"追了又怎么样，我还能和她说什么呢，她没有一句说错的，我说啥都是虚伪了。"

"没见过你这样的男人。"李冰清抛下杨一辰，追着张茉莉的方向去了。

当了半天龙套背景的高军军，走到杨一辰身边，拍了拍他的肩，"爱莫能助，好自为之。"也去追张茉莉了。

夜色里，只剩下杨一辰和他孤独的影子，他在原地站了许久，大脑一片空白，又好像塞满了东西，很胀，还有点痛，原先心里沉痛的那种感觉反倒没了，竟慢慢滋生出解脱的释然来，如同犯罪分子在潜逃了数年后终于归案，结束了惶惶不可终日生涯的那种解脱感。另三人一直没有回来，他摘下脖子上吊的石膏，将它扔进了路边的垃圾桶，然后就上楼回家了。

杨一辰在家里又歇了两天，便去上班了，新行长已经来了，他知道杨一辰骨折病假的事，关心了他一下，杨一辰谎称去医院复查拍了个片子，恢复得很好，就提前拆了石膏赶回来工作，因为手头有很多事，一直放心不下。新领导赞扬了杨一辰的敬业精神，杨一辰趁机把对大地公司项目的处置方案向领导做了汇报，领导对他提出的增加担保的风险防范措施很满意，同意就照此办理，杨一辰心中一颗石头落了地，大地公司的事就此可以不了了之了。

新领导还提了件事，信贷部经理姚静已经提出了辞职，可能会跳槽到其他商业银行去，领导希望杨一辰多承担点工作压力，适当时机会考虑对他的提拔，杨一辰知道这回是真馅饼了，自是又一番表忠心下决心要为领导立新功。

自从那天夜里以后，杨一辰竟再也联系不到李冰清和张茉莉，这两个本来天天会出现在他生命里的女子都失去了讯息，发短信不回，打电话不接，杨一辰问了高

第五十五章 悲情大结局

相亲
XIANGQIN

军军,那天夜里他去追张茉莉以后发生了什么,高军军说他只见了李冰清追上了张茉莉,然后两个女孩说有事要谈,就撇下他走了,再往后发生的事他也不知道了。

杨一辰不知道两个女孩之间的谈话会达成什么样的共识,他只能静观其变。三天后,张茉莉重返人间了,她先给杨一辰发了短信,大意是她还是决定放弃了,她想要的是完整的爱,既然杨一辰给不了她,她就重新寻找属于自己的幸福,唯一的幸福。杨一辰扪心自问,对张茉莉的感情确实不及对李冰清的爱恋,自己已经伤害了她一次,如果现在再去挽回,今后可能会更深地伤害这个单纯的女孩,所以他回了她四个字"已阅同意"。

张茉莉是个坚强的女孩,杨一辰是个无耻的男人,两人之间把话说开以后,渐渐联系又热络起来,虽不像从前那样亲密无间,偶尔也能在网上打情骂俏调侃几句。张茉莉告诉杨一辰,高军军知道他们正式分手以后,很是欣喜,大骂杨一辰身在福中不知福,众叛亲离是应得的下场,然后扭捏着向她表达了想追求她的愿望。杨一辰为高军军终于哑巴开口感到欣慰,他告诉张茉莉其实高军军暗恋她很久了,问她意欲何处。张茉莉说她打算给高军军这个机会,看他表现了,至少他比杨一辰要清纯诚实许多,说着说着来了气,张茉莉又将杨一辰花开两朵各表一枝的恶行数落了一顿。杨一辰只能唯唯诺诺低头认罪自骂几句"我不是人"。

见张茉莉已基本原谅了自己,杨一辰便开始有些放开了手脚,言语间试探着打探李冰清的去向,张茉莉倒也爽快,她说那天晚上李冰清和她提了要出国读书的事,她原也想过若李冰清走了,自己是否可以和杨一辰重新开始,所以思想斗争了三天,还是决定放弃,她怕杨一辰心里永远都有李冰清的位置,万一再有个变故,自己承受不了第二次打击,至于李冰清为什么不联系杨一辰,那是李冰清的事,不知道她在想些什么。

杨一辰厚颜询问张茉莉能否帮忙捎个话啥的,被张茉莉严词拒绝,反问他一句:"你好意思让被你抛弃的前女友帮你追新女友吗?这是人干得出来的事吗?"

于是杨一辰只能每天继续给李冰清发短信,打电话,依然是短信不回,电话不接,他坚持着,他床头上方墙上的亲笔手书已从"失败乃成功之母"换成了"精诚所至金石为开",只要这个号码还能打通,你不可能躲我一辈子。

又隔了数日,他每天拨打的号码连续一整天都是"您拨打的用户已关机",他略有点心慌,这状况连续三日,他真的慌了,他连忙找张茉莉,张茉莉也说联系不上李冰清了,这下他坐不住了,他去了DE,那里说李冰清辞职了,他晚上去她家蹲守,屋子再也没亮过灯。

李冰清走了,走得无声无息。

216

第五十六章 终有一天收了你

　　李冰清消失一个多月了，杨一辰依然坚持着每天收听"您拨打的用户已关机"的广播节目，他幻想着有一天能听到那熟悉的声音"你好，我是李冰清"，即便只是幻想，总好过什么都不想，有希望的人生就是幸福的，他认定李冰清会出现的，就算躲着他，也不可能再也不见她的闺蜜张茉莉，哪怕是悄悄出了国，那也会有消息传来的。

　　于是虽然分了手，杨一辰每天都给张茉莉早请安、晚问候，言辞间很注意着分寸，因为挚友兄弟高军军已正式宣告开始追求张茉莉，自己这前男友的身份着实尴尬，所以和张茉莉的联络只限于打探李冰清的消息，不追忆，不怀旧。张茉莉每次的回答就是标准的官方发言，"目前没有任何消息，有消息的话会第一时间通知媒体的。"

　　高军军每天都要接送张茉莉上下班，业务上也刻苦钻研，看着他不辞辛苦任劳任怨的欢乐模样，杨一辰很是感慨，张茉莉能有这样一个金龟追求者，减轻了自己对以前亏欠了她的愧疚，只是别人貌似都将有幸福的归宿，自己呢？曾经为应接不暇而烦恼，最终却是一无所有的孤家寡人。

周末的上午，张茉莉来了电话，"杨一辰，想不想八仙过海啊？"

"啥八仙过海，什么意思？"

"你忘记我们第一次见面的时候啦，你说你相亲过七次，见了葫芦兄弟，再和人相亲的时候就要说八仙过海了啊。"

"这个你都还记得啊，我不相亲了，你知道我在等谁，我意志坚定。"

"谁让你真去相亲了，有紧急情况，让你兄弟自己和你说。"

电话里换了高军军的声音，"杨兄救命啊。"

"咋啦，哥们儿你叫人给煮了啊。"

"我不是一直在追求张茉莉未遂吗，我父母以为我没女朋友的，所以别人介绍相亲就答应了，对方家境有点小显赫，不好拒绝，我以为去敷衍下表现得差点就可以的，哪知道张茉莉这么小气，臭骂加暴打。"

张茉莉又将电话抢了过去，"这家伙中午就要和人见面了，现在才向我汇报，我能不小气吗，什么好的不学，要学你脚踏两船劈腿神功，还家境小显赫，万一看上了眼，难道要我再被抛弃第二次，吃二茬苦受二茬罪……"

杨一辰连忙截住张茉莉的借题发挥，"停停停，怎么又扯上我的道德问题了，你的意思不就是想让我替高军军去相亲吗，我去我去，时间地点。"

"这厮还学你玩情调，约在你上次定的穹庐人间，时间11点半，你快去吧。"张茉莉气呼呼挂了电话。

杨一辰随便换了套衣服，出门打车救场去了。

11点25分，杨一辰坐在了穹庐人间二楼角落的一个二人位餐桌边上，眼神不时朝楼下门厅的角度望去，开始了他人生第九次相亲的流程第一步骤，等待女方的到来。

"小姐，请问有订位吗？"

"高先生订的位。"

"哦，是高军军先生订的吗，你好，这边楼上请。"

听到楼下传来的对话，正等得无聊的杨一辰心里一动，来了？眼睛立即朝楼下的门厅看去，只来得及看到一挂披肩长发拂过拐角的楼梯，杨一辰的心突然一阵悸动。他的眼睛死死盯着二楼楼梯拐角，等着那个身影出现。

渐渐地，先是刘海，再是脸，上身，全身，那个人朝他走来，脸上挂着招牌恬淡笑容，于是杨一辰也笑了，笑得无比灿烂，嘴角都快扯裂了。

来人在他面前1.5米处站定，"你好，我是李冰清。"

风度，男人的风度。杨一辰立即站起来，"你好，我是杨一辰。"一边说，一边走到女孩后面，把对面的椅子从餐桌下搬出来放到女孩能坐进去的位置，对女孩做了个请的手势，等女孩坐定后，杨一辰也坐回自己的座位。

"今天这个桥段的设计是谁的杰作？"

"张茉莉编剧兼导演，并参演。"

"这些日子去哪了？为什么手机停了？"

"搬家、卖车、辞职换了新工作，手机也换了新号码。"

"欠了高利贷？"

"告别过去，迎接新生。"

"我……我爱你。"

"我很早前就知道。"

"我没有表白过啊。"

李冰清笑着摸出一张卡片，字迹朝向杨一辰，放于桌上。

这是个相遇的季节；这是个相识的季节；这是个相知的季节；何时是相恋的季节。一辰。

刘柱子这个二货，还是把花给送上去了，"你等着我。"杨一辰扔下这句话，不容李冰清反应，就奔下楼，冲出了店门。

杨一辰沿着街往前跑，跑过两个街角，终于看到一家花店，门口摆着各种鲜花。

"老板娘，给我扎11朵红玫瑰，快，快，快点。"杨一辰气喘吁吁，对着门口守店的腮帮子大大的女人说。

"好嘞，3块钱1朵，11朵33块。"女人开始扎起花束来。

"你个蛤蟆堂客，收30，你让客户一分利，客户记你十分情，怎么就教不会你，呆脑壳。"真正的店老板从屋里走了出来招呼客人。

一张似乎见过的脸，记忆中的二样，记忆中的狡猾，"刘柱子！"杨一辰脱口而出。

"大……大……大哥，您咋来了呢，真是冤家路窄，不对不对，是有缘千里来相会。"刘柱子也认出了他。

"有出息啊，都开上店了啊，还学会了训老婆。大哥今天有急事，就不和你叙旧了，快点帮我扎花。"满心喜悦的杨一辰重重拍了一下老相识的肩。

刘柱子从他婆娘手里抢过扎了一半的花束，麻利地扎好递给杨一辰，"大哥，上

相亲

次您没抢成花,今天这花算我送你的。"

杨一辰接过花束,丢下 30 块钱,郑重说了句"谢谢你",转身原路跑了回去。

杨一辰回了座位,将卡片拿起插回花束里,递给李冰清,"我要亲自将心意交到你手上。"

李冰清笑着接过,不语。两人便这么看着对方笑,谁都不说话。

"冰冰,我有一个愿望。"男人先开了口。

"说。"

"终有一天收了你。"

"嗯?"

"看过《西游记》吗,知道银角大王的羊脂玉净瓶吗?"

"知道啊,叫人名字就能收人的宝贝。"

男人端起桌上的玻璃杯,将里面的水一饮而尽,将个杯口朝向女人,女人笑出了声。

"莫笑,认真点,演戏呢。"男人把脸色一正,"我且叫你一声,你敢应我吗?"

"你叫上千声,我就答应你万声!"

"李冰清!"

"大王,收了我吧!"

(全文完)